Le plus grand humoriste anglais depuis P.G. Wodehouse est un auteur de fantasy : est-ce l'effet du hasard ? Terry Pratchett est né en 1948 dans le Buckinghamshire ; nous n'en savons pas davantage sur ses origines, ses études ou sa vie amoureuse. Son hobby, prétend-il, c'est la culture des plantes carnivores. Que dire encore de son programme politique ? Il s'engage sur un point crucial : augmentons, dit-il, le nombre des orangs-outans à la surface du globe, et les grands équilibres seront restaurés. Voilà un écrivain qui donnera du fil à retordre à ses biographes ! Sa vocation fut précoce : il publia sa première nouvelle en 1963 et son premier roman en 1971. D'emblée, il s'affirma comme un grand parodiste : *La Face obscure du soleil* (1976) tourne en dérision *L'Univers connu* de Larry Niven ; *Strate-à-gemmes* (1981) ridiculise une fois de plus la hard SF en partant de l'idée que la Terre est effectivement plate.

Mais le grand tournant est pris en 1983. Pratchett publie alors le premier roman de la série du Disque-Monde, brillant pastiche héroï-comique de Tolkien et de ses imitateurs. Traduites dans plus de 30 langues, *Les Annales du Disque-Monde* ont également donné lieu à nombre de produits dérivés ainsi qu'à des adaptations télévisées.

Terry Pratchett a également coécrit une trilogie avec le romancier Stephen Baxter. Les deux premiers opus, *La Longue Terre* et *La Longue Guerre*, ont paru en France en 2013 et 2014 aux Éditions de L'Atalante.

Terry Pratchett est décédé en mars 2015.

Retrouvez le site consacré à l'auteur sur :
www.terrypratchett.co.uk

LA HUITIÈME FILLE

IMAGINAIRE

Collection dirigée par Stéphane Desa

TERRY PRATCHETT

LES ANNALES DU DISQUE-MONDE

LA HUITIÈME FILLE

*Traduit de l'anglais
par Patrick Couton*

L'ATALANTE

Titre original :

EQUAL RITES

Patrick Couton a obtenu le Grand Prix de l'Imaginaire 1998 pour
l'ensemble de ses traductions des *Annales du Disque-Monde*.

© Terry Pratchett, 1987.
© Librairie l'Atalante, 1994, pour la traduction française.

ISBN 978-2-266-21183-3

Merci à Neil Gaiman, qui nous a prêté
le dernier exemplaire rescapé du
Liber Paginarum Fulvarum
et un grand bonjour à tous les jeunes
du H.P. Lovecraft Holiday Fun Club.

Je voudrais qu'il soit bien entendu
que ce livre n'est pas farfelu.
Seuls les rouquines idiotes dans les sitcoms
des années cinquante sont farfelues.

Non, il n'est pas loufoque non plus.

La présente histoire parle de magie : où va-t-elle ? et, principalement, d'où vient-elle et pourquoi ? Mais elle ne prétend pas pour autant répondre à tout ou partie de ces questions.

Peut-être permettra-t-elle, cependant, d'expliquer pourquoi Gandalf ne s'est jamais marié et pourquoi Merlin était un homme. Parce que la présente histoire parle aussi de sexe, mais probablement pas dans le sens athlétique, acrobatique, comptez-les-jambes-et-divisez-par-deux du terme, à moins que les personnages n'échappent totalement au contrôle de l'auteur. Ils en seraient parfaitement capables.

En tout cas la présente histoire parle surtout d'un monde. Le voici qui arrive. Ouvrez bien les yeux, les effets spéciaux sont hors de prix.

Une note grave retentit. Un accord, plutôt, profond, vibrant, qui présage une entrée en fanfare de la section des cuivres en l'honneur du cosmos, car la scène a pour cadre l'immensité noire de l'espace où quelques étoiles scintillent telles les pellicules sur les épaules de Dieu.

Elle apparaît alors, plus grosse que le plus gros, le plus méchamment armé des croiseurs stellaires issus de l'imagination d'un réalisateur de films à grand spectacle : une tortue, longue de quinze mille kilomètres. C'est la Grande A'Tuin, l'un des rares astrochéloniens d'un univers où les choses sont moins que ce qu'elles sont et davantage que ce qu'on croit, et elle porte sur sa carapace grêlée de cratères météoritiques quatre éléphants géants qui soutiennent à leur

9

tour sur leurs monstrueuses épaules la grande roue circulaire du Disque-monde.

A mesure que le monde se déplace, l'œil en embrasse l'ensemble à la lumière de son minuscule soleil en orbite. On y distingue des continents, des archipels, des mers, des déserts, des chaînes de montagnes et même une toute petite calotte glaciaire. Les habitants d'un tel disque, c'est évident, ne veulent pas entendre parler de théories globales. Leur monde, bordé d'un océan qui l'encercle et se déverse perpétuellement dans l'espace en une seule et longue cataracte, est aussi rond et plat qu'une pizza géologique, moins les anchois.

Un tel monde, qui n'existe que parce que les dieux ne résistent pas à une bonne blague, est forcément un terrain où la magie peut survivre. Le sexe aussi, bien entendu.

Il arriva à pied en plein orage et l'on reconnaissait en lui un mage, d'abord à cause de sa longue cape et de son bourdon sculpté, mais surtout parce que les gouttes de pluie s'arrêtaient à plusieurs dizaines de centimètres de sa tête pour disparaître en vapeur.

C'était une région propice aux orages, là-haut dans les montagnes du Bélier, une région de pics dentelés, de forêts épaisses et de vallées fluviales si petites qu'à peine la lumière du jour en avait-elle atteint le fond qu'il lui fallait déjà repartir. Des lambeaux de nuages s'accrochaient aux pics moins élevés en dessous du sentier de montagne où dérapait et glissait le mage. Quelques chèvres l'observaient à travers les fentes de leurs paupières, vaguement intéressées. Il suffit de peu pour intéresser une chèvre.

De temps en temps il s'arrêtait et jetait son lourd bourdon en l'air. Le bâton retombait toujours en indiquant la même direction, alors le mage soupirait, le ramassait et reprenait sa marche dans un bruit de succion.

L'orage se déplaçait autour des collines sur des jambes d'éclairs, hurlant et grondant.

Le mage disparut dans un tournant du sentier, et les chèvres se remirent à leur pâture humide.

Jusqu'à ce qu'autre chose leur fasse redresser la tête.

Elles se raidirent, les yeux écarquillés, les naseaux palpitants.

C'était étrange parce qu'il n'y avait rien sur le sentier. Mais les chèvres le regardèrent quand même passer jusqu'à ce que ce soit hors de vue.

Un village se tapissait dans une vallée étroite entre des bois à flanc d'escarpements. Ce n'était pas un grand village, on ne l'aurait pas vu sur une carte des montagnes. On le voyait à peine sur une carte du village.

C'était en fait une de ces localités qui n'existent que pour permettre à des gens d'en être originaires. L'univers en est infesté : villages cachés, petites villes balayées par les vents sous des cieux immenses, voire cabanes isolées dans des montagnes glaciales, dont l'histoire retient seulement qu'ils ont été le lieu incroyablement ordinaire où un événement extraordinaire a pris naissance. Souvent il n'y a rien de plus qu'une petite plaque pour signaler que, contre toute vraisemblance gynécologique, un personnage très célèbre a vu le jour à mi-hauteur d'un mur.

La brume se recroquevilla entre les maisons lorsque le mage franchit un pont étroit jeté en travers d'une rivière aux eaux grossies et se dirigea vers la forge du village, bien que les deux faits n'aient aucun rapport l'un avec l'autre. La brume se serait recroquevillée de toute façon : c'était une brume chevronnée qui avait élevé le recroquevillage au rang des beaux-arts.

La forge était pleine de monde, évidemment. Dans une forge, on a l'assurance de trouver un bon feu et quelqu'un à qui parler. Plusieurs villageois se prélassaient dans l'ombre chaleureuse mais, à l'approche du mage, ils se redressèrent sur leur séant, dans l'expectative, et s'efforcèrent de prendre l'air intelligent, pour la plupart sans grand succès.

Le forgeron ne se sentit pas le besoin d'une telle obséquiosité. Il adressa un signe de tête au mage, mais il s'agissait là d'un salut d'égal à égal, du moins dans l'esprit du forgeron. Après tout, n'importe quel forgeron à peu près compétent possède davantage que de vagues notions de magie, en tout cas il aime à le croire.

Le mage s'inclina. Un chat blanc qui dormait près du foyer se réveilla et l'observa prudemment.

« Comment s'appelle ce village, monsieur? demanda le mage.

— Trou-d'Ucques, répondit l'autre.

— Trou...?

— D'Ucques », répéta le forgeron dont le ton mettait quiconque au défi de lui chercher noise.

Le mage réfléchit.

« Un nom avec une histoire, finit-il par dire, qu'en d'autres circonstances il m'aurait plu d'entendre. Mais j'aimerais vous entretenir, forgeron, au sujet de votre fils.

— Lequel? » fit l'artisan, et les invités parasites ricanèrent. Le mage sourit.

« Vous avez sept fils, n'est-ce pas? Et vous-même êtes un huitième fils? »

Le visage du forgeron se figea. Il se tourna vers les villageois.

« Bon, la pluie s'arrête, dit-il. Foutez le camp, vous autres. Monsieur... » Il regarda le mage, les sourcils levés.

« Tambour Billette, fit le mage.

— M'sieur Billette et moi, on a à causer. » Il agita vaguement son marteau et, un à un, le cou tendu par-dessus leurs épaules au cas où le mage accomplirait quelque chose d'intéressant, les badauds vidèrent les lieux.

Le forgeron tira deux tabourets de sous un établi. Il sortit une bouteille d'un placard près de la citerne d'eau et versa un liquide clair dans deux tout petits verres.

Les deux hommes s'assirent et regardèrent la pluie et la brume rouler par-dessus le pont. Puis le forgeron fit : « J'sais de quel fils vous voulez parler. La Mémé est là-haut avec ma femme en ce moment. Huitième fils d'un huitième fils, pour sûr. L'idée m'a traversé l'esprit mais j'y ai pas attaché grande importance, pour être honnête. Bien, bien. Un mage dans la famille, hein?

— Vous comprenez vite », remarqua Billette. Le chat blanc bondit de son perchoir, s'approcha nonchalamment du visiteur et lui sauta sur les genoux. Les doigts fins du mage le caressèrent machinalement.

« Bien, bien, répéta l'artisan. Un mage à Trou-d'Ucques, hein?

— Peut-être, peut-être, dit Billette. Evidemment, il lui faudra d'abord aller à l'Université. Il peut faire de brillantes études, bien entendu. »

Le forgeron considéra l'idée sous tous les angles et conclut qu'elle lui plaisait beaucoup. Une pensée lui vint soudain.

« Attendez, fit-il. J'essaye de retrouver ce que disait mon père. Un mage qui sait qu'il va mourir peut comme qui dirait transmettre son art comme qui dirait magique à comme qui dirait un successeur, c'est ça?

— Je ne l'ai jamais entendu exprimé aussi succinctement, oui, fit le mage.

— Alors vous allez comme qui dirait mourir?

— Oh, oui. » Le chat ronronna sous les doigts qui le chatouillaient derrière l'oreille.

Le forgeron eut l'air embarrassé. « Quand? »

Le mage réfléchit un instant. « Dans à peu près six minutes.

— Oh.

— N'ayez aucune inquiétude, fit le mage. J'attends ce moment avec impatience, à la vérité. J'ai entendu dire qu'on ne souffre pas. »

Le forgeron s'absorba dans ses pensées. « Qui vous a dit ça? » finit-il par demander.

Le mage fit semblant de ne pas l'avoir entendu. Il surveillait le pont, cherchait des yeux une turbulence révélatrice dans la brume.

« Ecoutez, fit le forgeron. Faudrait me dire comment on s'y prend pour élever un mage, vous voyez, parce qu'y en a pas, de mage, dans le pays et...

— La chose se fera d'elle-même, le coupa Billette d'une voix aimable. La magie m'a guidé jusqu'à vous, la magie s'occupera de tout. C'est d'ordinaire ce qu'elle fait. N'ai-je pas entendu crier? »

Le forgeron regarda au plafond. Par-dessus le crépitement de la pluie il perçut les braillements d'une paire de poumons tout neufs à plein régime de forage.

Le mage sourit. « Faites-le descendre », dit-il.

Le chat se redressa sur son derrière et regarda d'un air intéressé la grande porte de la forge. Alors que le forgeron lançait des appels excités vers le haut de l'escalier, l'animal bondit à terre et traversa l'atelier à pas lents et feutrés, en ronronnant comme une scie à ruban.

Une grande femme aux cheveux blancs apparut au bas des marches, qui serrait un paquet dans une couverture. Le forgeron la poussa vivement jusqu'au mage assis sur son tabouret.

« Mais..., commença-t-elle.

— C'est très important, dit le forgeron d'un air d'importance. On fait quoi, maintenant, m'sieur ? »

Le mage leva son bourdon. Le bâton était aussi grand qu'un homme et presque aussi épais que le poignet de son propriétaire, couvert de sculptures qui donnaient l'impression de se transformer sous l'œil de l'artisan, comme si elles ne voulaient pas qu'il surprenne ce qu'elles représentaient.

« L'enfant doit le tenir », dit Tambour Billette. Le forgeron approuva de la tête et farfouilla dans la couverture jusqu'à ce qu'il déniche une petite main rose. Il la guida doucement vers le fût de bois. Elle s'en saisit fermement.

« Mais..., répéta la sage-femme.

— Tout va bien, Mémé, je sais ce que j'fais. C'est une sorcière, m'sieur, faites pas attention. Bon, reprit le forgeron, et maintenant ? »

Le mage restait silencieux.

« Qu'est-ce qu'on fait, m's... » commença l'artisan qui s'arrêta. Il se pencha pour regarder le visage du vieux mage. Billette souriait, mais personne n'aurait su dire à quelle blague.

Le forgeron repoussa le bébé dans les bras de la sage-femme surexcitée. Puis, aussi respectueusement que possible, il força les doigts pâles et menus à lâcher le bourdon.

Son contact donnait une impression étrange, graisseuse, comme de l'électricité statique. Le bois proprement dit était presque noir, mais les sculptures avaient une teinte légèrement plus claire et blessaient les yeux lorsqu'on essayait de comprendre ce qu'elles étaient censées figurer.

« T'es content de toi ? fit la sage-femme.

— Hein ? Oh. Oui. A vrai dire, oui. Pourquoi donc ? »

Elle écarta d'un coup sec un pli de la couverture. Le forgeron baissa les yeux et déglutit.

« Non, murmura-t-il. Il a dit...

— Et qu'est-ce qu'il en savait, lui ? ricana Mémé.

— Mais il a dit que ce serait un fils !

— A moi, ça m'a pas l'air d'en être un, mon gars. »

Le forgeron s'effondra sur son tabouret, la tête dans les mains.

« Qu'est-ce que j'ai fait ? gémit-il.

— T'as donné au monde le premier mage femelle, répondit la sage-femme. Mékicétidon, ce p'tit bout d'chou-là ?

— Quoi ?

— Je cause au *bébé*. »

Le chat blanc ronronnait et faisait le gros dos comme s'il se frottait contre les jambes d'un vieil ami. Ce qui était bizarre, parce qu'il n'y avait personne.

« J'ai été bête, dit une voix qu'aucun mortel ne pouvait entendre. Je pensais que la magie savait ce qu'elle faisait.

— Peut-être qu'elle le sait.

— Si seulement je pouvais...

— Impossible de revenir en arrière. Impossible de revenir en arrière », dit la voix profonde et lourde comme la fermeture des portes d'une crypte.

La volute de néant qu'était Tambour Billette réfléchit un instant.

« Mais elle va avoir des tas d'ennuis.

— La vie, c'est comme ça. À ce qu'on m'a dit. Difficile pour moi de le savoir, bien entendu.

— Et si je me réincarnais ? »

La Mort hésita.

« Ça ne te plairait pas, dit-elle. Crois-moi.

— J'ai entendu dire que certaines personnes font ça tout le temps.

— Ça demande de l'entraînement. Faut commencer petit et travailler dur. Tu n'imagines pas quelle horreur c'est d'être une fourmi.

— C'est si terrible ?

— Tu ne le croirais pas. Et avec ton karma, une fourmi, c'est encore plus que tu ne peux espérer. »

On avait ramené le bébé à sa mère et le forgeron, assis, inconsolable, regardait tomber la pluie.

Tambour Billette grattait le chat derrière l'oreille et songeait à sa vie. Une longue vie — c'était un des avantages du statut de mage — au cours de laquelle il avait commis beaucoup d'actions dont il ne se glorifiait pas trop. Il était temps que...

« JE N'AI PAS TOUTE LA JOURNÉE, TU SAIS », dit la Mort d'un ton de reproche.

Le mage baissa les yeux sur le chat et s'aperçut alors qu'il avait maintenant l'air drôlement bizarre.

Souvent, les vivants ne se rendent pas compte combien le monde paraît compliqué depuis l'au-delà, parce que si la mort libère l'esprit de la camisole des trois dimensions, elle le dégage aussi du Temps, qui n'est en fin de compte qu'une autre dimension. Ainsi, le chat qui se frottait contre ses jambes invisibles était sans conteste le même qu'il avait vu quelques minutes plus tôt, mais c'était aussi très nettement un tout petit chaton, un vieux gros matou à moitié aveugle et chacun des stades intermédiaires. Tous à la fois. Comme il avait commencé petit, il ressemblait à une carotte blanche en forme de chat — une description dont il faudra se contenter tant qu'on n'aura pas inventé les adjectifs quadridimensionnels adéquats.

La main squelettique de la Mort tapa doucement Billette sur l'épaule.

« PARTONS, MON FILS.

— Je ne peux rien faire ?

— LA VIE, C'EST POUR LES VIVANTS. N'IMPORTE COMMENT, TU LUI AS DONNÉ LE BOURDON.

— Oui. C'est vrai. »

La sage-femme s'appelait Mémé Ciredutemps. C'était une sorcière. On les acceptait plutôt bien, les sorcières, dans les montagnes du Bélier, personne n'avait à redire contre elles. Du moins quand on tenait à se réveiller le matin sous la même forme qu'on s'était couché la veille.

Le forgeron contemplait toujours mélancoliquement la pluie lorsqu'elle redescendit l'escalier et lui claqua une main verruqueuse sur l'omoplate.

Il leva les yeux vers elle.

« Qu'est-ce que je vais faire, Mémé ? demanda-t-il, incapable de cacher le ton implorant de sa voix.

— T'en as fait quoi, du mage ?

— Je l'ai porté dans la réserve à bois. C'était bien ?

— Ça ira pour le moment, répondit-elle sèchement. Et maintenant, faut que tu brûles le bourdon. »

Ils se retournèrent tous les deux pour regarder le lourd bourdon que le forgeron avait appuyé dans le coin le plus sombre de son atelier. On aurait presque dit qu'il les regardait lui aussi.

« Mais il est magique, chuchota-t-il.

— Et alors ?

— Il va brûler ?

— Jamais vu de bois qui brûlait pas.

— Il a pas l'air normal ! »

Mémé Ciredutemps ferma les grandes portes à la volée et se tourna vers lui avec colère.

« Écoute-moi bien, Gordo Lefèvre ! dit-elle. Les mages femmes, c'est pas normal non plus ! C'est pas la bonne magie pour les femmes, la magie de mage, c'est que livres, étoiles et jométrie. Elle comprendra jamais. On a jamais entendu parler de mage femme !

— Y a bien des sorcières, objecta le forgeron d'une voix hésitante. Et aussi des enchanteresses, à ce qu'on m'a dit.

— Les sorcières, ç'a rien à voir, lui jeta Mémé Ciredutemps. Elles pratiquent une magie de la terre, pas du ciel ; et les hommes, ils ont pas le coup pour ça. Quant aux enchanteresses, ajouta-t-elle, c'est des pas grand-chose. Crois-moi, tu brûles le bourdon, t'enterres le cadavre et tu dis rien sur ce qui s'est passé. »

Lefèvre acquiesça à contrecœur, s'approcha de la forge et actionna le soufflet jusqu'à ce que les étincelles se mettent à voler. Il revint près du bourdon.

Il ne voulait pas bouger.

« Il veut pas bouger ! »

La sueur lui perlait au front tandis qu'il tirait sur le morceau de bois qui, peu coopératif, restait immobile.

« Attends, laisse-moi essayer », dit Mémé, et elle avança la main par-devant lui. Il y eut un claquement et une odeur de fer-blanc chauffé.

Lefèvre traversa la forge à la course, pleurnichant à moitié, jusqu'au mur d'en face contre lequel Mémé avait atterri cul par-dessus tête.

« Ça va ? ».

Elle ouvrit deux yeux comme des diamants furieux et annonça : « Je vois. C'est comme ça, hein ?

— Comme ça, quoi ? fit Lefèvre, complètement ahuri.

— Aide-moi à me relever, espèce d'imbécile. Et va me chercher un hachoir. »

Le ton de sa voix laissait entendre que ce serait une bonne idée de ne pas désobéir. Lefèvre fourragea désespérément dans le bric-à-brac à l'arrière de la forge et finit par trouver une vieille hache à double tranchant.

« Bien. Maintenant, enlève ton tablier.

— Pourquoi ? Qu'est-ce que tu veux faire ? » voulut savoir le forgeron qui commençait à perdre prise sur les événements. Mémé poussa un soupir excédé.

« C'est du cuir, crétin. Je vais envelopper le manche dedans. Il me fera pas le même coup deux fois ! »

Lefèvre retira à grand-peine le lourd tablier de cuir et le lui tendit avec d'infinies précautions. Elle l'enroula autour du manche et porta un ou deux coups dans le vide. Puis, l'air d'une araignée dans la lueur de la fournaise quasi incandescente, elle traversa l'atelier à grands pas et, dans un grognement de triomphe et d'effort, abattit la lourde lame en plein milieu du bourdon.

Il y eut un petit bruit sec. Il y eut comme un bruit de perdrix. Il y eut un bruit sourd.

Il n'y eut plus de bruit du tout.

Lefèvre leva tout doucement le bras, sans bouger la tête, et toucha la lame de la hache. Elle ne se trouvait plus sur l'outil. Elle s'était enfoncée dans la porte près de son crâne et lui avait enlevé un minuscule copeau d'oreille.

Mémé, debout, l'air légèrement sonnée d'avoir frappé un objet parfaitement inébranlable, fixa le morceau de bois dans ses mains.

« Ddd'acccccorrrd, bégaya-t-elle. Sssiii c'eeest cccoooommme çççaaaa...

— Non, fit Lefèvre avec autorité en se frottant l'oreille. Je sais pas à quoi tu penses, mais non. Laisse tomber. Je vais entasser des bricoles autour. Personne y fera attention. Laisse tomber. C'est rien qu'un bout de bois.

— *Rien qu'un bout de bois ?*

— T'as une meilleure idée ? Une idée qui m'arrachera pas la tête ? »

Elle jeta un regard mauvais au bourdon qui ne parut pas tiquer.

« Pas pour l'instant, reconnut-elle. Mais donne-moi un peu de temps...

— D'accord, d'accord. De toute façon, j'ai à faire, des mages à enterrer, tu sais ce que c'est... »

Lefèvre prit une pelle près de la porte du fond, hésita.

« Mémé.

— Quoi ?

— Tu sais comment les mages aiment se faire enterrer ?

— Oui !

— Comment, alors ? »

Mémé Ciredutemps marqua une pause au pied de l'escalier.

« A contrecœur. »

Plus tard, la nuit tomba doucement à mesure que les dernières ondes de la lumière lente du monde s'écoulaient de la vallée et qu'une lune pâle, délavée par la pluie, brillait dans une nuit cloutée d'étoiles. Et de l'ombre d'un verger derrière la forge s'échappait de temps à autre un tintement de pelle ou un juron étouffé.

Dans un berceau à l'étage, le premier mage féminin du monde rêvait à pas grand-chose.

Le chat blanc somnolait à sa place attitrée près du brasier de la forge. Les seuls bruits dans la chaude obscurité de l'atelier, c'étaient les crépitements des morceaux de charbon qui se tassaient sous la cendre.

Le bourdon se dressait dans son coin, à la place qu'il voulait occuper, enveloppé d'ombres légèrement plus noires qu'elles ne le sont d'ordinaire.

Le temps passa, ne faisant, somme toute, que son boulot.

Il y eut un léger cliquetis, un frémissement dans l'air. Au bout d'un moment, le chat s'assit sur son derrière et regarda d'un œil intéressé.

L'aube vint. Sur les hauteurs du Bélier, l'aube faisait

toujours impression, surtout quand une tempête avait dégagé l'atmosphère. La vallée qu'occupait Trou-d'Ucques dominait un paysage de montagnes et de contreforts de moindre altitude, violets et orange dans les premières lueurs matinales qui les envahissaient tout doucettement (car la lumière se déplace à la vitesse d'une limace dans le vaste champ magique du Disque). Au loin, les grandes plaines demeuraient plongées dans une flaque d'ombre. Encore plus loin, la mer scintillait de temps en temps.

En fait, de ce point de vue le regard portait jusqu'au bout du monde.

Il ne s'agit pas là d'une image poétique mais de la réalité, puisque le monde était indubitablement plat et en outre connu pour se faire véhiculer à travers l'espace à dos de quatre éléphants, eux-mêmes juchés sur la carapace de la Grande A'Tuin, la Tortue céleste.

Mais redescendons à Trou-d'Ucques, où le village s'éveille. Le forgeron vient d'entrer dans sa forge et l'a trouvée mieux rangée que jamais depuis un siècle : on a remis tous les outils à leurs places, balayé par terre et allumé un nouveau feu. Assis sur l'enclume, qu'on a déménagée à l'autre bout de l'atelier, il observe le bourdon et s'efforce de réfléchir.

Il ne se passa pas grand-chose pendant sept ans, sauf que l'un des pommiers du verger de la forge poussa notablement plus haut que les autres ; il y grimpait souvent une fillette brune à qui manquait une dent sur le devant, une fillette à la physionomie qui promettait, sinon une beauté future, du moins un charme intéressant.

Elle avait reçu le nom d'Eskarina, sans raison particulière autre que la sonorité du mot qui plaisait à sa mère, et Mémé Ciredutemps, qui la surveillait de près, n'avait jamais décelé en elle le moindre signe de magie. Il est vrai que la gamine passait plus de temps à grimper aux arbres et à courir en braillant que ne le font normalement les petites filles, mais avec quatre frères plus âgés encore à la maison elle avait des excuses. En vérité, la sorcière commençait à se rassurer et à croire que la magie n'avait pas pris, en fin de compte.

Mais la magie a pour habitude de garder un profil bas, comme un râteau dans l'herbe.

L'hiver revint une fois de plus. Un mauvais hiver. Les nuages s'agglutinaient autour des montagnes du Bélier comme de gros moutons gras, remplissaient les ravines de neige et transformaient les forêts en cavernes silencieuses et lugubres. Les hauts cols étaient fermés et les caravanes ne repasseraient pas avant le printemps. Trou-d'Ucques devint un îlot de chaleur et de lumière.

Au petit déjeuner, la mère d'Esk lança : « Je m'inquiète au sujet de Mémé Ciredutemps. On la voit plus depuis un moment. »

Lefèvre la regarda par-dessus sa cuillerée de porridge.

« C'est pas moi qui vais m'en plaindre, dit-il. Elle...

— Elle a un grand nez », le coupa Esk.

Ses parents lui jetèrent un regard courroucé.

« T'as pas à faire ce genre de réflexion, dit sa mère d'un ton sévère.

— Mais père a dit qu'elle fourre toujours son...

— Eskarina !

— Mais il a dit...

— Moi, j'te dis...

— Oui, mais il l'a dit, qu'elle avait... »

Lefèvre allongea le bras et lui flanqua une claque. Elle n'était pas très forte et il la regretta aussitôt. Les garçons avaient droit à des taloches voire à sa ceinture toutes les fois qu'ils le méritaient. L'ennui avec sa fille, plutôt que de la désobéissance ordinaire, c'était cette façon exaspérante qu'elle avait de continuer à discuter longtemps après qu'elle aurait dû se taire. Ça le mettait toujours hors de lui.

Elle éclata en sanglots. Lefèvre se leva, gêné, en colère après lui-même, puis il s'en fut d'un pas lourd à la forge.

Il y eut un grand choc suivi d'une chute sourde.

On le trouva sans connaissance par terre. Par la suite il ne cessa de soutenir qu'il s'était cogné la tête dans l'encadrement de la porte. Ce qui paraissait bizarre vu qu'il n'était pas très grand et qu'il y avait toujours eu assez d'espace entre son crâne et le chambranle jusque-là, mais ce qui s'était passé n'avait aucun rapport, il en était sûr, avec le mouvement fugitif aperçu dans l'angle le plus sombre de la forge.

Sans qu'on sache pourquoi, d'autres événements semblables marquèrent la journée. Ce fut une journée de vaisselle cassée, une journée où les gens se marchaient sur les pieds et ronchonnaient. La mère d'Esk laissa tomber une cruche qui avait appartenu à sa grand-mère et une caisse entière de pommes se révéla moisie dans le grenier. Dans l'atelier, la forge, récalcitrante, refusa de tirer. Jaims, le fils aîné, glissa sur la glace tassée de la route et se fit mal au bras. Le chat blanc — mais c'était peut-être un de ses descendants car les chats menaient leur vie personnelle et compliquée dans le fenil voisin de la forge — le chat blanc, donc, alla grimper dans la cheminée de l'arrière-cuisine et refusa de redescendre. Même le ciel s'affaissait comme un vieux matelas, et l'atmosphère était étouffante, malgré la neige.

Nerfs en pelote, mécontentement et mauvaise humeur faisaient vibrer l'air comme par temps d'orage.

« Bon ! D'accord. Ça suffit comme ça ! s'écria la mère d'Esk. Cern... Gulta, Esk et toi, allez donc voir comment va Mémé et... Où elle est passée, Esk ? »

Les deux plus jeunes garçons sortirent la tête de sous la table où ils se bagarraient sans grande conviction.

« S'est rendue au verger, dit Gulta. Une fois d'plus.

— Allez la chercher, alors, et mettez-vous en route !

— Mais il fait froid !

— Il va retomber de la neige !

— Y a qu'un kilomètre et demi d'ici chez Mémé et la route est bien dégagée. Et puis, c'est pas vous qui demandiez à sortir quand on a eu la première neige ? Allez, filez et revenez pas tant que vous serez pas de meilleure humeur. »

Ils trouvèrent Esk assise sur une fourche du grand pommier. Les garçons ne l'aimaient pas beaucoup, cet arbre-là. D'abord, il était tellement couvert de gui qu'il paraissait vert même en plein hiver, ensuite il donnait de petits fruits, un jour aigres à vous retourner l'estomac, le lendemain pourris et infestés de guêpes, et sous son air facile à escalader il avait la manie de casser ses petites branches et de déloger les pieds aux mauvais moments. Cern avait une fois juré qu'une branche s'était tordue rien que pour le faire tomber. Mais le pommier tolérait Esk qui allait régulièrement s'y asseoir quand elle était contrariée, qu'elle en avait marre ou simplement envie d'être seule, et les garçons sentaient que le droit de tout frère à gentiment torturer sa sœur s'arrêtait au pied de l'arbre. Aussi lui lancèrent-ils une boule de neige. Qui passa à côté.

« On va voir la vieille Ciredutemps.

— Mais t'es pas forcée de venir.

— Parce que tu nous ralentirais et puis tu pleurnicherais, sûrement. »

Esk laissa tomber sur eux un regard grave. Elle ne pleurait pas beaucoup, ça n'avançait jamais à grand-chose, estimait-elle.

« Si vous voulez pas de moi, alors je viens », dit-elle. Ce genre de réponse passe pour de la logique entre frères et sœurs.

« Oh, on veut bien de toi, se hâta de dire Gulta.

— J'suis bien contente de le savoir », répliqua Esk qui se laissa tomber sur la neige durcie.

Ils avaient un panier de saucisses fumées, d'œufs en conserve et — parce que leur mère était prudente autant que généreuse — un grand pot de confitures de pêches qu'on n'appréciait guère dans la famille. Elle les faisait quand même tous les ans lorsque les petites pêches sauvages étaient mûres.

Les Trou-d'Ucquois avaient appris à vivre avec la neige des longs hivers ; ainsi les routes qui sortaient du village étaient-elles bordées de planches afin de réduire les formations de congères et, plus important, d'empêcher les voyageurs de s'égarer. Pour les habitants de la région, le risque n'était pas très grand, car un génie méconnu du conseil communal, plusieurs générations auparavant, avait eu l'idée de tailler des jalons tous les dix arbres dans la forêt autour du village, sur une distance de près de trois kilomètres. La tâche avait pris des années, et l'on pouvait toujours consacrer son temps libre au retaillage, mais certains hivers où le blizzard vous perdait un homme à quelques mètres de chez lui, plus d'une vie avait été sauvée grâce au dessin d'encoches que les doigts découvraient à tâtons sous la neige collée aux troncs.

Il neigeait à nouveau lorsqu'ils quittèrent la route et entreprirent de gravir le sentier où, l'été, la maison de Mémé Ciredutemps nichait dans une débauche de fourrés de framboisiers et de plantes à sorcières bizarres.

« Y a aucune trace de pas, observa Cern.

— Que des traces de renards, dit Gulta. Il paraît qu'elle peut se changer en renard. Ou en n'importe quoi. Même en oiseau. N'importe quoi. C'est comme ça qu'elle sait tout le temps ce qui se passe. »

Ils jetèrent autour d'eux un regard prudent. Effectivement, au loin, perché sur une souche d'arbre, un corbeau ébouriffé les observait.

« Il paraît qu'il y a toute une famille, là-bas au Pic Fendu, qui peut se changer en loups, dit Gulta, peu enclin à abandonner un sujet prometteur, parce qu'une nuit quelqu'un a tiré à l'arc sur un loup et que le lendemain leur tante boitait avec une blessure de flèche dans la jambe, et...

— Moi, j'y crois pas, que les gens peuvent se changer en animaux, dit lentement Esk.

— Ah oui, mademoiselle Je-sais-tout ?

— Mémé est plutôt costaude. Si elle se transformait en renard, qu'est-ce qu'elle ferait de tous les bouts en trop ?

— Elle les ferait disparaître par magie, dit Cern.

— J'crois pas que la magie, ça marche comme ça, dit Esk. Tu peux pas faire arriver les choses comme tu veux, y a une sorte de... comme une bascule, si tu abaisses un bout, l'autre remonte... » Sa voix s'estompa.

Ses frères lui lancèrent un regard.

« Je vois mal Mémé sur une bascule », dit Gulta. Cern gloussa.

« Non, je veux dire... chaque fois qu'une chose se produit, une autre doit forcément se produire aussi... je crois », reprit Esk en hésitant, puis elle contourna avec précaution une congère plus grosse que d'habitude. « Mais dans... l'autre direction.

— C'est idiot, fit Gulta, parce que, regarde, tu te souviens quand la foire est venue l'été dernier ? Y avait bien un mage qui faisait sortir toutes sortes d'oiseaux et de trucs de nulle part, non ? Je veux dire, ça s'est passé comme ça, il a dit des paroles, agité les mains, et c'est arrivé, voilà. Y avait pas de bascules.

— Y avait une balançoire, dit Cern. Et un truc où il fallait jeter des trucs sur des trucs pour gagner des trucs.

— Et t'as rien touché, Gul.

— Toi aussi, t'as dit que les trucs étaient collés aux trucs pour qu'on arrive pas à les faire tomber, t'as dit... »

Leur conversation s'égarait ; on aurait cru entendre deux jeunes chiens. Esk écoutait d'une oreille distraite. Je sais ce que je veux dire, songeait-elle. La magie, c'est facile, suffit de trouver le point où tout est en équilibre et de pousser. C'est à la portée de n'importe qui. Il n'y a rien de magique là-dedans. Toutes ces histoires de paroles saugrenues et de mains qu'on agite, c'est rien que... c'est seulement pour...

Elle s'arrêta, étonnée. Elle savait ce qu'elle voulait dire. L'idée était là, claire dans son esprit. Mais elle ne savait pas comment l'exprimer par des mots.

C'était un sentiment horrible de découvrir des choses en elle et d'ignorer comment elles s'agençaient. C'...

« Viens, sinon ça va nous prendre la journée. »

Elle secoua la tête et se dépêcha de rattraper ses frères.

La chaumière de la sorcière comptait tellement d'extensions et d'appentis qu'on voyait mal à quoi avait ressemblé la construction originale, ou même s'il y en avait jamais eu. En été l'entouraient d'épais parterres de ce que Mémé appelait librement « les Herbes » : des plantes étranges, velues, tapies ou entortillées, à fleurs bizarres, fruits éclatants ou cosses désagréablement pansues. Seule Mémé savait à quoi elles servaient, et le pigeon ramier assez affamé pour s'y attaquer ressortait généralement en rigolant tout seul et en se cognant partout (ou, parfois, ne ressortait jamais).

Maintenant, une épaisse couche de neige recouvrait les lieux. Une misérable manche à air claquait contre son mât. Mémé n'était pas d'accord pour voler, mais certaines de ses amies utilisaient encore les balais.

« Ç'a l'air désert, dit Cern.

— Pas de fumée », dit Gulta.

Les fenêtres ressemblaient à des yeux, songea Esk, mais elle garda sa réflexion pour elle.

« C'est seulement la maison de Mémé, dit-elle. Tout est normal. »

La chaumière dégageait une impression de vide. Ils le

sentaient. Les fenêtres ressemblaient vraiment à des yeux, noirs et menaçants sur le fond de neige. Et personne dans les montagnes du Bélier ne laissait mourir son feu en hiver, question de fierté.

Esk avait envie d'annoncer : « Rentrons chez nous », mais elle savait que dans ce cas les garçons se sauveraient à toutes jambes. Aussi préféra-t-elle dire : « D'après Mère, y a une clé accrochée à un clou dans les cabinets », ce qui n'était guère mieux. Même de simples cabinets inconnus étaient source de menues terreurs : nids de guêpes, grosses araignées, bruissements de bêtes mystérieuses dans le toit, voire un petit ours qu'au cours d'un hiver particulièrement rigoureux on y avait découvert à hiberner et qui avait provoqué des cas de constipation aiguë dans la famille jusqu'à ce qu'on persuade l'animal d'aller coucher dans la grange. Alors des cabinets de sorcière, ça pouvait renfermer *n'importe quoi.*

« J'vais aller voir, d'accord ? ajouta-t-elle.

— Si tu veux », dit avec désinvolture Gulta qui parvint presque à dissimuler son soulagement.

En fait, lorsqu'elle réussit à ouvrir la porte bloquée par la neige entassée, les cabinets étaient propres et nets et ne renfermaient rien de plus sinistre qu'un vieil almanach soigneusement accroché à un clou. Par principe, Mémé avait des objections contre la lecture, mais elle aurait été la dernière à prétendre que les livres, surtout ceux pourvus de pages bien fines, ne rendaient pas certains services.

La clé partageait un rebord près de la porte avec une chrysalide et un reste de bougie. Esk la prit délicatement, en faisant attention de ne pas déranger la chrysalide, et rejoignit les garçons en vitesse.

Inutile d'essayer la porte de devant. A Trou-d'Ucques, seuls les fiancées et les cadavres les empruntaient, et Mémé avait toujours évité d'appartenir à l'une ou l'autre catégorie. A l'arrière, la neige s'était accumulée contre la porte et personne n'avait cassé la glace du tonneau d'eau.

La lumière commençait à s'écouler du ciel lorsque après s'être frayés un chemin jusqu'à la porte ils persuadèrent enfin la clé de tourner.

A l'intérieur, la grande cuisine était sombre, glaciale, et ne sentait que la neige. Il y faisait *toujours* sombre, mais on avait l'habitude d'y voir un grand feu dans la vaste cheminée et d'y respirer les épais relents d'on ne savait trop ce qu'elle faisait bouillir ce jour-là, ce qui donnait parfois des maux de tête ou des visions.

Ils explorèrent les lieux d'un pas hésitant, en lançant des appels, puis Esk finit par se dire qu'on ne pouvait plus attendre davantage pour monter à l'étage. Le cliquetis du loquet à poucier de la porte qui donnait sur l'étroite cage d'escalier retentit plus fort qu'il n'aurait dû.

Mémé gisait sur sa couche, les bras croisés serrés sur la poitrine. Une rafale avait ouvert la petite fenêtre. De la neige poudreuse avait volé dans la pièce pour se déposer sur le plancher et le lit.

Esk fixait des yeux la courtepointe en patchwork sous la vieille femme parce qu'il arrivait parfois qu'un petit détail prenne de l'importance et emplisse tout l'univers. Elle entendit à peine Cern qui se mettait à pleurer : bizarrement, elle se rappelait son père, il avait confectionné la courtepointe deux hivers plus tôt, lorsqu'il avait presque autant neigé que cette année-ci et qu'il n'y avait pas beaucoup d'ouvrage à la forge, il s'était servi de toutes sortes de bouts de tissu qui avaient atterri à Trou-d'Ucques de partout dans le monde, tels que soie, cuir de dilemme, coton d'eau, laine de tharga et, vu qu'il ne valait évidemment pas grand-chose non plus en couture, il avait obtenu un machin grumeleux plutôt curieux qui ressemblait plus à une tortue aplatie qu'à une courtepointe, aussi sa mère avait-elle généreusement décidé de l'offrir à Mémé à la dernière Veille des Porchers, et...

« Elle est morte ? » demanda Gulta, comme si Esk était une experte en la matière.

Les yeux d'Esk remontèrent sur Mémé Ciredutemps. La vieille femme avait le visage gris, amaigri. C'était à ça que ressemblaient les morts ? Sa poitrine n'aurait-elle pas dû monter et descendre ?

Gulta se ressaisit.

« Faudrait aller chercher quelqu'un et faudrait se décider maintenant parce qu'il va faire noir sous peu, dit-il tout net. Mais Cern va rester ici. »

Son frère le regarda, horrifié.

« Pourquoi donc ? fit-il.

— Parce qu'il faut toujours que quelqu'un reste avec les morts, répondit Gulta. Tu t'rappelles quand l'oncle Derghart est mort et que Père a dû l'veiller jusqu'au matin avec les bougies et tout ? Sinon, il s'en vient quelque chose de mauvais qui emporte ton âme dans... quelque part, acheva-t-il maladroitement. Et après les gens reviennent te hanter. »

Cern ouvrit la bouche pour se remettre à pleurer. Esk s'empressa de proposer : « Moi, j'vais rester. Je m'en fiche. C'est que Mémé. »

Gulta la regarda avec soulagement.

« Allume des bougies ou quelque chose, dit-il. J'crois que c'est ce qu'il faut faire. Après... »

Il y eut un grattement sur le rebord de la fenêtre. Un corbeau s'y était posé et les regardait avec méfiance en clignant des yeux. Gulta cria et lui jeta son chapeau. L'oiseau s'envola sur un croassement de reproche et le garçon referma la fenêtre.

« Je l'ai déjà vu par ici, dit-il. J'crois que Mémé lui donne à manger. Lui donnait, se corrigea-t-il tout seul. En tout cas, on va revenir avec du monde, ça sera pas long. Viens, Cern. »

Ils descendirent bruyamment l'escalier sombre. Esk les vit sortir de la maison et verrouilla la porte derrière eux.

Le soleil était une boule rouge au-dessus des montagnes et les premières étoiles apparaissaient déjà.

Elle fureta dans la cuisine obscure et finit par trouver un bout de chandelle et un briquet à amadou. Après bien des efforts, elle parvint à allumer la chandelle et la posa sur la table, mais la flamme n'éclairait pas vraiment la pièce, elle ne faisait que peupler d'ombres l'obscurité. Puis elle découvrit le rocking-chair de Mémé près de l'âtre froid et elle s'y installa pour attendre.

Le temps s'écoula. Il ne se passait rien.

Puis il y eut des petits coups à la fenêtre. Esk prit le bout de chandelle et scruta par les épaisses vitres rondes.

Un œil jaune en trou de vrille cligna à son intention.

La chandelle coula et s'éteignit.

Esk, clouée sur place, osait à peine respirer. Les petits coups reprirent, puis s'arrêtèrent. Un court silence suivit, puis le loquet de la porte grinça.

Quelque chose de mauvais s'en vient, avaient dit les garçons.

Elle retraversa la pièce à tâtons et manqua trébucher sur le rocking-chair qu'elle traîna pour le ramener devant la porte où elle le cala du mieux possible. Sur un dernier claquement, le loquet se tut.

Esk attendit, écouta jusqu'à ce que le silence lui rugisse dans les oreilles. Puis quelque chose se mit à cogner contre la petite fenêtre de l'arrière-cuisine, doucement mais avec insistance. Au bout d'un moment, ça s'arrêta. Quelques instants plus tard ça recommença dans la chambre au-dessus : un grattement léger, comme un bruit de griffe.

Esk sentait qu'il fallait faire montre de bravoure, mais par une nuit pareille la bravoure durait le temps qu'une chandelle donnait de la lumière, pas davantage. Elle retraversa la cuisine obscure à tâtons, les yeux étroitement fermés, et atteignit la porte.

Un gros paquet de suie tomba dans l'âtre avec un bruit mat, et lorsqu'elle entendit les affreux grattements dans la cheminée elle fit glisser les verrous, ouvrit la porte à la volée et fila comme une flèche dans la nuit.

Le froid la frappa comme un poignard. La gelée avait formé une croûte sur la neige. Où elle allait, elle s'en fichait, mais une terreur sourde lui donnait l'envie folle de s'y rendre au plus vite.

A l'intérieur de la chaumière, le corbeau atterrit lourdement dans l'âtre, au milieu de la suie, et marmonna tout seul avec humeur. Il sautilla et s'enfonça dans l'ombre ; un moment plus tard le loquet de la porte au bas des marches retomba avec fracas et des ailes battirent dans la cage d'escalier.

Esk tendit le bras aussi haut que possible et tâtonna autour de l'arbre à la recherche du jalon. Cette fois elle avait de la chance, mais la combinaison de points et de traits lui apprit qu'elle se trouvait à plus d'un kilomètre et demi du village et qu'elle avait couru dans la mauvaise direction.

Elle leva les yeux vers une lune en croûte de fromage et quelques malheureuses étoiles, petites, lumineuses, impitoyables. La forêt autour d'elle composait un décor de neige pâle et d'ombres noires, des ombres qui, elle en avait conscience, n'étaient pas toutes immobiles.

Tout le monde savait qu'il y avait des loups dans les montagnes parce que certaines nuits les échos de leurs hurlements rebondissaient depuis les hauteurs, mais ils s'approchaient rarement du village — les loups modernes étaient les descendants d'ancêtres qui avaient survécu pour avoir appris que la chair humaine avait des arêtes tranchantes.

Mais l'hiver était rude, et cette bande-là avait assez faim pour tout oublier de la sélection naturelle.

Esk se souvint de ce qu'on répétait à tous les enfants. Grimpez à un arbre. Allumez un feu. En dernier recours, trouvez un bâton et au moins blessez-les. N'essayez jamais de les distancer à la course.

L'arbre dans son dos était un hêtre, lisse, impossible à escalader.

Esk regarda une ombre effilée se détacher d'une mare d'obscurité devant elle et se rapprocher un peu. Elle s'agenouilla, épuisée, effrayée, incapable de réfléchir, et gratta sous la neige brûlante de froid à la recherche d'un bâton.

Mémé Ciredutemps ouvrit les yeux et fixa le plafond fissuré, bombé comme une tente.

Elle se concentra pour se rappeler qu'elle avait des bras, non des ailes, et qu'elle n'avait pas besoin de sautiller. Il était toujours prudent de rester un moment allongé après un Emprunt, pour que l'esprit s'habitue au corps, mais elle savait qu'elle manquait de temps.

« Fichue gamine », marmonna-t-elle, et elle essaya de voler jusqu'au rebord du lit. Le corbeau, qui était déjà passé par cette expérience des dizaines de fois et considérait — pour autant que les oiseaux en soient capables, ce qui ne les mène pas loin à la vérité — qu'un régime régulier de couenne de lard, des rogatons de choix et un nid douillet pour la nuit compensaient largement l'inconvénient de laisser de temps en temps Mémé partager sa tête, le corbeau, donc, suivait la scène sans grand intérêt.

Mémé mit la main sur ses chaussures et descendit lourdement l'escalier, refrénant impitoyablement son envie de glissade. La porte était grande ouverte et une fine couche de neige poudreuse recouvrait déjà le sol de la cuisine.

« Oh, fait chier », lâcha-t-elle. Elle se demanda si ça valait la peine d'essayer de trouver l'esprit d'Esk ; les humains ne l'avaient pas aussi précis et clair que les animaux, et de toute façon celui de la forêt, plus puissant, rendait toute recherche improvisée aussi vaine que l'espoir d'entendre une chute d'eau par temps d'orage. Mais même sans regarder, elle sentait l'esprit unitaire de la bande de loups, une sensation âcre, fétide, qui emplissait la bouche d'un goût de sang.

Elle parvint seulement à distinguer les petites traces de pas dans la croûte de gel, à demi comblées de neige fraîche. Jurant et grommelant, Mémé Ciredutemps s'enveloppa dans son châle et se mit en route.

Le chat blanc s'éveilla sur sa corniche personnelle dans la forge en entendant les bruits qui provenaient de l'angle le plus sombre. Lefèvre avait soigneusement fermé les grandes portes derrière lui lorsqu'il était parti avec les garçons au bord de l'hystérie, et l'animal observa avec intérêt l'ombre mince qui tâta doucement la serrure puis éprouva les gonds.

Les portes étaient en chêne, durcies par la chaleur et le temps, ce qui ne les empêcha pas d'exploser jusque de l'autre côté de la rue.

Le forgeron entendit un bruit dans le ciel tandis qu'il se dépêchait sur le sentier. Mémé aussi. C'était un vrombissement décidé, comme un vol d'oies, et les nuages de neige bouillonnèrent et se tirebouchonnèrent à son passage.

Les loups aussi l'entendirent quand il vira à basse altitude au-dessus de la cime des arbres et s'écrasa comme un bolide dans la clairière. Ils l'entendirent hélas bien trop tard.

Mémé Ciredutemps n'avait plus besoin de suivre les traces désormais. Elle se dirigea vers les éclairs de lumière bizarre au loin, les curieux sifflements, les mystérieux chocs sourds et les hurlements de douleur et de terreur.

Deux loups la croisèrent en trombe, les oreilles basses, farouchement résolus à ne pas se laisser arrêter par le moindre obstacle en travers de leur chemin.

Il y eut un craquement de branches cassées. Quelque chose de gros et lourd atterrit dans un sapin près de la sorcière avant de s'écraser en gémissant dans la neige. Un autre loup fila dans une trajectoire rectiligne à hauteur de tête et rebondit sur un tronc d'arbre.

Le silence se fit.

Mémé se fraya un passage entre les branches enneigées.

Elle vit que la neige était tassée en un cercle blanc. Quelques loups gisaient à la périphérie, morts ou sagement décidés à ne pas faire le moindre mouvement.

Le bourdon se tenait tout droit dans la neige et Mémé eut l'impression qu'il se tournait pour la regarder tandis qu'elle le dépassait à pas comptés.

Il y avait aussi un petit tas au centre du cercle, étroitement recroquevillé sur lui-même. Mémé s'agenouilla avec quelque peine et avança doucement la main.

Le bourdon bougea. Ce n'était guère plus qu'un tremblement, mais la vieille femme arrêta son geste juste avant de toucher l'épaule d'Esk. Elle leva un regard mauvais sur les sculptures de bois et le défia de bouger encore.

L'air s'épaissit. Puis le bâton parut faire machine arrière, quoique sans bouger, et en même temps quelque chose d'indéfinissable souffla on ne peut plus clairement à la vieille sorcière qu'en ce qui concernait le bourdon, il ne s'agissait pas d'une défaite mais d'une simple décision tactique; surtout qu'elle ne se figure pas avoir gagné, parce que ce n'était pas le cas.

Esk frissonna. Mémé la tapota distraitement.

« C'est moi, petite. Rien que la vieille Mémé. »

Le tas ne se redressa pas.

Mémé se mordit les lèvres. Les enfants la laissaient toujours perplexe, elle les cataloguait — quand il lui arrivait de penser à eux — quelque part entre les animaux et les gens. Les bébés, elle les comprenait. On versait du lait à un bout et on tenait l'autre aussi propre que possible. Avec les adultes c'était encore plus facile parce qu'ils se chargeaient eux-mêmes de l'alimentation et du nettoyage. Mais entre les deux existait un monde qu'elle n'avait jamais vraiment cherché à explorer. Pour ce qu'elle savait des enfants, on essayait de les empêcher d'attraper quoi que ce soit de fatal et on priait pour que tout se passe bien.

Mémé, en réalité, était embarrassée, mais elle savait qu'elle devait faire quelque chose.

« Z'ont fait peur à la fifille, les vilains louloups, hein ? » risqua-t-elle.

Pour des raisons autres que celles prévues, ça parut marcher. Des profondeurs du tas une voix assourdie lança : « J'ai huit ans, tu sais.

— Quand on a huit ans, on s'met pas en boule dans la neige », dit Mémé qui avançait à tâtons dans les méandres d'une conversation adulte-enfant.

La boule ne répondit pas.

« J'dois bien avoir chez moi du lait et des petits gâteaux », hasarda Mémé.

Aucun effet perceptible.

« Eskarina Lefèvre, si tu t'relèves pas tout de suite, je vais te flanquer une de ces fessées !... »

Esk sortit prudemment la tête.

« Pas la peine de te fâcher », dit-elle.

Quand Lefèvre atteignit la chaumière, Mémé venait juste d'arriver, tenant Esk par la main. Les garçons, inquiets, regardèrent autour d'eux de derrière leur père.

« Hum, fit le forgeron qui ne savait trop comment entamer une conversation avec une supposée défunte. On... euh... m'a dit que t'étais... malade. » Il se retourna et lança un regard furibond à ses fils.

« Je m'reposais et j'ai dû m'assoupir. J'ai l'sommeil très lourd.

— Oui, fit Lefèvre d'une voix hésitante. Bon. Tout va bien, alors. Qu'est-ce qui lui arrive, à Esk ?

— Elle a eu une petite frayeur, répondit Mémé qui pressa la main de la fillette. Des ombres et ainsi de suite. Elle a besoin de se réchauffer. J'allais la coucher dans mon lit, si ça te convient, elle sait plus trop où elle en est. »

Lefèvre n'était pas tout à fait sûr que ça lui convenait.

Mais il était sûr que son épouse, comme toutes les autres femmes du village, tenait Mémé Ciredutemps en très haute estime, voire éprouvait envers elle une crainte mêlée de respect, et que s'il commençait à soulever des objections il perdrait rapidement pied.

« Parfait, parfait, dit-il, si ça te dérange pas. Je l'enverrai chercher demain matin, d'accord ?

— C'est ça, fit Mémé. Je t'inviterais bien, mais je suis sans feu...

— Non, non, ça va comme ça, se hâta de dire Lefèvre. Mon dîner m'attend. Pas le temps de causer », ajouta-t-il en baissant les yeux sur Gulta qui ouvrait la bouche pour dire quelque chose et jugea plus sage de la refermer.

Quand ils furent partis, alors que les protestations des deux garçons résonnaient parmi les arbres, Mémé ouvrit la porte, poussa Esk à l'intérieur, entra et verrouilla derrière. Elle prit deux bougies dans sa réserve au-dessus du buffet et les alluma. Puis elle sortit d'un vieux coffre des couvertures plus toutes jeunes mais encore bonnes qui sentaient les herbes anti-mites, et enveloppa Esk dedans avant de l'installer dans le rocking-chair.

Elle se mit à genoux, sur fond de craquements et de grognements, et entreprit d'allumer un feu. Tâche délicate réclamant de l'amadou, des copeaux de bois, des bouts de brindilles, beaucoup de souffle et force jurons.

Esk lança : « T'es pas obligée de t'y prendre comme ça, Mémé. »

Mémé se raidit et regarda la plaque de cheminée. Un beau contre-feu que Lefèvre lui avait fondu des années plus tôt, orné de chouettes et de chauves-souris. Mais pour l'heure elle ne s'intéressait pas au motif.

« Ah oui ? fit-elle d'une voix parfaitement calme. Tu connais un meilleur moyen, c'est ça ?

— Tu pourrais l'allumer par magie. »

Mémé, avec une grande attention, disposait des bouts de brindilles sur les flammes récalcitrantes.

« Et comment je m'y prendrais, je te prie ? demandat-elle, l'air de poser sa question à la plaque de cheminée.

— Ben, fit Esk, je... je m'souviens pas. Mais toi, tu dois bien l'savoir, non ? Tout le monde est au courant que tu fais de la magie.

34

— Il y a magie et magie, dit Mémé. L'important, ma fille, c'est de savoir à quoi elle sert et à quoi elle sert pas. Et crois-moi, elle a jamais été faite pour allumer des feux, ça, tu peux en être sûre. Si le Créateur avait voulu qu'on se serve de la magie pour allumer des feux, eh ben, il nous aurait pas donné... euh... des allumettes.

— Mais est-ce que tu pourrais allumer un feu par magie ? demanda Esk tandis que Mémé suspendait un vieux chaudron noir à son crochet. J'veux dire, si t'avais envie. Si c'était permis.

— Possible, répondit Mémé, qui en était incapable : le feu n'avait pas d'esprit, il n'était pas vivant, et ça faisait deux raisons sur trois.

— Tu l'allumerais beaucoup mieux.

— Ce qui mérite d'être fait mérite aussi d'être mal fait, dit Mémé, cherchant son salut dans les aphorismes, dernier refuge de l'adulte en état de siège.

— Oui, mais...

— Y a pas de mais. »

Mémé fourragea dans une boîte en bois sombre sur le buffet. Elle tirait fierté de sa connaissance sans égale des propriétés des herbes locales — nul mieux qu'elle ne savait les nombreuses utilisations de l'auriculette, du thym-de-pucelle, de la suée-d'amour — mais il lui fallait parfois recourir à sa petite réserve de remèdes âprement négociés et précieusement amassés, importés des Pays étrangers (qu'en ce qui la concernait elle situait n'importe où au-delà d'un jour de marche), pour obtenir l'effet désiré.

Dans un gobelet elle émietta quelques feuilles rouges et sèches, les recouvrit de miel et d'eau chaude du chaudron, et fourra le tout dans les mains d'Esk. Puis elle plaça une grosse pierre ronde sous la grille du foyer — plus tard, enveloppée dans un morceau de couverture, elle ferait un chauffe-lit — et s'en fut dans l'arrière-cuisine après avoir formellement ordonné à la gamine de ne pas bouger de son siège.

Esk battait des talons sur les pieds du rocking-chair et sirotait sa boisson. Elle lui trouvait un curieux goût poivré. Elle se demandait ce que c'était. Elle avait déjà goûté aux breuvages de Mémé, évidemment ; ils contenaient plus ou moins de miel, ça dépendait si elle vous trouvait trop turbulent ou pas, et Esk la savait renommée dans toutes les montagnes pour les potions spéciales qui guérissaient des maladies que sa mère — et aussi quelques jeunes femmes, de temps en temps — n'évoquait qu'à voix basse, les sourcils levés...

Quand Mémé revint, Esk dormait. Elle la mit au lit et verrouilla les fenêtres; la gamine ne se rendit compte de rien.

La sorcière descendit au rez-de-chaussée et tira le rocking-chair plus près du feu.

Il y avait quelque chose, se disait-elle, qui se tapissait dans l'esprit de l'enfant. Elle préférait ne pas y penser, mais elle se rappelait ce qui était arrivé aux loups. Et toute cette histoire d'allumer des feux par magie. Les mages faisaient ça, c'était l'un des premiers tours qu'ils apprenaient.

Mémé soupira. Il n'y avait qu'un moyen d'être sûre, et elle se faisait plutôt vieille pour ce genre d'épreuve.

Elle prit la bougie et traversa l'arrière-cuisine pour gagner l'appentis qui abritait ses chèvres. Les bêtes l'observèrent avec intérêt, chacune couchée dans son enclos comme une boule de fourrure, trois bouches qui mâchaient en rythme la ration quotidienne de foin. L'air y était chaud, légèrement flatulent.

Au-dessus, dans les chevrons, se tenait une petite chouette, l'une des nombreuses créatures à estimer que la vie en compagnie de Mémé valait bien quelques menus sacrifices. L'oiseau lui vint sur la main à son ordre, et elle caressa sa tête ronde d'un air songeur tout en cherchant un coin confortable où s'étendre. Un tas de foin, bah, il faudrait s'en contenter.

Elle souffla la bougie et s'allongea sur le dos, la chouette perchée sur son doigt.

Les chèvres continuaient de mastiquer, de roter et de déglutir dans la nuit douillette. On n'entendait qu'elles dans la maison.

Le corps de Mémé s'immobilisa. La chouette sentit la vieille femme entrer dans son esprit et lui fit gracieusement de la place. Mémé savait qu'elle allait le regretter; deux Emprunts le même jour : demain matin elle ne serait plus bonne à rien et elle aurait une furieuse envie de manger des souris. Evidemment, quand elle était plus jeune, elle n'y attachait aucune importance, elle courait avec les cerfs, chassait avec les renards, apprenait les mœurs curieuses et ténébreuses des taupes, passait rarement une nuit dans son propre corps. Mais ça devenait plus difficile à présent, surtout pour le Retour. Peut-être qu'un jour elle ne pourrait pas revenir, que son corps resté chez elle ne serait plus que de la chair morte ; peut-être que ce ne serait pas si mal, tout compte fait.

Voilà le genre de chose que les mages ne connaîtraient jamais. S'il leur arrivait un jour d'entrer dans l'esprit d'une créature, ce serait comme des voleurs, non par malveillance mais parce qu'il ne leur viendrait tout bonnement pas à l'idée de procéder autrement, à ces bougres de couillons. Et à quoi bon habiter le corps d'une chouette ? On ne pouvait pas voler, il fallait toute une vie pour apprendre. Mais la bonne manière consistait à entrer dans son esprit, à la guider aussi doucement que le vent berce une feuille.

La chouette s'agita, battit des ailes pour s'élever jusqu'au petit appui de la fenêtre et glissa dans la nuit de son vol silencieux.

Les nuages s'étaient dispersés et la lune étriquée faisait miroiter les montagnes. Mémé scrutait l'obscurité à travers des yeux de chouette tandis qu'elle filait sans bruit entre les rangées d'arbres. C'était la seule façon de se déplacer, une fois qu'on savait s'y prendre ! Elle aimait les Emprunts d'oiseaux par-dessus tout, elle se servait d'eux pour explorer les hautes vallées cachées où personne ne se rendait, les lacs secrets entre des falaises noires, les tout petits champs clos de murs sur des bouts de terrains plats, blottis à flanc de roche, propriétés d'êtres réservés, retirés du monde. Une fois elle avait accompagné les oies qui franchissaient les montagnes chaque printemps et chaque automne et elle avait connu la peur de sa vie en manquant dépasser le point de non-retour.

La chouette émergea de la forêt et rasa les toits du village pour se poser, dans une pluie de neige, sur le plus grand pommier du verger de Lefèvre. Il croulait sous le gui.

Elle sut qu'elle avait raison dès que ses serres touchèrent l'écorce. L'arbre ne l'acceptait pas, elle le sentait qui essayait de la repousser.

J'partirai pas, songea-t-elle.

Dans le silence de la nuit, l'arbre dit : *Brutalisez-moi, tant que vous y êtes, parce que je ne suis qu'un arbre. Typiquement féminin.*

Au moins, tu sers maintenant à quelque chose, songea Mémé. *Un arbre, ça vaut mieux qu'un mage, hein ?*

Pas désagréable, comme vie, songea l'arbre. *Du soleil. De l'air pur. Du temps pour réfléchir. Et aussi des abeilles, au printemps.*

Il y avait dans la manière dont l'arbre avait prononcé le mot « abeilles » quelque chose d'égrillard qui enleva à Mémé, laquelle avait plusieurs ruches, toute envie de miel. Comme lorsqu'on vous rappelait que les œufs étaient des poulets pas encore nés.

Je viens pour la petite fille, Esk, siffla-t-elle.

Une enfant prometteuse, songea l'arbre, *je la suis avec intérêt. Et puis, elle aime me croquer les pommes.*

Espèce de cochon, fit Mémé, outrée.

Qu'est-ce que j'ai fait ? Si ça vous gêne, que je vive, dites-le !

Mémé glissa de côté pour se rapprocher du tronc.

Faut que tu la laisses partir, songea-t-elle. *La magie commence à venir.*

Déjà ? Impressionnant, fit l'arbre.

C'est pas la bonne magie ! criailla Mémé. *C'est de la magie de mage, pas de la magie de femme ! Elle sait pas encore de quoi il s'agit, mais ç'a tué une dizaine de loups cette nuit !*

Chouette ! fit l'arbre. Mémé en ulula de rage.

Tu trouves ça drôle ? Et si elle s'était disputée avec ses frères et mise en colère, hein ?

L'arbre eut l'équivalent d'un haussement d'épaules. Des flocons de neige cascadèrent de ses branches.

Alors il faut que vous la formiez, dit-il.

Que je la forme ? Comme si je m'y connaissais pour former des mages !

Alors envoyez-la à l'Université.

C'est une fille ! chuinta Mémé, qui sauta sur sa branche.

Et alors ? Qui a dit que les filles ne pouvaient pas être mages ?

Mémé hésita. L'arbre aurait tout aussi bien pu demander

pourquoi les poissons ne pouvaient pas être des oiseaux. Elle prit une profonde inspiration, commença de parler. Et s'arrêta. Elle savait qu'il existait une réponse cinglante, blessante, percutante et surtout évidente. Seulement, à son profond regret, elle n'arrivait pas à mettre le doigt dessus.

Les femmes ont jamais été mages. C'est contre nature. Comme si on disait que les sorcières pouvaient être des hommes.

Si par sorcière vous définissez celle qui rend un culte au désir universel de création, c'est-à-dire qui vénère fondamentalement..., commença l'arbre qui poursuivit pendant plusieurs minutes. Mémé Ciredutemps écouta avec un déplaisir impatient des expressions du genre « déesses mères » et « culte lunaire primitif », et se dit qu'elle savait parfaitement en quoi ça consistait d'être une sorcière ; une sorcière s'occupait d'herbes, de malédictions, de voler la nuit et généralement de rester du bon côté de la tradition, mais sûrement pas de frayer avec des déesses, mères ou non, qui apparemment se livraient à des tours on ne peut plus douteux. Et lorsque l'arbre en vint à prononcer les mots « danser nues », elle s'efforça de ne pas écouter, parce que même si elle avait conscience que de la peau existait quelque part sous les strates invraisemblables de ses chemises et jupons, ça ne voulait pas dire qu'elle en avait bonne opinion.

L'arbre termina son monologue.

Mémé attendit pour être sûre qu'il n'allait rien ajouter et demanda : *C'est ça, la sorcellerie, hein ?*

Le principe théorique, oui.

Vous autres, les mages, vous avez vraiment de drôles d'idées.

L'arbre fit : *Je ne suis plus un mage, seulement un arbre.*

Mémé hérissa ses plumes.

Bon, alors écoute-moi, monsieur l'Arbre-à-principe-théorique, si les femmes devaient être mages, elles se lais-seraient pousser de longues barbes blanches, et celle-là, elle deviendra pas mage, que ce soit bien clair, parce que c'est pas la bonne façon de se servir de la magie, tu m'entends, c'est lumières, feu, pouvoirs et compagnie, elle touchera pas à ça et je te souhaite le bonsoir.

La chouette quitta la branche en piqué. C'est uniquement

pour ne pas contrarier son vol qu'elle ne tremblait pas de rage. Les mages! Ils parlaient trop et épinglaient des charmes dans les livres comme des papillons, mais, pire que tout, ils se figuraient que leur magie était la seule qui valait la peine qu'on la pratique.

Mémé était absolument sûre d'une chose : les femmes n'avaient jamais été mages et ce n'était pas aujourd'hui qu'elles allaient commencer.

Elle fut de retour à la chaumière dans la pâleur de la nuit finissante. Son corps, au moins, était reposé après avoir dormi dans le foin, et elle comptait passer un moment dans le rocking-chair pour se remettre les idées en ordre. C'était la bonne heure, quand la nuit n'était pas tout à fait achevée ni le jour tout à fait levé, quand les pensées jaillissaient claires et nettes, sans voiles. Elle...

Le bourdon était appuyé contre le mur, près du buffet.

Mémé s'immobilisa presque complètement.

« Je vois, dit-elle enfin. Alors c'est comme ça, hein? Dans ma propre maison aussi? »

Imperceptiblement, elle s'approcha du coin du feu, jeta quelques quartiers de bûches sur les braises et actionna le soufflet jusqu'à ce que les flammes rugissent dans la cheminée.

Satisfaite, elle se retourna, marmonna par précaution quelques charmes de protection à voix basse et saisit le bourdon. Il ne résista pas; elle faillit se casser la figure. Mais maintenant qu'elle le tenait en mains elle sentait les picotements, les crépitements caractéristiques de la magie, comme par temps d'orage, qui le parcouraient, et elle se mit à rire.

C'était aussi simple que ça, alors. Il n'avait plus envie de se battre.

Maudissant les mages et leurs œuvres, elle leva le bourdon au-dessus de sa tête et le lança en travers des landiers qui tintèrent, là où le feu était le plus vif.

Esk hurla. Le cri transperça le plancher de la chambre et faucha l'espace de la chaumière obscure.

Mémé était vieille, fatiguée, et elle avait la tête un peu

embrouillée après une journée aussi longue, mais la survie d'une sorcière exige une aptitude à sauter directement aux conclusions ; aussi, alors même qu'elle contemplait le bourdon dans les flammes et entendait le cri de la fillette, ses mains se tendaient-elles déjà vers le gros chaudron noir. Elle le renversa au-dessus du feu, dégagea le morceau de bois du nuage de vapeur et s'élança dans l'escalier, redoutant ce qu'elle allait voir.

Esk se tenait assise dans le lit étroit ; elle n'était pas brûlée mais elle criait à tue-tête. Mémé prit l'enfant dans ses bras et tenta de la réconforter, elle ne savait pas trop comment on s'y prenait, mais des tapotements affolés dans le dos et de vagues bruits rassurants parurent faire de l'effet : les cris se muèrent en gémissements, puis en sanglots. Ici et là, Mémé comprenait des mots tels que « feu », « chaud », et sa bouche se pinça en un trait amer.

Elle finit par rallonger la fillette, elle la borda et redescendit l'escalier sur la pointe des pieds.

Le bourdon avait retrouvé son mur. Elle constata sans surprise que le feu ne l'avait aucunement marqué.

Mémé tourna son rocking-chair face à lui et s'assit, le menton dans la main, la mine sombre et résolue.

A ce moment le siège se mit à se balancer de lui-même. On n'entendait aucun autre bruit dans le silence qui s'épaississait, se propageait et emplissait la pièce comme un brouillard opaque, terrible.

Le lendemain matin, avant qu'Esk ne se lève, Mémé cacha le bourdon dans le chaume, en lieu sûr.

Esk prit son petit déjeuner et but un demi-litre de lait de chèvre sans rien laisser voir des événements des dernières vingt-quatre heures. C'était la première fois qu'elle restait chez Mémé plus longtemps que les brèves visites habituelles, et pendant que la vieille femme faisait la vaisselle et trayait les chèvres, elle profita au maximum de la permission qu'on lui accordait tacitement d'explorer la maison.

Elle découvrit que la vie dans la chaumière n'était pas des plus simples. La question du nom des chèvres, par exemple.

« Mais il leur faut des noms ! dit-elle. Tout a un nom. »

Mémé la regarda de derrière les flancs en forme de poire de la chèvre principale pendant que le lait giclait dans le seau trapu.

« Elles ont sans doute des noms en chèvre, dit-elle vaguement. À quoi ça leur servirait, des noms en humain ?

— Ben... » fit Esk qui s'arrêta. Elle réfléchit un instant. « Comment tu leur fais faire ce que tu veux, alors ?

— Elles le font, voilà, et quand elles ont besoin de moi, elles bêlent. »

Esk, gravement, donna un brin de foin à la bête. Mémé l'observa, songeuse. Les chèvres avaient des noms entre elles, ça, elle le savait bien : il y avait « chèvre qui est mon petit », « chèvre qui est ma mère », « chèvre qui mène le troupeau » et une demi-douzaine d'autres noms parmi lesquels, et non le moindre, « chèvre qui rend chèvre ». Elles avaient une organisation de troupeau compliquée, quatre estomacs, un système digestif qui paraissait très actif par nuits calmes, et Mémé avait toujours pensé que les affubler de noms dans le genre de « Bouton d'Or » revenait à insulter ces nobles animaux.

« Esk ? fit-elle, une fois décidée.

— Oui ?

— Qu'est-ce que tu veux faire quand tu seras grande ? »

Esk eut l'air interdit. « Sais pas.

— Eh ben, reprit Mémé dont les mains continuaient de traire, qu'est-ce que tu crois que tu feras une fois adulte ?

— Sais pas, moi. Je me marierai, je pense.

— Tu veux te marier ? »

Les lèvres d'Esk allaient prononcer le s de « sais pas », mais au vu du regard de Mémé, la fillette se ravisa et réfléchit.

« Tous les adultes que j'connais, ils sont mariés, finit-elle par dire avant de réfléchir encore. Sauf toi, ajouta-t-elle prudemment.

— C'est vrai, dit Mémé.

— T'as pas voulu te marier ? »

Ce fut au tour de Mémé de réfléchir.

« J'y ai jamais pensé, dit-elle enfin. Trop de choses à faire, tu comprends.

— Père dit que t'es une sorcière, fit Esk, risquant le tout pour le tout.

— C'est ce que j'suis. »

Esk hocha la tête. Dans les montagnes du Bélier on mettait les sorcières au même rang que, dans d'autres cultures, les bonnes sœurs, les percepteurs d'impôts ou les vidangeurs. C'est-à-dire qu'on les respectait, qu'on les admirait parfois, qu'on applaudissait à leur travail dont quelqu'un devait bien se charger, mais qu'on ne se sentait jamais vraiment à l'aise dans la même pièce qu'elles.

Mémé demanda : « Ça te plairait d'apprendre la sorcellerie ?

— La magie, tu veux dire ? fit Esk dont les yeux s'allumèrent.

— Oui, la magie. Mais pas la magie de charlatan. La vraie magie.

— Tu sais voler ?

— Y a d'autres choses plus intéressantes.

— Et j'peux les apprendre ?

— Si tes parents sont d'accord. »

Esk soupira. « Mon père le sera pas.

— Alors j'irai lui causer », dit Mémé.

« Maintenant, tu vas m'écouter, Gordo Lefèvre ! »

Lefèvre recula dans sa forge, les mains à demi levées pour se protéger de la fureur de la vieille femme. Elle avança sur lui, pourfendant le vide d'un doigt vertueux.

« C'est moi qui t'ai mis au monde, grand imbécile, et t'as pas plus de jugeote aujourd'hui que ce jour-là...

— Mais..., tenta Lefèvre qui fit un saut de côté pour ne pas reculer dans l'enclume.

— La magie l'a trouvée ! La magie de mage ! La *mauvaise* magie, tu comprends ? Cette magie-là, elle est pas pour elle !

— Oui, mais...

— As-tu la moindre idée de ce qu'elle peut faire, cette magie ? »

Lefèvre s'affaissa. « Non. »

Mémé s'arrêta et se détendit un peu.

« Non, répéta-t-elle avec plus de douceur. Non, évidemment. »

Elle s'assit sur l'enclume et s'efforça de réfléchir calmement.

« Écoute. La magie a une espèce de... de vie propre. Ç'a pas d'importance parce que... enfin, tu vois, la magie de mage... » Elle leva les yeux sur sa longue mine ahurie et fit un nouvel essai. « Bon, le cidre, tu connais ça ? »

Lefèvre répondit oui de la tête. Là, il se sentait en terrain solide, mais il n'était pas sûr de savoir où ça allait le mener.

« Et puis il y a la gnôle. L'eau-de-vie de pommes », dit la sorcière. Le forgeron hocha la tête. L'hiver, tout le monde à Trou-d'Ucques faisait de l'eau-de-vie : on laissait des baquets de cidre dehors durant la nuit et on retirait la glace jusqu'à ce qu'il ne reste plus qu'un tout petit trognon d'alcool.

« Eh ben, tu peux boire des quantités de cidre, tu te sens mieux, et voilà tout, non ? »

Le forgeron approuva à nouveau du chef.

« Mais l'eau-de-vie de pommes, tu la bois dans des petits gobelets, t'en bois pas beaucoup, t'en bois pas souvent, parce que ça te monte tout droit à la tête, hein ? »

Le forgeron acquiesça et, conscient de ne guère participer à la discussion, ajouta : « C'est vrai.

— Voilà la différence, fit Mémé.

— La différence avec quoi ? »

Mémé soupira. « La différence entre la magie de sorcière et la magie de mage, dit-elle. Et la magie a trouvé ta fille. Si ta fille la maîtrise pas, alors arriveront Ceux qui maîtriseront ta fille. La magie peut être une sorte de porte, et il y a des Choses désagréables de l'autre côté. Tu comprends ? »

Le forgeron hocha la tête. Il ne comprenait pas vraiment, mais il présumait fort justement que s'il l'avouait, Mémé entrerait dans des détails horribles.

« Elle a un esprit solide et ça pourrait prendre du temps, dit Mémé. Mais tôt ou tard ils la défieront. »

Lefèvre saisit un marteau sur son établi, le regarda comme s'il le voyait pour la première fois et le reposa.

« Mais, fit-il, si c'est la magie de mage qui l'a trouvée, ça l'avancera à rien d'apprendre la sorcellerie, hein ? T'as dit que les deux étaient différentes.

— Les deux sont de la magie. Si tu peux pas apprendre

44

à monter un éléphant, tu peux au moins apprendre à monter un cheval.

— C'est quoi, un éléphant ?

— Une espèce de blaireau », répondit Mémé. Elle n'avait pas gardé sa crédibilité forestière pendant quarante ans en reconnaissant son ignorance.

Le forgeron soupira. Il se savait battu. Son épouse lui avait fait comprendre qu'elle approuvait cette idée et, maintenant qu'il y réfléchissait, elle offrait certains avantages. Après tout, Mémé n'était pas éternelle, et ce ne serait pas si mal d'être le père de l'unique sorcière de la région, en fin de compte.

« D'accord », dit-il.

Ainsi, tandis que l'hiver prenait un virage et abordait à regret la longue côte vers le printemps, Esk passait des périodes de plusieurs jours consécutifs chez Mémé Ciredutemps pour apprendre le métier de sorcière.

Apparemment, il s'agissait surtout d'une affaire de mémoire.

Les leçons étaient plutôt pratiques. Il y avait le nettoyage de la table de la cuisine et l'Herborisme de Base. Il y avait le décrottage des chèvres et l'Emploi des Champignons. Il y avait la vaisselle et l'Invocation des Petits Dieux. Et il y avait toujours l'entretien du gros alambic de cuivre dans l'arrière-cuisine et la Théorie et Pratique de la Distillation. Lorsque se levèrent les vents chauds du Bord et qu'il ne resta plus que des traînées de neige à demi fondues sur le tronc des arbres, côté Moyeu, Esk savait préparer tout un assortiment d'onguents, plusieurs cordiaux médicinaux, une vingtaine d'infusions spéciales et nombre de potions mystérieuses dont Mémé disait qu'elle apprendrait à se servir au bon moment.

En aucune façon elle n'avait fait de magie.

« Tu verras tout ça, mais attendons le bon moment, répétait distraitement Mémé.

— Mais je suis censée être une sorcière !

— T'es pas encore une sorcière. Cite-moi trois herbes qui soulagent les intestins. »

Esk se mit les mains dans le dos, ferma les yeux et récita : « Les extrémités en fleurs du Grand-Pois-de-Menteur, la médulle de racine de la Culotte-du-Vieux, les tiges du Lis-de-Sang, les enveloppes des graines de...

« — Ça va. Où trouve-t-on des cornichons d'eau ?

— Dans les tourbières et les mares stagnantes, du mois de...

— Bien. Ça rentre.

— Mais c'est pas de la magie, ça ! »

Mémé s'assit à la table de la cuisine.

« Le plus gros de la magie, c'en est pas, dit-elle. Ça consiste seulement à connaître les bonnes herbes, apprendre à observer le temps, étudier les habitudes des bêtes. Et aussi celles des gens.

— C'est tout ? fit Esk, horrifiée.

— *Comment, c'est tout ? C'est plutôt beaucoup*, dit Mémé, mais non, c'est pas *tout*. Y a autre chose.

— Tu peux pas me l'apprendre ?

— Faut attendre le bon moment. Pas la peine que tu te montres déjà.

— Que je me montre ? À qui ? »

Les yeux de Mémé se précipitèrent vers les ombres dans les coins de la pièce.

« T'occupe pas de ça. »

Puis même les dernières traînées résiduelles de neige disparurent, et les grands vents de printemps rugirent entre les montagnes. La forêt se mit à sentir la feuille moisie et la térébenthine. Quelques fleurs précoces bravèrent les gelées nocturnes, et les abeilles commencèrent à voler.

« Les abeilles, dit Mémé Ciredutemps, ça, c'est vraiment de la magie. »

Elle souleva avec précaution le couvercle de la première ruche.

« Tes abeilles, poursuivit-elle, c'est ton hydromel, ta cire, ta gomme, ton miel. Les abeilles, c'est merveilleux. Et c'est une reine qui les dirige, en plus, ajouta-t-elle avec un petit air approbateur.

— Elles te piquent pas ? » fit Esk, qui recula un peu. Des abeilles sortaient à flot du rayon et submergeaient les parois rugueuses de la boîte en bois.

« Presque jamais, dit Mémé. Tu voulais de la magie, alors regarde. »

Elle plongea une main dans la masse grouillante d'insectes puis émit un son léger, perçant et flûté, depuis le fond de sa gorge. Il se produisit un mouvement dans la masse, et une grande abeille, plus longue et plus grosse que les autres lui grimpa sur la main. Quelques ouvrières l'accompagnaient, elles se frottaient contre elle et plus généralement pourvoyaient à ses besoins.

« Comment t'as fait ça ? demanda Esk.

— Ah, fit Mémé. Ça te plairait de le savoir ?

— Oui. Ça me plairait. C'est pour ça que j'ai posé la question, Mémé, dit sévèrement Esk.

— Tu crois que je me suis servie de magie ? »

Esk baissa les yeux sur la reine. Les releva sur Mémé.

« Non, dit-elle, je crois seulement que tu en sais long sur les abeilles. »

Mémé sourit.

« Tout à fait exact. C'est une forme de magie, bien entendu.

— Quoi, seulement de savoir des choses ?

— Savoir des choses que les autres, *ils savent pas* », dit Mémé. Elle laissa doucement retomber la reine parmi ses sujets et referma le couvercle de la ruche.

« Et je crois qu'il est temps pour toi d'apprendre quelques secrets », ajouta-t-elle.

Enfin, songea Esk.

« Mais d'abord, nous devons présenter nos respects à la Ruche », dit Mémé. Elle parvint à faire sentir le *R* majuscule du mot « Ruche ».

Machinalement, Esk fit une petite révérence.

La main de Mémé se referma derrière son cou.

« Incline-toi, je t'ai dit, ordonna-t-elle sans animosité. Les sorcières s'inclinent. » Elle fit une démonstration.

« Mais pourquoi ? se plaignit Esk.

— Parce que les sorcières doivent être différentes, et que ça fait partie du secret », dit Mémé.

Elles s'assirent sur le banc décoloré accoté au mur de la chaumière orienté déjà vers le Bord. Devant elles, les Herbes atteignaient déjà une trentaine de centimètres de haut, sinistre parterre de feuilles vert pâle.

« Bon, fit Mémé qui s'installa à son aise. Tu te rappelles le chapeau accroché près de la porte ? Va me le chercher. »

Esk, obéissante, entra et décrocha le chapeau de Mémé. Il était grand, pointu et, bien entendu, noir.

Mémé le retourna dans ses mains et le considéra attentivement.

« Ce chapeau, dit-elle avec solennité, contient l'un des secrets de la sorcellerie. Si t'arrives pas à me dire de quoi il s'agit, alors autant que j'arrête les leçons, parce qu'une fois que t'auras appris le secret du chapeau, tu pourras plus revenir en arrière. Dis-moi ce que tu sais du chapeau.

— J'peux le tenir ?

— Je t'en prie. »

Esk scruta l'intérieur du couvre-chef. Il renfermait une armature en fil de fer qui lui donnait sa forme et deux épingles à chapeau. C'était tout.

Il n'avait rien de particulièrement bizarre, sauf que personne dans le village n'en possédait de semblable. Mais ça ne le rendait pas magique pour autant. Esk se mordit la lèvre, elle se voyait, honteuse, renvoyée dans ses foyers.

Au toucher, il était normal, et il n'avait pas de poches secrètes. Ce n'était qu'un chapeau de sorcière typique. Mémé s'en coiffait toujours pour venir au village, mais en forêt elle ne portait qu'un capuchon de cuir.

Esk s'efforça de retrouver les bribes de leçons que Mémé dispensait au compte-gouttes et de mauvaise grâce. Ce n'est pas ce que tu sais mais ce que les autres ne savent pas. La magie, ça peut être ce qui est à sa place là où il ne faut pas, et ce qui ne l'est pas là où il faut. Ça peut être...

Mémé le portait *toujours* au village. Et aussi la grande cape noire, qui n'était certainement pas magique parce que pendant la majeure partie de l'hiver elle servait de couverture à une chèvre et que Mémé la lavait au printemps.

Esk commençait à sentir la réponse qui prenait tournure et elle n'aimait guère ça. C'était comme beaucoup de réponses de Mémé. Elle ne faisait que jouer avec les mots. Elle disait des choses qu'on savait depuis toujours, mais d'une manière différente pour qu'elles aient l'air importantes.

« J'crois que j'sais, dit-elle enfin.

— Vas-y, alors.

— C'est comme qui dirait en deux parties.

— Et après ?

— C'est un chapeau de sorcière parce que tu le portes. Mais t'es une sorcière parce que tu portes le chapeau. Hum.

— Alors..., lui souffla Mémé.

— Alors les gens qui te voient arriver avec ton chapeau

et ta cape, ils savent que t'es une sorcière ; et c'est pour ça qu'elle marche, ta magie ? fit Esk.

— Parfaitement, répondit Mémé. On appelle ça de la têtologie. » Elle tapota ses cheveux argentés ramassés en un chignon serré capable de casser des cailloux.

« Mais c'est des inventions ! protesta Esk. C'est pas de la magie, c'est... c'est...

— Écoute, dit Mémé, si tu donnes aux gens une bouteille de jollop rouge parce qu'ils ont des vents, ça peut marcher, mais si tu veux que ça marche à coup sûr, tu laisses leur esprit s'en charger. Tu leur racontes que c'est des rayons de lune mis en bouteille dans du vin de fées, n'importe quoi. Tu marmonnes deux, trois mots pour faire bonne mesure. C'est pareil avec les malédictions.

— Les malédictions ? répéta Esk, la voix faible.

— Oui, les malédictions, ma fille, et pas la peine de prendre cet air scandalisé ! T'en lanceras, le jour où t'en auras besoin. Quand tu seras toute seule, que t'auras aucune aide à portée de main, que... »

Elle hésita et, désagréablement consciente du regard interrogateur de la fillette, termina maladroitement : « ... que les gens te manqueront de respect. Lance-la d'une voix forte, fais-la compliquée, fais-la longue, invente s'il le faut, mais ça marchera. Le lendemain, quand ils se cogneront sur le pouce, qu'ils tomberont de l'échelle ou que leur chien mourra subitement, ils se souviendront de toi. Ils te traiteront avec plus d'égards la fois d'après.

— Mais ça ressemble toujours pas à de la magie, dit Esk qui frottait ses pieds dans la poussière.

— En une occasion, j'ai sauvé la vie d'un homme, dit Mémé. Un remède spécial, deux fois par jour. De l'eau bouillie additionnée d'un peu de jus de baies. Je lui ai raconté que je l'avais acheté aux nains. C'est ça le plus important dans les soins, en fait. La plupart des gens guérissent de la plupart des maladies s'ils ont l'esprit à ça, il suffit d'éveiller chez eux un intérêt. »

Elle tapota la main d'Esk aussi gentiment que possible. « T'es un peu jeune pour ça, mais avec l'âge tu verras que la plupart des gens sortent pas beaucoup de leur tête. Toi pareil, ajouta-t-elle, sentencieuse.

— J'comprends pas.

— Le contraire m'aurait étonnée, fit brusquement Mémé, mais tu vas me citer cinq herbes pour les toux sèches. »

Le printemps commença de s'épanouir pour de bon. Mémé se mit à emmener Esk dans de longues promenades qui prenaient la journée, jusqu'à des mares cachées ou en haut des éboulis de montagne pour ramasser des plantes rares. Esk aimait ça, monter sur les collines où le soleil tapait dur mais où le fond de l'air restait quand même glacial. Les plantes poussaient dru et s'agrippaient à la terre. Depuis l'un des plus hauts sommets elle voyait jusqu'à l'Océan du Rebord qui suivait le pourtour du monde ; dans l'autre sens, les montagnes du Bélier s'enfonçaient dans le lointain, enveloppées dans leur éternel hiver. Elles allaient jusqu'au Moyeu où, de l'avis général, vivaient les dieux sur une montagne de roche et de glace haute de quinze kilomètres.

« Les dieux sont corrects, dit Mémé tandis qu'elles contemplaient le panorama. Tant que tu les embêtes pas, ils viennent pas t'embêter non plus.

— Tu connais beaucoup de dieux ?

— J'ai quelquefois vu les dieux du tonnerre, répondit Mémé, et puis Hoki, évidemment.

— Hoki ? »

Mémé mâchait un sandwich sans croûte. « Oh, c'est un dieu de la nature, dit-elle. Des fois il se manifeste sous la forme d'un chêne, ou d'un être mi-homme, mi-chèvre, mais la plupart du temps il m'apparaît comme un foutu casse-pieds. On l'trouve qu'au fond des bois, bien entendu. Il joue de la flûte. Très mal, si tu veux savoir. »

Esk s'allongea sur le ventre et regarda au loin, par-delà les terres en contrebas, tandis que quelques audacieux bourdons indépendants patrouillaient dans les bouquets de thym. Le soleil était chaud sur son dos mais, à cette altitude, il restait encore des paquets de neige sur les rochers orientés vers le Moyeu.

« Parle-moi des pays là-bas », dit-elle paresseusement.

Mémé regarda d'un œil désapprobateur quinze mille kilomètres de paysage.

« C'est d'autres pays, dit-elle. Tout comme ici, mais différents.

« — Y a des villes et tout ça ?

— Sans doute.

— T'es jamais allée voir ? »

Mémé s'assit confortablement, arrangea avec précaution sa jupe, exposant ainsi au soleil plusieurs centimètres d'honnête pilou, et laissa la chaleur caresser ses vieux os.

« Non, dit-elle. On a bien assez d'histoires chez nous autres pour pas aller en chercher ailleurs.

— Une fois, j'ai rêvé d'une ville, dit Esk. Des centaines de gens y habitaient, et y avait un bâtiment avec de grandes portes, des portes qu'étaient magiques... »

Elle entendit, derrière elle, comme un bruit de tissu qu'on déchire. Mémé s'était endormie.

« Mémé !

— Mhnf ? »

Esk réfléchit. « Tu passes un bon moment ? demanda-t-elle astucieusement.

— Mnph.

— T'as dit que tu me montrerais de la vraie magie quand ce serait le bon moment, et maintenant, c'en est un, bon moment.

— Mnph. »

Mémé Ciredutemps ouvrit les yeux et regarda le ciel ; il était plus sombre ici, sur les hauteurs, plus violet que bleu. Elle songeait : pourquoi pas ? Elle apprend vite. Elle connaît mieux les herbes que moi. Quand j'avais son âge, la vieille Claudic Tumulte me faisait faire des Emprunts, des Transferts et des Projections à longueur de journée. Peut-être que je suis trop prudente.

« Rien qu'un petit peu ? » implora Esk.

Mémé retournait l'idée dans sa tête. Elle ne trouvait plus de raisons pour refuser. Je vais sûrement le regretter, se dit-elle, faisant preuve d'une grande clairvoyance.

« D'accord, lâcha-t-elle.

— D'la vraie magie ? fit Esk. Finies les herbes et la têtologie ?

— D'la vraie magie, comme tu dis, oui.

— Un charme ?

— Non. Un Emprunt. »

Sur la figure d'Esk se lisait l'attente. Jamais elle n'avait eu l'air aussi alerte, semblait-il à Mémé.

La vieille femme parcourut des yeux les vallées qui s'étendaient devant elles et finit par trouver ce qu'elle cherchait. Un aigle gris décrivait paresseusement des cercles au loin, au-dessus d'un bout de forêt bleuté dans la brume. Il avait pour l'heure l'esprit tranquille. Il ferait parfaitement l'affaire.

Elle lança doucement l'Appel, et les cercles de l'oiseau se rapprochèrent.

« La première chose à retenir pour un Emprunt, c'est qu'il faut être installée confortablement et dans un endroit sûr, dit-elle tout en lissant l'herbe dans le dos de la fillette. Un lit, c'est ce qu'y a de mieux.

— Mais c'est quoi, un Emprunt ?

— Allonge-toi et prends-moi la main. Tu vois l'aigle, là-haut ? »

Esk fouilla des yeux, en grimaçant, le ciel sombre et brûlant.

Il y avait... *deux silhouettes de poupées sur l'herbe en dessous alors qu'elle virait sur le vent...*

Elle sentait l'air lui filer entre les plumes comme des mèches de fouet. L'aigle ne chassait pas, il savourait simplement la chaleur du soleil sur ses ailes, aussi ne s'intéressait-il pas au sol en dessous. Mais l'air... L'air était un élément complexe, changeant, à trois dimensions, des spirales et des courbes entrelacées qui s'étiraient à perte de vue, des courants en épingles à cheveux autour des colonnes thermiques. Elle...

... sentit une pression légère qui la retenait.

« L'autre chose à se rappeler, fit la voix de Mémé, tout près, c'est de pas déranger l'hôte. Si tu lui fais savoir que t'es là, il va soit lutter contre toi, soit paniquer, et dans les deux cas t'auras aucune chance de t'en sortir. Il a eu toute sa vie pour être un aigle, lui ; pas toi. »

Esk garda le silence.

« T'as pas peur, hein ? demanda Mémé. Ça peut arriver la première fois, et...

— J'ai pas peur, la coupa Esk qui ajouta : Comment je fais pour le diriger ?

— Tu vas pas le diriger. Pas encore. De toute façon, diriger une créature vraiment sauvage, ça s'apprend pas comme ça. Faut, disons, lui *suggérer* qu'elle pourrait avoir

52

envie de faire des choses. Avec un animal domestique, évidemment, c'est complètement différent. Mais tu peux pas obliger une créature, quelle qu'elle soit, à faire ce qu'est contre sa nature. Maintenant essaye de trouver l'esprit de l'aigle. »

Esk sentait Mémé comme un nuage argenté et diffus au fond de sa tête. Après quelques tâtonnements, elle trouva l'aigle. Elle faillit le manquer. Il avait l'esprit petit, violet, acéré comme une pointe de flèche. Il se concentrait entièrement sur son vol et ne fit pas attention à elle.

« Bien, approuva Mémé. On va pas aller trop loin. Si tu veux le faire tourner, faut...

— Oui, oui », dit Esk. Elle fit jouer ses doigts, sans vraiment savoir où ils se trouvaient ; l'oiseau prit appui sur l'air et vira.

« Très bien, dit Mémé, interloquée. Comment t'as fait ça ?

— Je... j'sais pas. Ça semblait évident.

— Hmph. » Mémé visita discrètement l'esprit minuscule de l'aigle. Il n'avait encore aucune conscience de ses passagers. Elle était sincèrement impressionnée, ce qui lui arrivait très rarement.

Ils planèrent au-dessus de la montagne, tandis qu'Esk, tout excitée, explorait les sens du rapace. La voix de Mémé résonnait dans sa tête, donnait des directives, des conseils, des mises en garde. Elle écoutait d'une oreille distraite. Ça lui paraissait bien trop compliqué. Pourquoi ne pourrait-elle pas prendre possession de l'esprit de l'aigle ? Ça ne lui ferait pas mal, à l'oiseau.

Elle voyait comment procéder, c'était juste un coup à prendre, comme de claquer des doigts — ce qu'elle n'avait en réalité jamais réussi à faire —, et après elle pourrait véritablement goûter au plaisir de voler, sans intermédiaire.

Et après, elle...

« Fais pas ça, dit calmement Mémé. Il en sortira rien de bon.

— Quoi ?

— Tu crois vraiment que t'es la première, ma fille ? Tu crois qu'aucune de nous a jamais pensé combien ce serait agréable de s'approprier un autre corps et de chevaucher le vent ou de respirer l'eau ? Et tu crois vraiment que ça se passerait aussi facilement ? »

Esk la regarda de travers.

« Pas la peine de me regarder comme ça, dit Mémé. Un jour tu me remercieras. Commence pas à t'amuser avant de savoir ce que tu fais, hein ? Avant de t'attaquer à ces trucs-là, tu dois apprendre comment réagir si ça tourne mal. Essaye pas de courir avant de savoir marcher.

— Je *sens* comment faire, Mémé.

— Pas sûr. C'est plus dur qu'il y paraît, un Emprunt, même si je reconnais que t'as un certain talent. Ça suffit pour aujourd'hui, ramène-nous au-dessus de nos corps, et je vais te montrer, pour le Retour. »

L'aigle battit l'air au-dessus des deux formes étendues et la fillette vit, par un œil intérieur, deux couloirs qui s'ouvraient à leur intention. L'esprit de Mémé disparut.

Maintenant...

Mémé s'était trompée. L'esprit du rapace se défendit à peine et n'eut pas le temps de paniquer. Esk le maintint enveloppé dans son propre esprit. Il frémit un instant, puis se fondit en elle.

Mémé ouvrit les yeux à temps pour voir l'oiseau pousser un cri rauque et triomphant, descendre sur l'aile au ras de l'éboulis herbeux et plonger le long du flanc de la montagne. Ce fut un moment un point qui s'éloignait, puis il s'évanouit sur un dernier cri répercuté en écho.

Mémé baissa les yeux sur la forme silencieuse d'Esk. La fillette ne pesait guère lourd, mais la route était longue jusqu'à la chaumière et l'après-midi tirait à sa fin.

« La barbe », dit-elle sans trop insister. Elle se releva, s'épousseta et, dans un grognement d'effort, se hissa le corps inerte d'Esk sur l'épaule.

Là-haut, dans l'air pur du coucher du soleil au-dessus des montagnes, l'aigle-Esk cherchait davantage d'altitude, ivre de voler, ivre de vitalité.

Sur le chemin du retour, Mémé tomba sur un ours affamé. Elle avait atrocement mal au dos et n'était pas d'humeur à se faire grogner dessus. Elle marmonna quelques mots à mi-voix et l'ours, à son bref étonnement, marcha lourdement dans un arbre et ne reprit pas conscience avant plusieurs heures.

De retour à la chaumière, Mémé mit au lit le corps d'Esk et fit du feu. Elle rentra les chèvres avant de les traire et termina les tâches ménagères de la soirée.

Elle s'assura que toutes les fenêtres étaient ouvertes et, à la tombée du jour, alluma une lanterne qu'elle posa sur un des appuis.

Mémé Ciredutemps ne dormait en principe pas plus de quelques heures par nuit, et elle se réveilla à minuit. Rien n'avait changé dans la chambre, mais la lanterne possédait désormais son propre petit système solaire de stupides papillons nocturnes.

Au réveil suivant, à l'aube, la bougie s'était depuis longtemps consumée et Esk dormait toujours du sommeil superficiel et inaltérable de l'Emprunteur.

Quand la vieille femme sortit les chèvres dans leur enclos elle observa le ciel avec une vive attention.

Vint le midi, et la lumière se retira graduellement d'une autre journée. La sorcière passait le temps à faire les cent pas dans la cuisine. Parfois elle succombait à des crises frénétiques de ménage, délogeait brusquement de vieux dépôts des fissures dans les dalles de pierre, grattait la suie d'hiver du contre-feu et le frottait à la mine de plomb jusqu'à lui retrancher deux à trois centimètres d'existence. Un nid de souris à l'arrière du buffet se vit gentiment mais fermement expulsé dans la chèvrerie.

Vint le coucher du soleil.

La lumière du Disque-monde était vieille, pesante et lente. De la porte de la chaumière Mémé la regarda refluer des montagnes, écouler ses flots dorés dans la forêt. Ici et là, elle s'accumula dans les creux, puis finit par faiblir et disparaître.

Elle tambourina sèchement des doigts sur le montant de la porte en fredonnant un petit air désenchanté.

Vint l'aube, et la chaumière fut vide, en dehors du corps d'Esk, silencieux et immobile sur le lit.

Mais alors que la lumière dorée s'épanchait lentement à la surface du Disque-monde comme la première vaguelette de la marée sur une vasière, l'aigle tournoyait de plus en plus haut sous la voûte des cieux, brassait l'air de lents et puissants battements d'ailes.

L'ensemble du monde s'étalait sous Esk : tous les continents, toutes les îles, tous les cours d'eau et particulièrement l'Océan du Bord.

Rien n'existait à cette altitude, pas même le son.

Esk savourait cette sensation et poussait ses muscles alanguis à un effort plus grand. Mais quelque chose n'allait pas. Ses pensées avaient l'air de fuir sa volonté et de disparaître. Douleur, allégresse, fatigue se déversaient dans son esprit, mais c'était comme si d'autres choses s'en échappaient en même temps. Les souvenirs s'estompaient au gré du vent. À peine se cramponnait-elle à une idée qu'elle s'évaporait sans laisser de trace.

Elle perdait des morceaux d'elle-même et ne se rappelait pas quoi. Elle paniqua, se raccrocha à des certitudes...

Je suis Esk, j'ai volé le corps d'un aigle et *la sensation du vent dans les plumes, la faim, chercher le non-ciel en dessous...*

Elle essaya encore. Je suis Esk et *trouver le chemin du vent, mal aux muscles, l'air froid qui cingle...*

Je suis Esk *loin au-dessus de l'air humide-mouillé-blanc, au-dessus de tout, le ciel est léger...*

Je suis *je suis.*

Mémé était dans le jardin, au milieu des ruches, et le vent du petit matin lui fouettait les jupes. Elle passait d'une boîte à l'autre, tapait sur les toits. Ensuite, debout dans les halliers de bourrache et de monarde qu'elle avait planté tout autour, elle tendit les bras devant elle et entonna un chant si haut dans l'aigu qu'aucun être ordinaire n'aurait pu l'entendre.

Mais un grondement monta des ruches, et l'air se peupla soudain de faux bourdons lourds, aux grands yeux, à la voix profonde. Ils décrivirent des cercles au-dessus de la tête de la vieille femme, ajoutant leur fredon grave à sa mélopée.

Puis, d'un coup, leur nuage s'élança dans la lumière croissante de la clairière et disparut par-dessus les arbres.

Il est bien connu — du moins chez les sorcières — que chaque colonie d'abeilles ne représente pour ainsi dire qu'une partie de la créature qu'on appelle l'Essaim, de même que chaque individu abeille n'est qu'un élément cellulaire de l'esprit de la ruche. Mémé ne se projetait pas très souvent dans les abeilles, d'abord parce que les insectes avaient un cerveau bizarre, étranger, au goût de fer-blanc, mais surtout parce qu'elle soupçonnait l'Essaim d'être beaucoup plus intelligent qu'elle.

Elle savait que les faux bourdons rejoindraient bientôt les colonies d'abeilles sauvages de la forêt profonde, et que d'ici quelques heures chaque recoin de prairie dans la montagne serait surveillé de près. Elle n'avait plus qu'à attendre.

À midi, les faux bourdons revinrent, et Mémé lut dans les pensées pénétrantes et acides de l'esprit de la ruche qu'ils n'avaient pas trouvé trace d'Esk.

Elle regagna la fraîcheur de la chaumière et s'assit dans le rocking-chair, les yeux fixés sur l'encadrement de la porte.

Elle connaissait la prochaine étape. Elle détestait ça, rien que d'y songer. Mais elle alla chercher une courte échelle, gravit les barreaux dans un grincement d'articulations et tira le bourdon de sa cachette dans le chaume.

Il était glacé. Il fumait.

« Au-dessus des neiges éternelles, alors », dit Mémé.

Elle redescendit et planta le bourdon dans un parterre de fleurs. Elle lui jeta un regard mauvais. Elle eut la désagréable impression qu'il le lui retournait.

« Va pas croire que t'as gagné, parce que tu te trompes, lança-t-elle. J'ai pas le temps de m'amuser, moi. Tu dois bien savoir où elle est. Je t'ordonne de me conduire auprès d'elle ! »

Le bourdon resta de bois.

« Par... » Mémé s'arrêta, ses invocations étaient un peu rouillées. « Par la souche et la pierre, je te l'ordonne ! »

Activité, mouvement, animation : autant de mots parfaitement impropres à décrire la réaction du bourdon.

Mémé se gratta le menton. Elle se rappela la petite leçon qu'on apprenait à tous les enfants : c'était quoi le mot magique, déjà ?

« S'il te plaît ? » suggéra-t-elle.

Le bourdon frémit, s'éleva un peu hors de terre et pivota pour flotter à hauteur de ceinture, l'air engageant.

Mémé avait entendu dire que le balai revenait une fois encore fortement à la mode chez les jeunes sorcières, mais elle ne l'approuvait pas. On perdait toute dignité à fendre l'espace perchée sur un ustensile ménager. Et puis on s'exposait immanquablement aux courants d'air.

Mais l'heure n'était pas à la dignité. Le temps de décrocher d'un geste vif son chapeau de derrière la porte, elle grimpa tant bien que mal sur le bourdon et s'y jucha comme elle put, en amazone évidemment, les jupes fermement coincées entre les genoux.

« Bon, fit-elle. Maintenant, *oua-aaaaaaaaa...* »

Dans la forêt, les animaux s'enfuirent et se dispersèrent lorsque l'ombre les survola dans un concert de cris et de jurons. Mémé s'agrippait, les jointures blanches, ses jambes maigres agitées de mouvements convulsifs, alors qu'elle prenait, loin au-dessus des arbres, des leçons essentielles sur les centres de gravité et les turbulences aériennes. Le bourdon fonçait devant lui, sourd à ses hurlements.

Lorsqu'elle déboucha sur les prairies des hauts-plateaux la vieille femme s'était plus ou moins habituée à l'engin, à savoir qu'elle arrivait à se cramponner des mains et des genoux à condition de ne pas craindre d'avoir la tête en bas. Son chapeau, au moins, se révélait utile, de par sa forme aérodynamique.

Le bourdon plongea entre des falaises noires et suivit de hautes vallées désolées où, à ce qu'on racontait, des fleuves glacés avaient jadis coulé, à l'époque des Géants des Glaces. L'air se raréfia et piqua la gorge.

Ils s'arrêtèrent brutalement à l'aplomb d'une congère. Mémé chuta et resta allongée, pantelante, dans la neige, pendant qu'elle s'efforçait de se rappeler pourquoi elle endurait tout ça.

Il y avait une boule de plumes sous une saillie à quelques pas. Quand Mémé s'approcha, une tête se redressa par à-coups et l'aigle la fixa de ses yeux mauvais, apeurés. Il voulut s'envoler et s'effondra. Mémé avança le bras pour le toucher, mais il lui arracha proprement un triangle de chair de la main.

« Je vois », dit Mémé, à personne en particulier.

Elle regarda autour d'elle et trouva un rocher d'à peu près la bonne taille. Elle disparut derrière quelques secondes, par souci des convenances, et réapparut un jupon à la main. L'oiseau battit des ailes, anéantissant plusieurs semaines de broderie minutieuse au petit point, mais elle parvint à l'emmitoufler et le tint de manière à éviter les quelques coups qu'il lui arrivait encore de donner.

Mémé se tourna vers le bourdon, maintenant planté à la verticale dans la congère.

« Je rentre à pied », dit-elle froidement.

Ils se trouvaient, s'aperçut-elle bientôt, dans une vallée en cul-de-sac qui surplombait un précipice de plusieurs centaines de mètres au fond tapissé de rochers noirs et acérés.

« Bon, d'accord, concéda-t-elle, mais tu vas voler lentement, tu m'entends ? Et tu montes pas trop haut. »

En fait, parce qu'elle avait un peu plus d'expérience, et peut-être aussi parce que le bourdon faisait davantage attention, le retour fut à peu près tranquille. Mémé était presque persuadée qu'avec le temps, elle finirait par simplement détester le vol en balai, au lieu de le vomir. Ce qu'il fallait, c'était trouver un moyen de ne plus regarder sous elle.

L'aigle s'étendit sur le tapis en lirette devant l'âtre vide. Il avait bu un peu de l'eau sur laquelle Mémé avait marmonné quelques-uns des charmes normalement destinés à impressionner les patients, mais on ne savait jamais, ils renfermaient peut-être un soupçon de pouvoir ; il avait aussi avalé quelques fines lanières de viande crue.

Ce qu'il n'avait pas fait, c'était montrer le moindre signe d'intelligence.

Mémé se demanda si elle avait le bon oiseau. Au risque de prendre un autre coup de bec, elle sonda intensément les méchants yeux orange et s'efforça de se convaincre que très loin, tout au fond, presque hors de vue, elle distinguait une petite lueur bizarre.

Elle explora l'intérieur de la tête de l'aigle. Son esprit

était toujours bien là, vif et pénétrant, mais il y avait autre chose. L'esprit, évidemment, n'a pas de couleur, mais les fibres de celui du rapace paraissaient pourtant violettes. D'autres fibres les entouraient et se mêlaient à elles, faiblement argentées.

Esk avait appris trop tard que le corps modèle l'esprit, que l'Emprunt est une chose mais que le rêve de s'emparer véritablement d'une autre forme contient son propre châtiment.

Mémé se balançait dans le rocking-chair. Elle ne s'y retrouvait plus, elle le savait. Démêler les esprits enchevêtrés était au-delà de son pouvoir, au-delà de n'importe quel pouvoir dans les montagnes du Bélier, au-delà même...

Il n'y eut pas de bruit, mais peut-être un changement s'opéra-t-il dans la texture de l'air. Elle leva les yeux sur le bourdon dont elle avait autorisé le retour dans la chaumière.

« Non », dit-elle fermement.

Puis elle songea : à l'intention de qui j'ai dit ça ? À la mienne ? Du pouvoir, il y en a là-bas, mais pas du genre qui me convient.

Il n'existe pas d'autre genre dans le pays, hélas. Et je m'y prends peut-être même trop tard.

Je ne m'y serais peut-être jamais prise assez tôt.

Elle se projeta une fois de plus dans la tête de l'oiseau pour calmer ses craintes et dissiper sa panique. Il lui permit de le prendre ; il se percha maladroitement sur son poignet et l'agrippa fortement de ses serres jusqu'au sang.

Mémé saisit le bourdon et monta à l'étage, où Esk gisait sur le lit étroit dans la chambre basse au vieux plafond voûté.

Elle jucha l'oiseau sur le montant du lit et tourna son attention vers le bourdon. Une fois de plus, les sculptures se modifièrent sous son regard mauvais sans jamais révéler leur vraie nature.

Mémé connaissait l'usage du pouvoir, mais elle n'ignorait pas qu'il fallait exercer de légères et subtiles pressions pour influer sur le cours des choses. Elle ne l'aurait pas exprimé en ces termes, bien sûr, elle aurait dit qu'il existait toujours un levier quand on savait où chercher. Le pouvoir contenu dans le bourdon était dur, implacable, la magie brute extraite des forces qui animaient l'univers lui-même.

Il y aurait un prix à payer. Et Mémé en savait assez long sur la magie pour être sûre qu'il serait élevé. Mais quand on s'inquiète du prix, on s'abstient d'entrer dans le magasin, pas vrai?

Elle s'éclaircit la gorge et se demanda bien ce qu'elle était censée faire après ça. Peut-être que si elle...

Le pouvoir la frappa avec la force d'une demi-brique. Elle le sentit qui la prenait et la soulevait; elle baissa les yeux et vit avec étonnement ses pieds toujours cloués au plancher. Elle voulut faire un pas en avant et des décharges de magie crépitèrent autour d'elle. Elle tendit la main vers le mur pour reprendre son équilibre et la vieille poutre de bois remua sous ses doigts et se mit à pousser des feuilles. Un cyclone de magie tournoya autour de la chambre, ramassant la poussière pour lui donner pendant de courts instants des formes terriblement inquiétantes; sur la table de toilette, le broc et la cuvette au si charmant motif à bouton de rose se brisèrent en morceaux. Sous le lit, le troisième membre du traditionnel trio de porcelaine se métamorphosa en une chose immonde qui se défila furtivement.

Mémé ouvrit la bouche pour jurer et se ravisa quand ses paroles s'épanouirent en nuages liserés d'arcs-en-ciel.

Elle regarda Esk et l'aigle, lequel avait l'air inconscient de ce qui se passait, et s'efforça de se concentrer. Elle se laissa glisser dans la tête du rapace et retrouva les fibres d'esprit, les fils argentés si étroitement serrés autour des violets qu'ils en épousaient la forme. Mais maintenant elle voyait où les fibres se terminaient, où une judicieuse traction, peut-être une poussée, commencerait à les démêler. C'était si évident qu'elle s'entendit s'esclaffer; ses éclats de rire s'incurvèrent en dégradés orange et rouges avant de disparaître dans le plafond.

Le temps passa. Malgré le pouvoir qui lui battait dans la tête, c'était une tâche terriblement difficile, comme enfiler une aiguille au clair de lune, mais elle finit par rassembler une poignée d'argent. Dans le monde lent et pesant où elle semblait désormais évoluer, elle prit l'écheveau et le projeta lentement vers Esk. Il devint un nuage, tourbillonna sur lui-même et s'évanouit.

Elle eut conscience de pépiements criards et d'ombres à la limite de sa vision. Bah, ça arrivait à tout le monde tôt ou tard. Elles étaient venues, attirées comme toujours par une décharge de magie. Il fallait seulement apprendre à les ignorer.

Mémé se réveilla et l'éclat du soleil lui transperça les yeux. Elle gisait écroulée contre la porte avec l'impression que tout son corps avait mal aux dents.

Elle tendit une main en aveugle, trouva le bord de la table de toilette et se hissa en position assise. Elle n'était pas vraiment surprise de voir que le broc et la cuvette avaient toujours le même aspect ; en fait, la seule curiosité lui fit oublier ses douleurs et elle jeta un rapide coup d'œil sous le lit pour vérifier que, oui, tout était normal.

L'aigle se tenait toujours perché, le dos rond, sur le montant du lit. Sur sa couche, Esk dormait, et Mémé vit qu'il s'agissait d'un vrai sommeil et non de l'immobilité d'un corps vide.

Tout ce qu'il lui fallait espérer maintenant, c'était que la fillette ne se réveillerait pas avec une envie irrésistible de sauter sur les lapins.

Elle descendit l'aigle docile au rez-de-chaussée et lui rendit la liberté à la porte de derrière. Il s'envola lourdement jusqu'à l'arbre le plus proche où il s'installa pour se reposer. Il sentait qu'il en voulait à quelqu'un, mais il eut beau faire, il ne se rappela pas pourquoi.

Esk ouvrit les yeux et fixa un long moment le plafond. Au fil des mois elle s'était familiarisée avec chacune des bosses, chacune des fissures du plâtre ; l'ensemble dessinait un paysage fantastique, inversé, qu'elle avait peuplé d'une civilisation aussi personnelle que complexe.

Elle avait des rêves plein la tête. Elle sortit un bras de sous les couvertures, le contempla et s'étonna de ne pas le voir couvert de plumes. Tout ça était très mystérieux.

Elle repoussa les couvertures, balança les jambes sur le bord du lit, *étendit les ailes dans le souffle du vent et s'élança en vol plané vers le monde...*

En entendant le choc sourd sur le plancher de la chambre, Mémé gravit l'escalier en trombe, prit la fillette dans ses bras et la serra fort, prise de terreur. Elle se balança d'avant en arrière sur les talons en produisant des sons apaisants sans signification.

Esk leva les yeux vers elle à travers un masque d'horreur.

« Je me suis sentie disparaître !

— Oui, oui. Ça va mieux maintenant, murmura Mémé.

— Tu comprends pas ! Je me souvenais même pas de mon nom ! hurla Esk.

— Mais tu t'en souviens maintenant. »

Esk hésita, vérifia. « Oui, dit-elle. Oui, évidemment. Maintenant.

— Alors, y a pas de mal.

— Mais... »

Mémé soupira. « T'as appris quelque chose, fit-elle avant de juger sage de glisser un soupçon de sévérité dans sa voix. On dit qu'un peu de connaissance est dangereux, mais ça l'est bien moins que beaucoup d'ignorance.

— Mais qu'est-ce qui s'est passé ?

— Tu t'es dit que l'Emprunt, ça te suffisait pas. Tu t'es dit que ce serait bien de chiper le corps d'un autre. Mais tu dois savoir qu'un corps, c'est comme... comme un moule de gelée. Il donne une forme à son contenu, tu vois ? On peut pas mettre l'esprit d'une petite fille dans le corps d'un aigle. Pas longtemps, en tout cas.

— *Je suis devenue aigle* ?

— Oui.

— C'était pas vraiment *moi*, tout de même ? »

Mémé réfléchit un instant. Il lui fallait toujours marquer une pause quand ses conversations avec Esk lui faisaient franchir les limites d'un vocabulaire décent.

« Non, dit-elle enfin, pas dans le sens où tu l'entends. C'était rien qu'un aigle, qui maintenant fait peut-être des rêves bizarres de temps en temps. Par exemple, quand toi, tu rêves que tu voles, peut-être que lui se souvient avoir marché et parlé.

— Beuh.

— Mais tout ça, c'est fini à présent, dit Mémé en lui adressant un léger sourire. T'es redevenue toi-même et l'aigle a retrouvé son esprit. Il est perché dans le grand hêtre à côté des cabinets ; j'aimerais que tu lui portes quelque chose à manger. »

Esk s'assit sur les talons et fixa un point au-delà de la tête de Mémé.

« Y avait des choses bizarres », dit-elle sur le ton de la conversation. Mémé se retourna d'un bloc.

« J'veux dire, j'ai fait une espèce de rêve et j'ai vu des choses », reprit Esk. La vieille femme avait l'air si secouée qu'elle hésita, craignant d'avoir dit ce qu'il ne fallait pas.

« Quel genre de choses ? demanda-t-elle franchement.

— Des sortes de grosses créatures, toutes sortes de formes. Elles restaient là, sans rien faire.

— Il faisait noir ? Je veux dire, ces choses, elles étaient dans le noir ?

— Y avait des étoiles, je crois. Mémé ? »

Mémé Ciredutemps contemplait le mur.

« Mémé ? répéta Esk.

« Mmph ? Oui ? Oh. » Mémé se secoua. « Oui. Je vois. A présent, j'aimerais que tu descendes prendre le lard qu'est dans le garde-manger et que tu le mettes dehors pour l'oiseau, tu comprends ? Ce serait aussi une bonne idée de le remercier. On sait jamais. »

Quand Esk revint, Mémé beurrait du pain. Elle approcha son tabouret de la table, mais la vieille femme agita le couteau à beurre dans sa direction.

« Commençons par le commencement. Mets-toi debout. Face à moi. »

Esk obéit, perplexe. Mémé planta le couteau dans la planche à pain et secoua la tête.

« Bon sang, dit-elle au monde en général. J'sais pas comment on s'y prend, doit y avoir un genre de cérémonie, tels que je connais les mages, faut toujours qu'ils compliquent...

— Qu'esse tu veux dire ? »

Mémé parut l'ignorer mais traversa la pièce pour gagner le coin sombre près du buffet.

« Probable que tu devrais avoir un pied dans un seau de porridge froid, porter un gant et tout le tremblement, poursuivit-elle. J'voulais pas en arriver là, mais *on* me force la main.

— De quoi tu parles, Mémé ? »

La vieille sorcière tira d'un coup sec le bourdon de son renfoncement d'ombre et l'agita vaguement en direction d'Esk.

« Tiens. Il est à toi. Prends-le. J'espère seulement que c'est la bonne chose à faire. »

En réalité, la remise d'un bourdon à un apprenti mage fait d'ordinaire l'objet d'une cérémonie très impressionnante, surtout si le bourdon a appartenu à un mage chevronné ; l'antique tradition impose une épreuve longue et terrible où se mêlent masques, cagoules, épées et serments effroyables à propos de langues arrachées, d'entrailles déchiquetées par les oiseaux sauvages, de cendres semées aux huit vents et ainsi de suite. Après plusieurs heures de ce traitement, l'apprenti est admis dans la confrérie des Sages et des Lumières.

La cérémonie donne aussi lieu à un long discours. Par un hasard extraordinaire, Mémé l'avait résumé en quelques mots.

Esk prit le bourdon et le regarda d'un air dubitatif.

« Il est drôlement beau, dit-elle, pas très sûre. Les sculptures sont jolies. C'est pour quoi faire ?

— Assieds-toi. Et écoute-moi bien pour une fois. Le jour où t'es née... »

« ... et voilà. »

Esk fixa le bourdon, puis Mémé.

« Faut que je sois mage ?

— Oui. Non. J'sais pas.

— C'est pas vraiment une réponse, Mémé, reprocha Esk. Il le faut, oui ou non ?

— Les femmes peuvent pas être mages, trancha la sorcière. C'est contre nature. Pareil qu'une femme forgeron.

— Tu sais, j'ai vu travailler papa et j'vois pas pourquoi...

— Écoute, s'empressa de dire Mémé, on peut pas plus avoir de femme mage que de sorcière homme, parce que...

— J'ai entendu parler de sorcières hommes, risqua timidement Esk.

— Des sorciers !

— Je crois que c'est ça.

— On devrait pas les appeler comme ça. Ce que je veux dire, c'est qu'il existe pas de sorcières mâles, seulement des imbéciles, fit violemment Mémé. Si les hommes étaient des sorcières, ce seraient des mages. C'est une question de... » Elle se tapa sur le crâne. « ... de têtologie. Comment fonctionne ton cerveau. Le cerveau des hommes fonctionne différemment du nôtre, tu vois. Leur magie, c'est des histoires de nombres, d'angles, de côtés et de ce que font les étoiles, comme si c'était vraiment important. C'est une affaire de pouvoir. C'est... » Mémé marqua une pause et ressortit son mot favori pour décrire tout ce qu'elle méprisait chez les mages : « ... de la jométrie.

— Très bien, alors, dit Esk, soulagée. J'vais rester ici et apprendre à devenir sorcière.

— Ah, fit Mémé, la mine sombre, tu parles sans savoir. J'crois pas que ce soit aussi facile.

— Mais c'est toi qu'as dit que les hommes faisaient des mages et les femmes des sorcières, et que le contraire, c'était pas possible.

— C'est vrai.

— Eh ben alors, fit Esk, triomphante, tout est clair, non ? J'peux être qu'une sorcière. »

Mémé montra du doigt le bourdon. Esk haussa les épaules.

« C'est qu'un vieux bâton. »

Mémé secoua la tête de gauche à droite. Esk plissa les yeux.

« Non ?

— Non.

— Et j'peux pas être sorcière ?

— Je sais pas ce que tu peux être. Tiens le bourdon.

— Quoi ?

— Tiens le bourdon. Regarde, j'ai préparé le feu dans la cheminée. Allume-le.

— Le briquet est..., commença Esk.

— Tu m'as dit, une fois, qu'y avait de meilleurs moyens d'allumer le feu. Montre-moi. »

Mémé se mit debout. Dans l'obscurité de la cuisine elle parut grandir jusqu'à la remplir d'ombres mouvantes, échevelées, lourdes de menaces. Elle laissa tomber un regard méchant sur Esk.

« Montre-moi, ordonna-t-elle, et sa voix avait la froideur de la glace.

— Mais..., fit désespérément Esk qui serra le lourd bourdon contre elle et renversa le tabouret dans sa hâte à reculer.

— *Montre-moi !* »

Avec un cri, Esk se retourna brusquement. Du feu jaillit de l'extrémité de ses doigts et décrivit un arc de cercle à travers la cuisine. Le petit bois explosa avec une force qui précipita les meubles autour de la pièce, et une boule de violente lumière verte crépita dans l'âtre.

Des dessins changeants la parcoururent à toute vitesse quand elle tournoya en grésillant sur les pierres qui se lézardèrent, puis se liquéfièrent. La plaque de cheminée en fer résista bravement quelques secondes avant de fondre comme cire ; elle apparut une dernière fois sous forme d'une traînée rouge sur la boule de feu et disparut. Un instant plus tard le chaudron subit le même sort.

Au moment où l'on se disait que la cheminée allait les imiter, l'antique sous-âtre céda et, sur un dernier crachotement, la boule de feu sombra, hors de vue.

Par-ci par-là, un grésillement ou une bouffée de vapeur signalait son passage à travers le sol. Sinon, tout était silencieux, de ce silence qui suit un bruit strident pour siffler fortement aux oreilles, et après la lumière actinique éblouissante il faisait dans la cuisine aussi noir que dans un four.

Mémé rampa enfin hors de son abri derrière la table et s'approcha à quatre pattes, aussi près qu'elle l'osa, du trou toujours bordé d'une croûte de lave. Elle se jeta en arrière lorsque jaillit un autre champignon de vapeur surchauffée.

« Paraît qu'y a des mines de nains sous le Bélier, dit-elle, histoire de causer. Bon sang, ça va leur faire une drôle de surprise, aux demi-couillons. »

Elle poussa doucement la petite flaque de métal en train de refroidir là où s'était trouvé le chaudron et ajouta : « Dommage pour ma plaque. Y avait des chouettes dessus, tu sais. »

D'une main tremblante, elle tapota avec précaution ses

cheveux roussis. « Je crois que ça mérite une bonne tasse de... une bonne tasse d'eau froide. »

Esk se regardait les doigts, émerveillée.

« C'était de la vraie magie, dit-elle enfin. Et c'est moi qui l'ai faite.

— *Une forme* de magie, rectifia Mémé. Oublie pas ça. Et t'amuse pas non plus tout le temps avec. Si tu l'as en toi, faut apprendre à la maîtriser.

— Tu peux me l'apprendre, toi ?

— Moi ? Non !

— Comment je vais faire s'il y a personne pour m'apprendre ?

— Faudra aller là où il y a des gens pour ça. A l'école des mages.

— Mais tu m'as dit... »

Mémé s'arrêta de remplir une cruche au seau d'eau.

« Oui, oui, coupa-t-elle. Tant pis pour ce que j'ai dit, pour le bon sens et tout. Des fois, faut suivre le cours des choses, et m'est avis que tu vas aller à l'école des mages d'une façon ou d'une autre. »

Esk réfléchit.

« Tu veux dire que c'est ma destinée ? » finit-elle par demander.

Mémé haussa les épaules. « Quelque chose dans ce goût-là. Probable. Qui sait ? »

Cette nuit-là, longtemps après avoir envoyé Esk au lit, Mémé mit son chapeau, alluma une bougie neuve, essuya la table et sortit une petite boîte en bois de sa cachette secrète dans le buffet. Elle contenait une bouteille d'encre, une vieille plume d'oie et quelques feuilles de papier.

Mémé n'aimait pas trop ça, se frotter au monde des lettres. Les yeux lui sortaient de la tête, la langue lui pendait de la bouche, la sueur lui perlait au front, mais elle fit courir la plume sur la page dans un crissement parfois émaillé d'un « la barbe » ou d'un « fait chier » murmurés à voix basse.

La lettre était libellée comme suit, bien qu'il manque à cette version la cire de bougie, les pâtés, les ratures et les taches humides de l'original.

Pour le Maje Prinsypal, Univaircité Invizyble, Bonjour a

vous, j'espayr que vous allé bien, je vous envoi Escarryna Lefayvre, elle a se qui faux pour fayre un maje mai je says pas coman my prendre elle est travayeuze et propre de sa payrsone et aussy elle est adroyte de sai main pour diuerses taches maynajairs, je luy donerai de l'arjen Je vous souayte de vivre lontan et de fynir vos jour en payx, Votre oblyjée, Aysméralda Cyredutemps (Maytraisse) Sorcyaire.

Mémé leva son texte à la lumière de la bougie et le considéra d'un œil critique. Une bonne lettre. Elle avait trouvé le mot « diuerses » dans l'*Almanack* qu'elle lisait chaque soir. On y prédisait tout le temps « diuerses calamités » et « diuerses infortunes ». Mémé n'était pas très sûre du sens ; n'empêche que c'était un fameux mot.

Elle cacheta la lettre à la cire de bougie et la posa sur le buffet. Elle la laisserait au village afin que le ravitailleur l'emporte quand elle y descendrait demain pour un nouveau chaudron.

Le lendemain matin Mémé se donna beaucoup de mal pour s'habiller. Elle opta pour une robe noire à motif de grenouilles et de chauves-souris, une grande cape de velours, ou du moins une cape taillée dans le genre de tissu auquel ressemble le velours après trente ans d'usage intensif, et le chapeau pointu de sa charge embroché d'aiguilles.

Leur première visite fut pour le tailleur de pierre, afin de lui commander un nouveau foyer. Puis elles se rendirent chez le forgeron.

L'entrevue fut longue et orageuse. Esk alla se promener dans le verger et grimpa sur son ancien perchoir du pommier pendant que de la maison lui parvenaient les cris de son père et les gémissements de sa mère, entrecoupés de longues pauses silencieuses, ce qui signifiait que Mémé Ciredutemps discutait doucement, de sa voix que la fillette qualifiait de « c'est comme ça et pas autrement ». La vieille femme avait parfois une façon égale, mesurée, de parler. Le genre de voix dont le Créateur avait dû se servir. Elle renfermait peut-être de la magie, ou seulement de la têtologie, en tout cas elle excluait toute possibilité de contestation. Elle laissait clairement entendre que les choses devaient être exactement comme elle le disait.

La brise agitait doucement l'arbre. Esk, assise sur une branche, balançait négligemment les jambes.

Elle songeait aux mages. Il n'en venait pas souvent à Trou-d'Ucques, mais nombre d'histoires circulaient à leur sujet. Ils étaient sages, se souvenait-elle, d'ordinaire très vieux, ils accomplissaient des tours de magie mystérieux, puissants et compliqués, et presque tous avaient de la barbe. C'étaient aussi, tous sans exception, des hommes.

Elle se sentait plus sûre de son fait avec les sorcières, parce que Mémé l'avait emmenée rendre visite à deux ou trois collègues de villages plus loin dans les collines, et puis elles tenaient une grande place dans le folklore des montagnes du Bélier. Les sorcières étaient rusées, se rappelait-elle, d'ordinaire très vieilles, ou du moins elles essayaient d'avoir l'air vieilles, elles accomplissaient des tours de magie un peu discutables, simples et naturels, et certaines avaient de la barbe. C'étaient aussi, toutes sans exception, des femmes.

Il y avait dans tout ça un problème essentiel qu'elle avait du mal à résoudre. Pourquoi ne pouvait-on...

Cern et Gulta dévalèrent le sentier et s'arrêtèrent en catastrophe sous l'arbre. Ils levèrent sur leur sœur un regard où se mêlaient la fascination et le mépris. Les sorcières et les mages inspiraient le respect et la crainte, mais les sœurs, non. Par certains côtés, savoir que votre propre sœur apprenait à devenir sorcière, ça dévalorisait plus ou moins la profession.

« Tu peux pas vraiment lancer des sorts, fit Cern. Hein ?

— Évidemment que non, fit Gulta. C'est quoi, ce bâton ? »

Esk avait laissé le bourdon appuyé contre l'arbre. Cern le poussa prudemment.

« J'veux pas que tu le touches, se hâta de dire Esk. S'il te plaît. Il est à moi. »

En temps normal, Cern manifestait autant de sensibilité qu'un roulement à billes, mais sa main s'arrêta au milieu de son geste, à sa grande surprise.

« J'voulais pas le faire, de toute façon, marmonna-t-il pour cacher sa confusion. C'est qu'un vieux bâton.

« — C'est vrai que tu peux lancer des sorts ? demanda Gulta. On a entendu Mémé dire que tu pouvais.

— On a écouté à la porte, ajouta Cern.

— Vous, vous avez dit que j'pouvais pas, dit Esk d'un ton dégagé.

— Alors tu peux, oui ou non ? fit Gulta, de plus en plus rouge.

— Peut-être.

— Non, tu peux pas ! »

Esk baissa les yeux sur sa figure. Elle aimait ses frères, quand elle y pensait, plus ou moins par devoir, mais en général elle les considérait surtout comme du potin en pantalons. Il y avait cependant quelque chose de terriblement porcin et déplaisant dans la manière dont Gulta la fixait, comme si elle l'avait personnellement insulté.

Elle sentit son corps commencer à la picoter, et le monde lui parut soudain parfaitement clair et net.

« Si, j'peux », dit-elle.

Le regard de Gulta passa de la fillette au bourdon, et ses yeux s'étrécirent. Il lui balança un méchant coup de pied.

« Vieux bout de bois ! »

Il ressemblait, songea-t-elle, comme deux gouttes d'eau à un petit cochon en colère.

En entendant les cris de Cern, Mémé et les parents Lefèvre apparurent à la porte de derrière, puis piquèrent un sprint sur la piste cendrée.

Esk était perchée sur la fourche du pommier, l'air plongée dans une méditation rêveuse. Cern se cachait derrière l'arbre ; sa figure n'était plus qu'un rond autour d'un braillement d'amygdales en vibration.

Gulta, étonné, assis sur un tas de vêtements qui ne lui allaient plus, fronçait le groin.

Mémé s'approcha d'un pas énergique de l'arbre jusqu'à ce que son nez crochu soit au niveau de celui d'Esk.

« Changer les gens en cochons, *ça s'fait pas,* siffla-t-elle. Même des frères.

— C'est pas moi, c'est arrivé tout seul. N'importe comment, reconnais qu'il est mieux comme ça, dit Esk d'un ton égal.

— Qu'est-ce qui se passe ? demanda Lefèvre. Où est Gulta ? Qu'est-ce qu'il fait là, ce cochon ?

« — Ce cochon, dit Mémé Ciredutemps, c'est ton fils. »

La mère d'Esk laissa échapper un soupir avant de s'écrouler doucement en arrière, mais Lefèvre fut un peu moins pris au dépourvu. Il étudia attentivement Gulta, qui avait réussi à se dépêtrer de ses vêtements et fouissait à présent avec ferveur parmi les premiers fruits tombés de la saison, puis il regarda son unique fille.

« C'est elle qu'a fait ça ?

— Oui. Ou ça s'est fait à travers elle, dit Mémé qui lança au bourdon un coup d'œil soupçonneux.

— Oh. » Lefèvre considéra son cinquième fils. Il lui fallait admettre que dans la peau d'un cochon il ne manquait pas de port. Sans tourner la tête, il tendit le bras et flanqua à Cern une calotte derrière le crâne pour mettre un terme à ses braillements.

« Tu peux le faire redevenir comme avant ? » demandat-il. Mémé pivota sur elle-même et interrogea d'un œil furibond Esk qui haussa les épaules.

« Il croyait pas que j'pouvais faire de la magie, dit-elle calmement.

— Oui, bon, je crois que la preuve est faite, dit Mémé. Et maintenant tu vas le ramener comme avant, ma petite. Tout de suite. Tu m'entends ?

— J'veux pas. Il a été malpoli.

— *Je vois.* »

Esk laissa tomber un regard de défi. Mémé en leva un de fureur. Leurs volontés s'entrechoquèrent comme des cymbales et l'air entre les deux s'épaissit. Mais la vieille femme avait passé sa vie à plier des créatures récalcitrantes à ses désirs, et la fillette avait beau se révéler une adversaire étonnamment coriace, il était évident qu'elle céderait avant la fin du paragraphe.

« Oh, d'accord, gémit-elle. J'vois pas pourquoi on s'embêterait à le changer en cochon alors qu'il y arrive très bien tout seul. »

Elle ne savait pas d'où était venue la magie, mais elle s'orienta de ce côté-là et fit une suggestion. Gulta réapparut, nu, une pomme dans la bouche.

« Eche iche ache ? » fit-il.

Mémé se tourna d'un bloc vers Lefèvre.

« Tu me crois, maintenant ? lança-t-elle. Tu t'imagines

vraiment qu'elle va rester par chez nous et oublier la magie ? Tu vois d'ici son pauvre époux si elle se marie ?

— Mais t'as toujours dit que c'était impossible pour les femmes d'être mages », objecta Lefèvre. Il était à la vérité plutôt impressionné. On n'avait jamais entendu dire que Mémé Ciredutemps avait changé des gens en quoi que ce soit.

« Oublie ça pour le moment, dit Mémé qui se calma un peu. Elle a besoin d'une formation. Elle a besoin d'apprendre à maîtriser tout ça. Par pitié, mettez donc des vêtements à cet enfant.

— Gulta, habille-toi et arrête de pleurnicher, dit son père qui se tourna à nouveau vers Mémé.

— Tu disais qu'y avait un genre d'école pour apprendre ? hasarda-t-il.

— L'Université Invisible, oui. Pour la formation des mages.

— Et tu sais où ça se trouve ?

— Oui », mentit Mémé dont les notions de géographie étaient légèrement moins bonnes que ses connaissances en physique subatomique.

Les yeux de Lefèvre allèrent de la vieille femme à sa fille qui boudait.

« Et ils vont faire d'elle un mage ? » demanda-t-il.

Mémé soupira.

« J'sais pas ce qu'ils vont en faire », répondit-elle.

Et c'est ainsi qu'une semaine plus tard Mémé verrouillait la porte de sa chaumière et accrochait la clé à son clou dans les cabinets. Elle avait confié ses chèvres à une consœur quelques collines plus loin, laquelle avait aussi promis de garder un œil sur la maison. Trou-d'Ucques allait devoir se passer de sorcière pendant quelque temps.

Mémé avait vaguement conscience qu'on ne trouvait pas l'Université Invisible sans qu'elle ne l'ait décidé elle-même, et la seule ville où commencer les recherches, c'était Ohulan Cutash, une agglomération d'une centaine de maisons, distante de vingt-cinq kilomètres. On s'y rendait une ou deux fois l'an quand on était un Trou-d'Ucquois vraiment cosmopolite : Mémé ne l'avait visitée qu'une seule fois dans toute sa vie et n'en avait pas du tout gardé bonne opinion. Ça sentait louche, elle s'était perdue et elle se méfiait des citadins et de leurs façons tape-à-l'œil.

Elles trouvèrent à voyager dans la charrette qui s'en venait périodiquement livrer du métal à la forge. Ça manquait de confort, mais ça valait mieux que d'aller à pied, surtout que Mémé avait entassé leurs quelques biens dans un grand sac. Par sécurité, elle s'était assise dessus.

Esk serrait délicatement le bourdon contre elle et regardait défiler les bois. Au bout de plusieurs kilomètres, elle s'étonna : « J'croyais que tu m'avais dit que les plantes étaient différentes dans les pays trangers.

— C'est vrai.

— Ces arbres-là, ils sont tout comme chez nous. »

Mémé leur jeta un regard dédaigneux.

« Beaucoup moins bien », lâcha-t-elle.

En fait, Mémé sentait déjà un début de panique la gagner. Sa promesse d'accompagner Esk à l'Université Invisible, elle l'avait lancée sans réfléchir; le peu qu'elle savait du reste du Disque, elle le tenait de la rumeur et des pages de son *Almanack*, et elle ne doutait pas d'aller au-devant de tremblements de terre, de raz de marée, de calamités et de massacres, dont beaucoup de *diuers* voire pire. Mais elle était décidée à tenir jusqu'au bout. Une sorcière dépendait trop de la parole pour revenir dessus.

Elle était vêtue de noir, couleur commode s'il en est, et dissimulait sur sa personne un certain nombre d'aiguilles à chapeau et un couteau à pain. Elle avait aussi caché leur maigre réserve d'argent, que Lefèvre avait avancée à contrecœur, dans les replis mystérieux de ses sous-vêtements. Dans les poches de sa jupe tintaient des amulettes porte-bonheur, et un fer à cheval tout frais forgé, toujours un puissant protecteur dans les moments difficiles, alourdissait son sac à main. Elle se sentait plus que jamais parée à affronter le monde.

La piste descendait en serpentant entre les montagnes. Pour une fois le temps était clair, les hauts sommets se dressaient blancs et pimpants telles les jeunes mariées du ciel (des orages plein leurs trousseaux), et les ruisseaux qui longeaient ou croisaient le sentier parcouraient paresseusement des bancs de reines-des-prés et de racines va-plus-vite.

A l'heure du déjeuner elles atteignaient l'abord d'Ohulan (ville trop petite pour posséder plus d'un abord, constitué d'une auberge et d'une poignée de maisons, propriétés d'allergiques aux contraintes de la vie urbaine), et quelques minutes plus tard la charrette les déposait sur la place principale (l'unique) de la ville.

Il se trouva que c'était jour de marché.

Mémé Ciredutemps, indécise, plantée sur le pavé, s'accrocha fermement à l'épaule d'Esk tandis que la foule leur tourbillonnait autour. Elle avait entendu dire que des choses obscènes risquaient d'arriver dans les grandes villes aux femmes fraîchement débarquées de leur campagne, et elle agrippa si fort son sac à main que ses jointures en blanchirent. Qu'un étranger mâle s'avise ne serait-ce que de lui adresser un signe de tête, et il lui en cuirait.

Les yeux d'Esk brillaient. La place était une mosaïque de bruits, de couleurs et d'odeurs. D'un côté s'alignaient les temples des déités les plus exigeantes du Disque ; des parfums étranges s'en échappaient pour se mêler aux relents des commerces et composer un cocktail compliqué de fragrances. Des éventaires regorgeaient de curiosités alléchantes qu'elle mourait d'envie d'aller examiner de plus près.

Mémé laissa la foule les entraîner toutes deux. Les éventaires l'intriguaient, elle aussi. Elle les fouilla des yeux, sans pour autant relâcher une seule seconde sa vigilance envers les pickpockets, les tremblements de terre et les fricoteurs en mal d'érotisme, jusqu'à ce qu'elle repère quelque chose de vaguement familier.

Un petit éventaire couvert, drapé de noir et sentant le moisi, se trouvait coincé dans un espace étroit entre deux maisons. Quoique mal situé, il faisait apparemment des affaires fructueuses. Sa clientèle se composait essentiellement de femmes de tous âges, mais on y remarquait néanmoins quelques hommes. Tous les chalands avaient cependant un point commun. Aucun n'abordait l'éventaire de front. Ils passaient plus ou moins devant d'un pas de flâneur, puis plongeaient soudain dans l'ombre de son auvent. Un instant plus tard ils réapparaissaient, retiraient prestement la main d'un sac ou d'une poche et concouraient pour le titre mondial de Marche Nonchalante avec un réalisme à faire douter un observateur de ce qu'il venait de voir.

Il était vraiment étonnant qu'un éventaire dont tant de gens ignoraient la présence soit aussi populaire.

« Y a quoi, là-dedans ? demanda Esk. Qu'est-ce qu'ils achètent tous ?

— Des remèdes, répondit Mémé d'une voix ferme.

— Doit y avoir des tas de gens très malades dans les villes », dit gravement Esk.

A l'intérieur, l'éventaire n'était qu'une masse d'ombres veloutées et l'odeur d'herbes était assez épaisse pour qu'on la mette en bouteille. Mémé tisonna quelques tas de feuilles séchées d'un doigt expert. Esk s'écarta de la vieille femme et s'efforça de déchiffrer les étiquettes griffonnées sur les fioles devant elle. Bien que versée dans la plupart des préparations de Mémé, ici elle ne reconnaissait rien. Les noms étaient plutôt rigolos, « Huile de Tigre », « Prière de Jeune Fille » et « Renfort du Mari », et un ou deux des bouchons sentaient comme l'arrière-cuisine de Mémé quand elle venait de commettre quelque distillation secrète.

Une silhouette bougea dans un recoin sombre de l'éventaire et une main brune ratatinée se glissa pour lui effleurer la sienne.

« Je peux t'aider, ma petite demoiselle ? fit une voix cassée qui rappelait le sirop de figues. C'est la bonne aventure que tu veux entendre ? Ou c'est peut-être l'avenir que tu veux changer ?

— Elle est avec moi, jeta sèchement Mémé en se retournant, et ta vue baisse, Hilta Fondebique, si tu te rends pas compte de son âge. »

La silhouette devant Esk se pencha en avant.

« Esmé Ciredutemps ? demanda-t-elle.

— Soi-même, fit Mémé. Toujours à vendre des pastilles de foudre et des vœux à quatre sous, Hilta ? Comment ça va ?

— Beaucoup mieux depuis que je te vois, répondit la silhouette. Qu'est-ce qui t'a fait descendre de tes montagnes, Esmé ? Et cette gamine... ? Ton assistante, peut-être ?

— C'est quoi, ce que vous vendez, s'il vous plaît ? » demanda Esk. La silhouette se mit à rire.

« Oh, des machins pour arrêter des machins qui ne devraient pas se produire et en aider d'autres qui, eux, devraient se produire, ma jolie, dit-elle. Le temps que je ferme, mes chéries, et je suis à vous. »

La silhouette dépassa Esk avec empressement dans un kaléidoscope de fragrances et boutonna les rideaux de façade de l'éventaire. Puis les tentures du fond furent repoussées en l'air pour laisser entrer le soleil de l'après-midi.

« Je ne supporte pas l'obscurité ni l'odeur de renfermé, dit Hilta Fondebique, mais les clients s'attendent à ça. Vous savez ce que c'est.

— Oui, opina sagement Esk. La têtologie. »

Hilta, une petite grosse coiffée d'un gigantesque chapeau chargé de fruits, lui jeta un coup d'œil avant de regarder Mémé et de sourire.

« C'est comme ça, approuva-t-elle. Vous prendrez bien un thé ? »

Elles s'installèrent sur des balles d'herbes inconnues dans le coin privé laissé par l'éventaire entre les murs en angle des maisons et burent une boisson verte et parfumée dans des tasses étonnamment délicates. A l'inverse de Mémé, qui s'habillait comme un corbeau épris de respectabilité, Hilta Fondebique débordait de couleurs, disparaissait sous les dentelles, châles, boucles d'oreilles et un si grand nombre de bracelets qu'au moindre mouvement des bras on croyait entendre une section de percussions dégringoler du haut d'une falaise. Esk vit pourtant qu'elles se ressemblaient, ces deux sorcières. C'était difficile à décrire. On ne les imaginait pas faire des courbettes devant quiconque.

« Alors, fit Mémé, comment ça va-t-y ? »

L'autre sorcière haussa les épaules, et les percussionnistes lâchèrent à nouveau prise au moment même où ils allaient regagner le sommet.

« C'est comme l'amant pressé, ça va, ça vi... commença-t-elle avant de s'arrêter en avisant le regard éloquent que Mémé lançait en direction d'Esk.

« Pas mal, pas mal, se hâta-t-elle de rectifier. Le conseil a essayé une ou deux fois de m'expulser, tu sais, mais ils ont tous des femmes, et leur coup n'a jamais réussi, va savoir pourquoi. Ils disent que je n'ai pas bon genre, mais moi je dis que plus d'une famille dans cette ville serait plus nombreuse et plus pauvre sans le Pouliot Préventif de Madame Fondebique. Je sais parfaitement qui entre dans ma boutique. Je me rappelle parfaitement qui achète des pastilles du Coboye et de l'Onguent Lajustice. Ça ne va donc pas si mal. Et comment c'est pour toi, là-haut, dans ton village au nom marrant ?

— Trou-d'Ucques », dit Esk, obligeante. Elle prit un petit pot d'argile sur le comptoir et en renifla le contenu.

« Ça va plutôt bien, reconnut Mémé. Y a toujours de la demande pour les servantes de la nature. »

Esk renifla encore la poudre — du pouliot, apparemment, avec un ingrédient principal qu'elle identifiait mal — et replaça soigneusement le couvercle. Pendant que les deux femmes se troquaient les potins dans une espèce de code féminin à base d'échange de regards et d'adjectifs inexprimés, elle examina les autres potions exotiques exposées. Ou plutôt, non exposées. Bizarrement, elles étaient astucieusement en partie cachées, comme si Hilta ne cherchait pas à vendre à tout prix.

« J'reconnais rien de tout ça, dit-elle, à moitié pour elle-même. Qu'est-ce que ça donne aux gens ?

— La liberté », dit Hilta qui entendait clair. Elle se retourna vers Mémé. « Tu lui en as appris long ?

— Pas long à ce point-là, répondit Mémé. Elle a du pouvoir, mais j'sais pas trop de quel genre. Du pouvoir de mage, peut-être bien. »

Hilta pivota une nouvelle fois très lentement vers Esk et la détailla des pieds à la tête.

« Ah, fit-elle. Ça explique le bourdon. Je me demandais de quoi parlaient les abeilles. Bien, bien. Donne-moi ta main, petite. »

Esk tendit la main. Les doigts de Hilta étaient si chargés de bagues qu'elle eut l'impression de la plonger dans un sac de noix. Mémé se redressa sur son siège, la mine désapprobatrice, lorsque Hilta se mit à étudier la paume de la fillette.

« A mon avis, c'est pas vraiment nécessaire, fit-elle d'un ton sévère. Pas entre nous.

— Tu le fais bien, toi, Mémé, dit Esk. Au village. Je t'ai vue. Les tasses de thé, aussi. Et les cartes. »

Mémé changea de position, mal à l'aise. « Oui, bon, fit-elle. Ça dépend. Tu leur tiens la main, aux gens, et ils disent tout seuls leur bonne aventure. Mais c'est pas la peine de se mettre à y *croire,* on serait toutes dans le pétrin si on se mettait à *croire* n'importe quoi.

— Les Pouvoirs Constitués possèdent maintes propriétés étranges, et impénétrables autant que variées sont les voies qu'ils empruntent pour faire connaître leurs désirs dans ce cercle de lumière que nous nommons le monde physique », énonça solennellement Hilta. Elle adressa un clin d'œil à Esk.

« Oh, quand même ! lâcha Mémé.

— Sans blague, fit Hilta. C'est vrai.

— Hmph.

— Je te vois partir pour un long voyage, lut Hilta.

— Est-ce que je vais rencontrer un grand étranger brun ? demanda Esk en s'examinant la paume. Mémé dit toujours ça aux femmes, elle dit...

— Non, fit Hilta tandis que Mémé grognait. Mais ce sera un voyage très étrange. Tu iras loin sans bouger de place. Et dans une direction bizarre. Ce sera une exploration.

— Tu lis tout ça dans ma main ?

— Eh bien, je devine, surtout », dit Hilta qui se rassit et tendit le bras vers la théière. (Le premier percussionniste, à mi-chemin du sommet de la falaise, dévissa sur les cymbaliers qui se hissaient péniblement derrière.) Elle regarda attentivement Esk et ajouta : « Un mage femelle, hein ?

— Mémé m'emmène à l'Université Invisible », dit Esk.

Hilta leva les sourcils. « Tu sais où ça se trouve ? »

Mémé fronça les siens. « Aucune idée, reconnut-elle. Je comptais sur toi pour me donner des renseignements plus précis, t'es plus habituée que moi aux briques et tous ces machins.

— A ce qu'on dit, elle a beaucoup de portes, mais celles qui s'ouvrent dans ce monde se trouvent dans la cité d'Ankh-Morpork », dit Hilta. Mémé n'eut aucune réaction. « Sur la mer Circulaire », précisa Hilta. Mémé garda le même air d'interrogation polie. « A huit cents kilomètres, ajouta Hilta.

— Oh », fit Mémé.

Elle se leva, épousseta de sa robe un grain de poussière imaginaire.

« On ferait bien de se mettre en route, alors », dit-elle.

Hilta éclata de rire. Esk prit plaisir à l'entendre. Mémé ne riait jamais, elle laissait seulement les coins de sa bouche se relever, mais Hilta riait comme quelqu'un qui avait sérieusement réfléchi sur la Vie et compris la blague.

« Vous n'allez pas partir aujourd'hui, de toute façon, dit-elle. J'ai de la place à la maison, vous allez loger chez moi, et demain il fera jour.

— On voudrait pas abuser, fit Mémé.

— Ne raconte donc pas de bêtises. Pourquoi vous ne faites pas un tour pendant que je remballe ? »

La ville d'Ohulan était la place marchande d'une vaste portion de territoire et le jour de marché ne s'achevait pas avec le coucher du soleil. Des torches brûlaient dans chaque baraque, à chaque éventaire, et de la lumière jaillissait en vacarme par les portes ouvertes des auberges. Même les temples sortaient des lampes de couleur pour attirer les fidèles noctambules.

Hilta se déplaçait dans la foule comme un serpent délié dans l'herbe sèche ; elle portait sur le dos l'ensemble de son éventaire et de ses marchandises ramassé dans un balluchon étonnamment réduit, et sa joaillerie bringuebalait comme un plein sac de danseurs flamencos. Mémé clopinait derrière ; elle avait mal aux pieds, ils n'étaient pas habitués à la rudesse des pavés.

Puis Esk se perdit.

Ce ne fut pas chose aisée, mais elle y parvint. Il lui fallut se baisser subitement entre deux étals puis décamper dans une ruelle latérale. Mémé l'avait longuement mise en garde contre les horreurs innommables que recelaient les villes, preuve que la vieille femme n'y entendait pas grand-chose en têtologie puisque la fillette était à présent décidée d'en découvrir une ou deux de visu.

En fait, tout barbare et inculte que fût Ohulan, les seules horreurs qui s'y commettaient la nuit tombée se réduisaient en tout et pour tout à de maigres vols, quelques échanges d'amateurs dans les palais de la luxure, et des libations qui se prolongeaient jusqu'à ce que les buveurs s'écroulent ou se mettent à chanter, voire les deux.

Dans une poésie conventionnelle, Esk aurait traversé la foire comme le cygne blanc glisse sur la baie au crépuscule, mais à cause de certains problèmes pratiques, elle décida de la traverser comme une petite auto tamponneuse, rebondissant d'un corps à l'autre pendant que le sommet du bourdon se balançait à une trentaine de centimètres au-dessus de sa figure. Des têtes se tournèrent dans le sillage du bourdon, et pas uniquement parce qu'il les avait heurtées ; des mages faisaient de temps à autre étape en ville, mais c'était la première fois qu'on en voyait un d'un mètre trente et à cheveux longs.

Un observateur attentif aurait remarqué qu'il se produisait des choses étranges sur son passage.

Il y eut par exemple l'homme aux trois tasses retournées qui invitait un petit attroupement à explorer en sa compagnie le monde du hasard et de la probabilité en fonction de la position d'un petit pois sec. Il eut vaguement conscience d'une silhouette menue qui l'observa d'un air solennel pendant quelques instants, à la suite de quoi un plein sac de pois tomba en cascade de chaque tasse qu'il souleva. En l'espace de quelques secondes il se retrouva jusqu'aux genoux dans les légumes. Et jusqu'au cou dans les ennuis : il devait soudain à tout le monde un tas d'argent.

Il y eut un malheureux petit singe qui depuis des années traînait distraitement les pieds au bout d'une chaîne tandis que son propriétaire tirait des sons insupportables d'un orgue de barbarie. L'animal se retourna brusquement, plissa ses petits yeux rouges, mordit méchamment son gardien à la jambe, brisa sa chaîne d'un coup sec et se sauva sur les toits avec le gobelet contenant les recettes de la soirée. L'histoire ne dit pas comment il les dépensa.

Toute une boîte de canards en pâte d'amandes, sur un étal voisin, prirent vie et décollèrent dans un vrombissement d'ailes autour du marchand pour se poser sur la rivière, dans une cacophonie de coin-coin joyeux. (A l'aube, ils avaient tous fondu : on appelle ça la sélection naturelle.)

Quant à l'étal, il se faufila dans une ruelle, et on ne le revit jamais.

En vérité, Esk se déplaçait dans la foire davantage comme un pyromane dans un champ de foin ou comme un neutron qui rebondit dans un réacteur, n'en déplaise aux poètes, et l'hypothétique observateur aurait pu repérer son parcours effectué au hasard en relevant les débordements de violence et d'hystérie qui éclataient ici et là. Mais, comme tout bon catalyseur, elle ne participait pas réellement aux phénomènes qu'elle déclenchait ; le temps que les éventuels observateurs non hypothétiques détachent les yeux d'un incident, elle était déjà plus loin, entraînée par la foule.

Elle commençait aussi à se sentir fatiguée. Si Mémé Ciredutemps approuvait d'une manière générale la nuit, elle réprouvait en revanche la lumière incertaine de la bougie : quand elle devait lire le soir, elle persuadait d'ordinaire la chouette de venir se percher sur le dossier de sa chaise et lisait par ses yeux. Esk aurait dû se coucher à peu près en même temps que le soleil, ce qu'il avait fait depuis longtemps.

Devant elle, une porte lui parut amicale. Des sons joyeux s'en échappaient dans une lumière jaune qui se répandait en flaque sur les pavés. Son bourdon à la main — qui continuait d'irradier de la magie à tort et à travers comme un phare démoniaque —, elle mit le cap sur la porte, fourbue mais décidée.

Le tenancier du Violon Dingue se prenait pour un homme qui avait beaucoup vécu, ce qui était vrai ; trop bête pour être vraiment cruel et trop paresseux pour être vraiment méchant, il vivait peut-être dans un corps qui avait pas mal bourlingué, mais son esprit n'avait en revanche jamais franchi les limites de son crâne.

Il n'avait pas l'habitude que des bouts de bois lui adressent la parole. Surtout quand ils parlaient d'une petite voix aiguë et réclamaient du lait de chèvre.

Prudemment, conscient que tous les clients de l'auberge le regardaient en souriant, il se hissa par-dessus le comptoir afin de voir de l'autre côté. Esk avait la tête levée vers lui. Fixe-les droit dans les yeux, avait toujours dit Mémé : concentre ton pouvoir sur eux, force-les à baisser le regard, personne ne peut résister à une sorcière, sauf une chèvre, bien sûr.

L'aubergiste, qui répondait au nom de Thénard, se retrouva regarder une petite fille qui avait l'air de loucher.

« De quoi ? fit-il.

— Du lait, répondit la gamine sans cesser de le fixer furieusement. On trait ça aux chèvres. Vous savez ? »

Thénard ne vendait que de la bière, celle que lui fournissaient les chats, prétendaient ses clients. Aucune chèvre digne de ce nom n'aurait supporté l'odeur du Violon Dingue.

« On n'a pas d'ça ici », dit-il. Il examina le bourdon et ses sourcils se rapprochèrent avec des mines de conspirateurs au-dessus de son nez.

« Vous pourriez quand même vérifier », dit Esk.

Thénard se repoussa derrière le comptoir, d'une part pour échapper au regard qui le faisait larmoyer de compassion, d'autre part parce qu'un horrible soupçon naissait dans son esprit.

Même les barmen de second ordre ont tendance à vivre en résonance avec la bière qu'ils servent, et les vibrations qui arrivaient des gros fûts derrière Thénard n'avaient pas le son du houblon ni du faux-col. Elles propageaient une note beaucoup plus lactée.

Il tourna un robinet à titre d'essai et vit un mince filet de lait s'écouler et cailler dans le seau d'égouttage.

Le bourdon dépassait toujours le rebord du comptoir, tel un périscope. L'aubergiste aurait juré qu'il le fixait lui aussi.

« Faut pas le laisser perdre, fit une voix. Vous serez peut-être content de le trouver un jour. »

C'était la même voix dont se servait Mémé quand Esk faisait la difficile devant une nourrissante assiettée de légumes verts en salade, tout jaunes d'avoir bouilli jusqu'à capitulation des dernières vitamines ; cependant les oreilles hypersensibles de Thénard n'y entendirent pas une recommandation mais une prédiction. Il frissonna. Il ne voyait pas quelles circonstances l'amèneraient à se régaler d'un panaché de bière éventée et de lait caillé. Plutôt mourir d'abord.

Peut-être qu'il mourrait d'abord.

Du pouce, il essuya très soigneusement une chope presque propre et la remplit au chantepleure. Il se rendait compte qu'un grand nombre de clients partaient discrètement. Personne n'aimait la magie, surtout entre les mains d'une femme. On ne savait jamais ce qui allait leur passer par la tête le coup d'après.

« Ton lait, dit-il avant d'ajouter : mademoiselle.

— J'ai des sous », fit-elle. Mémé lui avait toujours dit : propose dans tous les cas de payer et tu n'auras pas besoin de le faire, les gens aiment bien qu'on les considère, tout ça, c'est de la têtologie.

« Non, pas question », dit à la hâte Thénard. Il se pencha par-dessus le bar. « Si t'y vois pas d'objection, euh... tu pourrais peut-être me rechanger le reste comme c'était avant, hein ? Y a pas beaucoup de demande pour le lait dans l'pays. »

Il se déplaça légèrement de côté. Esk avait appuyé le bourdon contre le comptoir pendant qu'elle buvait son lait, et il mettait l'aubergiste mal à l'aise.

Esk le regarda par-dessus une moustache de crème.

« Je l'ai pas changé en lait. Je savais seulement que c'était du lait parce que j'en voulais, dit-elle. Vous pensiez que c'était quoi, vous ?

— Euh. De la bière. »

Esk réfléchit. Elle se rappelait vaguement avoir un jour goûté à de la bière, et ça lui avait laissé comme une impression de déjà bu et recraché par un premier consommateur. Mais elle se souvenait d'une boisson que tout le monde à Trou-d'Ucques plaçait loin devant la bière. Il s'agissait de l'une des recettes les mieux gardées de Mémé. Ça ne pouvait pas faire de mal : Mémé n'y mettait que du fruit, puis elle congelait, portait à ébullition et vérifiait des petites gouttes à la flamme, tout ça des tas de fois.

Mémé lui en versait une petite cuillerée de rien dans son lait par nuit très froide. Fallait que ce soit une cuiller en bois, ça avait de drôles d'effets sur le métal.

Elle se concentra. Elle retrouvait le goût dans sa tête et, grâce aux menus talents qu'elle commençait à accepter mais ne comprenait pas, elle découvrit qu'elle pouvait l'isoler en petites formes colorées...

L'épouse fluette de Thénard sortit de leur arrière-salle, curieuse de la raison de ce calme soudain, et l'aubergiste la réduisit du geste à un silence accablé tandis qu'Esk oscillait légèrement sur ses pieds, les yeux fermés, et remuait les lèvres.

... les petites formes dont on n'avait pas besoin retournaient dans leur grand réservoir, et après on trouvait les autres dont on avait besoin et on les mettait ensemble, et après y avait une espèce de machin crochu qui voulait dire que les formes transformeraient n'importe quoi d'approprié en autre chose tout comme elles, et après...

Thénard se retourna avec une extrême prudence et considéra le fût derrière lui. L'odeur de la salle avait changé, il sentait l'or pur suinter doucement de la vieille charpente.

Délicatement, il prit un petit verre dans la réserve sous le comptoir et recueillit au chantepleure quelques giclées du liquide brun doré. Il regarda le verre d'un air songeur à la lumière de la lampe, le tourna et retourna méthodiquement, en flaira plusieurs fois le contenu puis, rejetant la tête en arrière, se l'engloutit d'un trait.

Son visage ne révéla rien, en dehors de ses yeux qui s'embuèrent et de sa gorge qui tremblota bien un peu. Son épouse et Esk l'observaient tandis qu'un chapelet de fines gouttes de sueur lui perlait sur le front. Dix secondes s'écoulèrent ; à l'évidence, il était parti pour pulvériser un record d'héroïsme. Paraît même que de la vapeur lui sortait par les oreilles, mais il s'agit probablement d'une rumeur. Ses doigts battaient une drôle de retraite sur le bar.

Enfin, il déglutit, parut prendre une décision, se tourna solennellement vers Esk et demanda : « Ouarl ich gnich saaarghs ichghs ourgch ? »

Ses sourcils se plissèrent quand il se repassa la phrase dans la tête pour une deuxième tentative.

« Aargh argh chaah gok ? »

Il capitula.

« Bharrgch nargh ! »

Sa femme grogna et retira le verre de sa main consentante. Elle le renifla. Elle regarda les fûts, tous les dix. Son regard croisa celui vacillant du mari. Dans un paradis privé pour deux ils calculèrent silencieusement le prix de vente de trois mille litres d'eau-de-vie de pêches blanches de montagne triple distillation et se trouvèrent à court de chiffres.

Madame Thénard avait l'esprit plus rapide que son

époux. Elle se pencha et sourit à Esk qui, trop fatiguée, ne lui jeta même pas un coup d'œil. Le sourire n'avait rien de particulièrement engageant, madame Thénard manquait de pratique.

« Comment t'es arrivée jusqu'ici, petite ? demanda-t-elle d'une voix qui suggérait des maisonnettes en pain d'épices et des portes de grand fourneau qui se referment en claquant.

— J'étais avec Mémé et j'me suis perdue.

— Et où elle est maintenant, Mémé, ma mignonne ? » *Clac*, firent à nouveau les portes du four ; la nuit allait être rude pour tous les voyageurs dans les forêts métaphoriques.

« Quelque part, m'est avis.

— Ça te plairait d'aller dormir dans un grand lit de plumes, bien chaud et bien moelleux ? »

Esk la regarda avec reconnaissance, malgré le vague sentiment que la femme avait une mine de furet avide, et répondit oui de la tête.

Vous avez raison. Il faudra davantage qu'un fendeur de bois de passage pour régler la question.

Mémé, pendant ce temps, se trouvait à deux rues de là. Elle aussi, selon les normes admises, était perdue. Mais elle ne voyait pas les choses ainsi. Elle savait où elle se trouvait, c'était partout ailleurs qu'on ne le savait pas.

Rappelons qu'il est beaucoup plus difficile de détecter un esprit humain que, disons, celui d'un renard. L'esprit humain, qui du coup se sent insulté, veut savoir pourquoi. Voici pourquoi.

Les animaux ont un esprit simple, donc vif. Ils ne perdent jamais leur temps à fractionner leur vécu en petits morceaux et à s'interroger sur tous les autres qu'ils ont manqués. On leur a catalogué la panoplie complète de l'univers en rubriques bien distinctes : a) ce à quoi on s'accouple ; b) ce qu'on mange ; c) ce qu'on fuit ; et d) les cailloux. L'esprit ainsi libéré des pensées superflues acquiert une incroyable acuité pour les choses importantes. L'animal normal, en fait, ne cherche jamais à marcher et mastiquer du chewing-gum en même temps.

L'humain moyen, pour sa part, réfléchit à toutes sortes de choses du matin au soir, à toutes sortes de niveaux, qu'interrompent des dizaines d'horloges et de calendriers biologiques. Il existe des pensées prêtes à sortir, des pensées secrètes, des pensées réelles, des pensées sur des pensées et toute une gamme de pensées inconscientes. Pour un télépathe, le cerveau humain n'est que vacarme. C'est un terminus de chemin de fer quand tous les haut-parleurs s'égosillent en même temps. C'est une bande FM complète — et certaines des stations ne sont pas recommandables, stations pirates bannies sur des mers interdites qui passent tard dans la nuit des chansons aux paroles limbiques.

Mémé, en voulant localiser Esk par la seule magie de l'esprit, tentait de trouver une paille dans une meule de foin.

Elle n'y arrivait pas, mais elle captait assez de signaux sensoriels, via les gémissements hétérodynes d'un millier de cerveaux tous occupés à penser en même temps, pour se convaincre que le monde était effectivement aussi fou qu'elle l'avait toujours jugé.

Elle retrouva Hilta au coin de la rue. Hilta portait son balai, l'idéal pour mener des recherches aériennes (avec grande discrétion, cependant; les hommes d'Ohulan soutenaient sans réserve la pommade Dur-longtemps mais n'admettaient pas les femmes volantes). Elle était affolée.

« Pas la moindre trace, dit Mémé.

— Tu es descendue à la rivière? Elle est peut-être tombée dedans!

— Ça, ce serait pas la première fois. N'importe comment, elle sait nager. Moi, je crois qu'elle se cache, la drôlesse.

— Qu'est-ce qu'on va faire? »

Mémé lui jeta un regard méprisant. « Hilta Fondebique, j'ai honte de toi, tu te conduis comme une poule mouillée. Est-ce que je m'inquiète, moi? »

Hilta la regarda attentivement.

« Oui. Un peu. Tu as les lèvres toutes minces.

— C'est que j'suis en colère, voilà.

— Les Gitans viennent toujours pour la foire, ils l'ont peut-être enlevée. »

Mémé était prête à tout croire sur les gens de la ville, mais là, elle se sentait sûre de son fait.

« Alors, c'est qu'ils sont beaucoup plus cinglés que je l'pensais, lança-t-elle. Ecoute, elle a le bourdon.

— Ça l'avance à quoi ? demanda Hilta, au bord des larmes.

— J'ai l'impression que t'as rien compris à ce que je t'ai dit, fit durement Mémé. Tout ce qu'on a à faire, c'est retourner à ton emplacement et attendre.

— Attendre quoi ?

— Les cris, les explosions, les boules de feu, n'importe quoi, dit Mémé, évasive.

— C'est cruel !

— Oh, ceux à qui ça va arriver, ils le méritent, d'après moi. Allez, pars devant et met l'eau à chauffer. »

Hilta lui jeta un regard hésitant, puis elle grimpa sur son balai et s'éleva lentement, par à-coups, dans l'ombre des cheminées. Si les balais étaient des voitures, celui-ci serait une Coccinelle décapotable.

Mémé la suivit des yeux puis clopina dans les rues mouillées derrière elle. Il était hors de question qu'on la fasse grimper sur un de ces engins.

Esk était couchée dans les grands draps pelucheux et légèrement humides du lit d'appoint dans la mansarde du Violon Dingue. Elle était fatiguée, pourtant elle n'arrivait pas à dormir. D'abord, le lit était trop froid. Elle se demanda avec inquiétude si elle allait oser le réchauffer, mais elle se ravisa. Apparemment, elle n'avait pas le coup pour les sortilèges de feu, même en faisant attention. Soit ils ne marchaient pas du tout, soit ils marchaient trop bien. Les bois autour de la chaumière étaient devenus moins sûrs, maintenant que des boules de feu les avaient criblés de trous en disparaissant dans la terre ; au moins, disait Mémé, même si elle se faisait recaler en magie, son avenir était assuré comme puisatière ou installatrice de cabinets.

Elle se retourna sur sa couche et s'efforça d'oublier la légère odeur de champignon des draps. Puis elle tendit la main dans le noir et finit par trouver le bourdon, appuyé contre la tête de lit. Madame Thénard avait beaucoup insisté pour le descendre au rez-de-chaussée, mais Esk s'y était cramponnée de toutes ses forces. C'était la seule chose au monde qu'elle possédait avec certitude.

La surface vernie aux drôles de sculptures avait un contact bizarrement rassurant. Esk s'endormit, rêva de bracelets, de paquets mystérieux et de montagnes. Et aussi d'étoiles lointaines au-dessus des montagnes, et puis d'un désert froid où d'étranges créatures titubaient dans le sable sec et la fixaient de leurs yeux d'insectes...

Le craquement d'une marche. Encore un autre. Ensuite un silence, le genre de silence étouffant, effrayant de qui se tient aussi immobile que possible.

La porte s'ouvrit en grand. Devant la lumière de la chandelle, Thénard dessinait une ombre plus noire sur l'escabeau. Quelques mots s'échangèrent à voix basse puis, sur la pointe des pieds, l'aubergiste s'approcha aussi silencieusement que possible de la tête de lit. Au premier tâtonnement prudent, il déplaça le bourdon qui glissa de côté, mais il s'en empara bien vite et vida tout doucement l'air de ses poumons.

Il ne lui en restait donc plus guère pour hurler lorsque le bourdon lui *remua* dans les mains. Il en sentit les écailles, les anneaux, les muscles...

Esk s'assit droit comme un piquet, juste à temps pour voir Thénard culbuter en arrière par-dessus l'escabeau à pic, sans cesser de battre désespérément des bras pour les débarrasser de quelque chose d'indistinct enroulé autour. Un autre cri monta d'en dessous lorsqu'il atterrit sur sa femme.

Le bourdon s'abattit bruyamment sur le plancher et resta là, dans une faible lueur octarine.

Esk sortit du lit et traversa la mansarde à pas feutrés. D'horribles jurons s'élevèrent ; ils lui parurent dégoûtants. Elle fouilla des yeux le trou de la porte, et son regard tomba sur le visage de madame Thénard.

« Donne-moi ce bourdon ! »

Esk baissa le bras derrière elle et agrippa le bois poli. « Non, dit-elle. Il est à moi.

— C'est pas pour les p'tites filles, cracha l'épouse du tavernier.

— Il m'appartient », dit tranquillement Esk qui referma la porte. Elle écouta un instant les marmonnements venant du rez-de-chaussée et s'efforça de réfléchir à ce qu'elle devait faire maintenant. Changer le couple en n'importe quoi ne créerait probablement que des histoires, et de toute façon elle ne savait pas trop comment s'y prendre.

En fait, la magie ne fonctionnait vraiment que lorsqu'elle n'y pensait pas. Son esprit semblait faire obstacle.

Elle retraversa à pas de loup la pièce dans l'autre sens et ouvrit d'une poussée la minuscule fenêtre. Les curieuses odeurs nocturnes de la civilisation pénétrèrent dans la chambre : la senteur humide de la rue, l'arôme des fleurs de jardin, l'effluve lointain d'un trop-plein de cabinets. Il y avait des tuiles mouillées dehors.

Alors que Thénard repartait à l'assaut de l'escabeau, elle sortit le bourdon sur le toit et rampa à sa suite, se retenant aux moulures au-dessus de la fenêtre pour ne pas tomber. Le toit s'inclinait vers un appentis et elle parvint à rester plus ou moins debout pour sa descente acrobatique, entrecoupée de dérapages, sur les tuiles inégales. Un saut de deux mètres sur un tas de vieux tonneaux, une rapide dégringolade le long du bois glissant et elle traversa facilement la cour de l'auberge au petit trot.

Alors qu'elle faisait voler dans sa galopade la brume de la rue, lui parvinrent du Violon Dingue les éclats d'une dispute.

Thénard dépassa son épouse à toute allure et posa une main sur le robinet du fût le plus proche. Il marqua une pause, puis il l'ouvrit d'un violent coup de poignet.

L'odeur d'eau-de-vie de pêches emplit la salle, aussi pénétrante que des pointes de couteaux. Il referma le chantepleure et se détendit.

« T'as eu peur qu'on nous l'ait changée en une piquette imbuvable ? » demanda sa femme. Il acquiesça.

« Si t'avais pas été aussi empoté..., commença-t-elle.

— J'te dis qu'il m'a mordu !

— T'aurais pu devenir mage et on n'aurait plus de souci à s'faire. T'as donc pas d'*ambition* ? »

Thénard secoua la tête. « M'est avis qu'il faut plus qu'un bourdon pour faire un mage, dit-il. Et puis j'ai entendu dire qu'les mages, ils ont pas le droit de se marier, ils ont même pas le droit de... » Il hésita.

« De quoi ? Pas le droit de quoi ? »

Thénard se ratatina. « Ben... tu sais. Ça.

— Non, j'sais sûrement pas d'quoi tu causes, dit vivement madame Thénard.

— Non, m'est avis qu'non. »

Il la suivit à contrecœur hors de la salle d'auberge obscure. Il se disait que les mages n'avaient peut-être pas une vie aussi pénible que ça, tout compte fait.

Il en eut confirmation le lendemain matin en découvrant que les dix fûts d'eau-de-vie de pêches s'étaient effectivement changés en piquette imbuvable.

Esk erra sans but dans les rues grises et aboutit au tout petit port fluvial d'Ohulan. De larges gabares à fond plat cognaient doucement contre les quais ; une ou deux laissaient échapper de minces volutes de fumée par les cheminées de poêles accueillants. La fillette grimpa sans peine à bord de la plus proche et se servit du bourdon pour soulever la toile cirée qui la recouvrait en grande partie.

Une odeur chaude, mélange de lanoline et de fumier, monta de la cargaison. La gabare transportait de la laine.

Ce n'est pas malin d'aller dormir sur une gabare inconnue, sans savoir quelles falaises bizarres on va voir passer au réveil, sans savoir que les gabariers commencent traditionnellement de bonne heure (ils se mettent en route alors que le soleil est à peine levé), sans savoir quels nouveaux horizons on risque de découvrir au matin...

On sait tous ça. Esk, non.

Elle se réveilla : quelqu'un sifflait. Elle resta immobile, se repassa dans la tête les événements de la veille, se rappela ce qu'elle faisait à bord, puis roula sur elle-même tout doucement et souleva très légèrement la toile cirée.

Elle était donc bien à bord. Et « à bord » s'était déplacé.

« Alors c'est ça qu'on appelle naviguer, dit-elle en regardant défiler silencieusement la rive d'en face. Ç'a rien d'extraordinaire. »

Il ne lui vint pas à l'idée de s'inquiéter. En huit ans d'existence elle avait trouvé le monde particulièrement ennuyeux, elle n'allait tout de même pas jouer les ingrates maintenant qu'il devenait intéressant.

Un chien accompagna de ses aboiements le siffleur un peu plus loin. Esk se rallongea sur le dos dans la laine, se concentra pour trouver l'esprit de l'animal et le lui Emprunta en douceur. Depuis son cerveau malhabile et brouillon elle apprit qu'il y avait au moins quatre personnes sur la gabare, et beaucoup plus sur les autres qui s'échelonnaient, attachées ensemble, au fil de la rivière. Certaines étaient des enfants.

Elle laissa partir l'animal, contempla à nouveau longuement le paysage — la gabare passait maintenant entre de hautes falaises orange striées de tant de couleurs de roches différentes qu'on aurait dit qu'un dieu affamé avait battu le record du plus gros sandwich club de tous les temps — et essaya d'oublier la pensée qui lui venait. Mais la pensée insistait, elle se glissait dans son esprit comme un danseur de limbo importun par-dessous la porte des toilettes de la Vie. Tôt ou tard, il lui faudrait quitter sa cachette. Ce n'était pas son estomac qui réclamait, mais sa vessie qui ne tenait plus.

Peut-être que si...

La toile cirée au-dessus de sa tête se retira brusquement, et une grosse figure barbue, épanouie, se pencha vers elle.

« Tiens, tiens, fit la figure. Qu'avons-nous là, dites donc ? Un passager clandestin, ou bien ? »

Esk la dévisagea. « Oui », répondit-elle. A quoi bon le nier ? « Vous pouvez m'aider à sortir, s'il vous plaît ?

— Tu n'as pas peur que je te jette aux... aux brochets ? fit la figure qui surprit son air indécis. Gros poisson d'eau douce, ajouta-t-elle avec obligeance. Rapide. Beaucoup de dents. Brochet. »

Pareille pensée ne l'avait même pas effleurée. « Non, dit-elle, sincère. Pourquoi ? Vous allez faire ça ?

— Non. Pas vraiment. Pas la peine d'avoir peur.

— J'ai pas peur.

— Oh. » Un bras brun apparut, rattaché à la figure selon le procédé habituel, et l'aida à sortir de son nid de toisons.

92

Esk se mit debout sur le pont de la gabare et regarda autour d'elle. Le ciel était plus bleu qu'une boîte à biscuits, il s'ajustait hermétiquement sur une large vallée que la rivière suivait d'un cours aussi léthargique qu'une enquête d'utilité publique.

Derrière elle, les montagnes du Bélier servaient toujours de rail d'attache pour nuages, mais elles ne dominaient plus le paysage comme elles l'avaient constamment fait depuis qu'Esk les connaissait. La distance les avait érodées.

« Où c'est, ici ? demanda-t-elle en flairant les odeurs nouvelles de marécages et de liches.

— Le cours supérieur du fleuve Ankh, répondit son ravisseur. Qu'est-ce que tu en penses ? »

Esk regarda le fleuve en amont, puis en aval. Il était déjà beaucoup plus large qu'à Ohulan.

« J'sais pas. Ça fait beaucoup d'eau. L'est à vous, le navire ?

— Bateau », corrigea l'homme. Il était plus grand que son père, quoique pas aussi vieux, et habillé comme un Gitan. La plupart de ses dents s'étaient changées en or, mais Esk se dit que ce n'était pas le moment de lui demander pourquoi. Il avait le genre de teint vraiment hâlé que les richards cherchent des années durant à obtenir à coups de vacances coûteuses et de bouts de feuilles d'aluminium, quand il suffit honnêtement de se crever le derrière tous les jours en plein air. Son front se plissa.

« Oui, il est à moi, répondit-il, décidé à reprendre l'initiative. Et tu fais quoi dessus, je voudrais bien savoir ? Tu t'enfuis de chez toi, ou bien ? Tu serais un garçon, je dirais que tu t'en vas chercher fortune.

— Les filles, elles peuvent pas chercher fortune ?

— Je pense qu'elles sont censées chercher le gars qui a déjà trouvé fortune », dit l'homme dans un sourire à deux cents carats. Il tendit une main brune, lourde de bagues. « Viens prendre un petit déjeuner.

— J'aimerais mieux aller aux cabinets », dit-elle. La bouche de l'homme s'ouvrit toute grande.

« C'est une gabare, ou bien ?

— Oui ?

— Ça veut dire qu'on n'a que le fleuve. » Il lui tapota la main. « Ne t'en fais pas, ajouta-t-il. Il a l'habitude. »

Mémé se tenait au bord de l'eau, et sa bottine toc-toc-toquait sur le bois de l'embarcadère. Le petit homme devant elle, ce qu'Ohulan avait de plus proche d'un maître de port, subissait la pleine puissance de son regard, et visiblement il se ratatinait. L'expression de la vieille femme n'était peut-être pas aussi vicieuse que des poucettes mais elle sous-entendait que les poucettes restaient dans le domaine du possible.

« Ils sont partis avant l'aube, vous dites ? fit-elle.

— Ou-oui, répondit-il. Euh... j'savais pas qu'ils n'auraient pas dû.

— Vous avez vu une petite fille à bord ? » *Toc-toc-toc*, fit la bottine.

« Hum. Non. Désolé. » Son visage s'éclaira. « C'étaient des Zoïdes, dit-il. Si l'enfant est à bord, il ne lui arrivera rien de mal. On peut toujours faire confiance à un Zoïde, à ce qu'on dit. Grand sens de la famille. »

Mémé se tourna vers Hilta, qui allait et venait comme un papillon éperdu, et haussa les sourcils.

« Oh, oui, trilla Hilta. Les Zoïdes ont très bonne réputation.

— Mmph », fit Mémé. Elle tourna les talons et repartit en clopinant vers le centre de la ville. Le maître de port s'affaissa comme si on venait de lui retirer un cintre de la chemise.

Hilta habitait un logis au-dessus d'un herboriste et derrière une tannerie ; on y jouissait d'une vue splendide sur les toits d'Ohulan. Elle s'y plaisait à cause de son caractère intime, un avantage, comme elle disait, toujours apprécié par « mes clients les plus délicats qui préfèrent effectuer leurs achats très spéciaux dans une ambiance de calme où la discrétion reste à jamais le mot d'ordre ».

Mémé Ciredutemps fit du regard le tour du petit salon sans parvenir à dissimuler entièrement son mépris. Beaucoup trop de glands de tentures, de rideaux de perles, de cartes astrologiques et de chats noirs dans cette pièce. Mémé ne supportait pas les chats. Elle renifla.

« C'est la tannerie ? demanda-t-elle d'un ton accusateur.

— De l'encens », répondit Hilta. Elle se reprenait bravement face au mépris de Mémé. « Les clients aiment bien, dit-elle. Ça les met dans une bonne disposition d'esprit. Tu sais ce que c'est.

— Moi, j'aurais cru qu'on pouvait exercer un métier parfaitement honorable, Hilta, sans tomber dans les talents de *société*, répliqua Mémé qui s'assit et s'attela à la tâche délicate de retirer ses épingles à chapeau.

— C'est différent dans les villes, dit Hilta. Il faut évoluer avec son temps.

— Je m'demande bien pourquoi. L'eau est sur le feu ? » Mémé tendit la main par-dessus la table et retira la housse en velours de la boule de cristal de Hilta, une sphère de quartz aussi grosse que sa tête.

« J'ai jamais attrapé le tour de main pour ce foutu machin de silicium, fit-elle. Un bol d'eau avec une goutte d'encre dedans, ça suffisait quand j'étais gamine. Maintenant, voyons un peu... »

Elle scruta le cœur palpitant de la boule, s'efforça par son entremise de concentrer son esprit sur la position d'Esk. Ça n'était jamais particulièrement facile de se servir d'un cristal, et la plupart du temps quand on regardait dedans, on pouvait compter que l'avenir tiendrait au moins une promesse : celle d'une migraine carabinée. Mémé ne leur faisait pas confiance, aux boules, elle leur trouvait un arrière-goût de magie ; pour un peu, avait-elle toujours l'impression, ce foutu machin vous sucerait la cervelle du crâne comme un bulot de sa coquille.

« C'est plein de paillettes dans ton bidule », dit-elle, soufflant sur la boule avant de l'essuyer d'un revers de manche. Hilta regarda par-dessus son épaule.

« Pas des paillettes. Ça veut dire quelque chose, dit-elle lentement.

— Quoi donc ?

— Je ne suis pas sûre. Je peux essayer ? Elle est habituée à moi. » Hilta repoussa un chat de l'autre chaise et se pencha en avant pour sonder les profondeurs du verre.

« Mmph. Te gêne pas, dit Mémé, mais tu trouveras pas...

— Attends. Ça se précise.

— Pour moi, c'est que des paillettes, insista Mémé. Des petites lumières argentées qui voltigent, comme dans ces jouets, là, les tempêtes de neige en bouteille. Plutôt joli, faut dire.

« — Oui, mais regarde derrière les flocons... »

Mémé regarda.

Voici ce qu'elle vit.

Elle dominait d'une très haute altitude un vaste pan de territoire, bleu par la distance, à travers lequel un large fleuve se tortillait comme un serpent pris de boisson. Des lumières argentées flottaient au premier plan, mais ce n'étaient pour ainsi dire que de malheureux flocons dans la grande tempête de lumière qui tournait en une immense spirale paresseuse, comme une vieille tornade en proie à une mauvaise attaque de neige, et descendait en entonnoir jusqu'au paysage brumeux. En plissant les yeux, Mémé arrivait tout juste à distinguer des points sur le fleuve.

De temps en temps une espèce d'éclair étincelait brièvement à l'intérieur de l'entonnoir de grains de poussière en rotation lente.

Mémé cligna des paupières et leva les yeux. La pièce lui parut très sombre.

« Drôle de temps », fit-elle, parce que rien de mieux ne lui venait à l'esprit. Même les yeux fermés, elle voyait encore danser les grains étincelants.

« A mon avis, ce n'est pas le temps, dit Hilta. Je ne crois pas que les gens puissent le voir, mais le cristal le montre, lui. Je crois que c'est de la magie qui se condense dans l'air.

— Pour aller dans le bourdon ?

— Oui. Le bourdon d'un mage sert à ça. Il distille de la magie, comme qui dirait. »

Mémé risqua un autre coup d'œil dans la boule.

« Dans Esk, fit-elle doucement.

— Oui.

— On dirait qu'y en a beaucoup.

— Oui. »

Comme il lui arrivait parfois, Mémé regretta de ne pas en savoir plus long sur la façon dont les mages entretenaient leur art. Elle eut une vision de la magie qui emplissait Esk, qui lui gonflait les tissus jusqu'au moindre pore de peau. Puis elle se mettait à fuir, d'abord lentement, par petits jets en arc de cercle qui retombaient par terre, et ensuite de plus en plus fort pour finir par une formidable décharge de puissance occulte. Ça pouvait causer toutes sortes de dégâts.

« Crénom, dit-elle. Je l'ai jamais aimé, ce bourdon.

— Au moins, elle se dirige vers l'Université, dit Hilta. Ils sauront bien quoi faire.

— Pas sûr. Ils sont descendus loin sur le fleuve, à ton avis ?

— Une trentaine de kilomètres, en gros. Ces gabares n'avancent qu'au pas. Les Zoïdes ne sont jamais pressés.

— Parfait. » Mémé se leva, la mâchoire provocante. Elle tendit la main vers son chapeau et ramassa le sac renfermant ses biens.

— M'est avis que je peux marcher plus vite qu'une gabare, dit-elle. Le fleuve est tout méandreux alors que moi, je peux avancer en ligne droite.

— Tu veux la rattraper *à pied* ? fit Hilta, horrifiée. Mais il y a des forêts et des bêtes sauvages !

— Tant mieux, ça me ferait du bien de retrouver la civilisation. Esk a besoin de moi. Ce bourdon est en train de prendre le dessus. Je l'avais dit, que ça arriverait, mais est-ce qu'on m'a écoutée ?

— On t'a écoutée ? demanda Hilta qui essayait toujours de comprendre ce que Mémé avait voulu dire par "retrouver la civilisation".

— Non », répondit froidement Mémé.

Il s'appelait Amschat B'hal Zoïde. Il vivait sur l'eau avec ses trois femmes et ses trois enfants. C'était un Menteur.

Ce qui horripilait toujours les ennemis de la tribu des Zoïdes, ce n'était pas uniquement leur honnêteté, aussi scrupuleuse qu'exaspérante, mais la totale franchise de leur propos. Les Zoïdes n'avaient jamais entendu parler d'euphémisme et ils n'auraient pas su qu'en faire si on leur en avait mis un sous le nez, sauf qu'ils l'auraient sûrement qualifié de « formule aimable pour dire une méchanceté ».

Ce respect strict de la vérité, ils ne le devaient apparemment pas à un dieu, comme c'est généralement le cas, mais à leur patrimoine génétique. Le Zoïde moyen était tout aussi incapable de mentir que de respirer sous l'eau ; le concept même de mensonge suffisait à le mettre dans tous ses états ; dire un Mensonge revenait purement et simplement à chambouler l'univers de fond en comble.

Un inconvénient de taille pour un peuple commerçant ; aussi, au fil des millénaires, les anciens Zoïdes avaient-ils étudié ce pouvoir étrange dont tout le monde sauf eux jouissait en abondance et avaient-ils décidé qu'ils devraient en bénéficier à leur tour.

Les jeunes gens qui montraient le moindre signe d'un tel talent se voyaient encouragés, à l'occasion de cérémonies particulières qui les mettaient en compétition, à déformer la Vérité toujours plus loin. Le premier proto-mensonge attesté avait été : « Mon grand-père est effectivement assez grand », mais ils avaient fini par attraper le coup, et l'on avait créé le bureau du Mensonge tribal.

Il faut comprendre que si les Zoïdes, dans leur majorité, ne savent pas mentir, ils témoignent en revanche d'un grand respect pour celui capable de dire que le monde n'est pas tel qu'on le voit, et le Menteur occupe chez eux une très haute fonction. Il représente la tribu dans toutes les négociations avec le monde extérieur, que le Zoïde moyen a depuis longtemps renoncé à comprendre. Les tribus zoïdes sont extrêmement fières de leurs Menteurs.

Les autres races ne supportent pas cette appellation de Menteur. Elles estiment que les Zoïdes auraient dû choisir un titre mieux approprié, tel que « diplomate » ou « chargé des relations publiques ». Elles estiment qu'ils l'ont fait exprès pour se moquer.

« Tout ça, c'est vrai ? demanda Esk, méfiante, en faisant du regard le tour de la cabine bondée de la gabare.

— Non », répondit Amschat avec conviction. Sa plus jeune femme, qui préparait du porridge sur un tout petit fourneau décoré, se mit à glousser. Ses trois enfants observèrent gravement Esk par-dessus le bord de la table.

« Vous dites jamais la vérité ?

— Et toi ? » La bouche d'Amschat se fendit d'un sourire aurifié, mais ses yeux ne souriaient pas, eux. « Tu faisais quoi sur mes toisons ? Amschat n'enlève personne. Chez toi, on va s'inquiéter, ou bien ?

— Je pense que Mémé va venir me chercher, dit Esk, mais j'crois pas qu'elle va beaucoup s'inquiéter. Elle sera seulement en colère, j'pense. De toute manière, je vais à Ankh-Morpork. Vous pouvez me jeter du navire...

« — ... bateau...

— ... si vous voulez. Les brochets, je m'en fiche.

— Je ne peux pas faire ça, dit Amschat.

— Encore un mensonge ?

— Non ! La région est sauvage, il y a des voleurs et...
des choses. »

Esk hocha la tête, radieuse. « Alors c'est réglé, dit-elle.
Ça m'est égal de dormir sur la laine. Et je peux payer mon
voyage. J'peux faire... » Elle hésita ; sa phrase incomplète
resta suspendue en l'air comme une petite volute de cristal
alors que la prudence tentait avec succès de lui retenir la
langue. « ... des tas de choses utiles », acheva-t-elle maladroitement.

Elle s'aperçut qu'Amschat jetait un coup d'œil en coin à
l'aînée de ses femmes, qui cousait près du fourneau. Selon
la tradition zoïde, elle ne portait que du noir. Mémé aurait
approuvé des deux mains.

« Quelle sorte de choses utiles ? demanda-t-il. Faire la
vaisselle et balayer, ou bien ?

— Si vous voulez, dit Esk, ou bien distiller à l'alambic
double ou triple, composer les vernis, laques, encaustiques,
zuumchats et punes, fondre la cire, façonner des bougies,
bien choisir les graines, racines et boutures, et accommoder
presque toutes les recettes qu'on connaît à partir des
Quatre-vingts Herbes merveilleuses ; je sais filer, carder,
rouir, ourdir et tisser aux métiers à main, en haute lice, en
basse lice et aux grands métiers, je sais tricoter si on me
fournit la laine, je sais lire la terre et les rochers, charpen-
ter, même les tenons et mortaises à trois voies, prévoir le
temps d'après le ciel et les bêtes, multiplier une ruchée,
brasser cinq sortes d'hydromel, préparer les teintures, les
mordants et les enduits, même du bleu grand teint, je sais
faire presque toutes les sortes de ferblanterie, réparer les
chaussures, saler et travailler la plupart des cuirs, et si vous
avez des chèvres je sais m'en occuper. J'aime bien les
chèvres. Par chez nous, les amateurs de chèvres sont
légion, dit Mémé. »

Amschat la considérait d'un air songeur. Elle se dit qu'il
attendait la suite.

« Mémé, elle supporte pas de voir les gens à rien faire,
reprit-elle. Elle répète sans arrêt qu'une fille adroite de ses

mains trouvera toujours de quoi vivre, ajouta-t-elle en manière d'explication.

— Ou un mari, je suppose, acquiesça Amschat à mi-voix.

— Justement, Mémé avait beaucoup à dire là-dessus...

— J'en suis sûr », dit Amschat. Il regarda l'aînée de ses épouses qui répondit par un hochement quasi imperceptible de la tête.

« Très bien, dit-il. Si tu sais te rendre utile tu peux rester. Joues-tu aussi d'un instrument de musique ? »

Esk lui retourna son regard franc, sans sourciller. « Sans doute. »

Ainsi Esk, avec une grande facilité et un seul petit regret, quitta les montagnes du Bélier et leur climat pour se joindre aux Zoïdes dans leur grande descente marchande de l'Ankh.

Plus de trente gabares se suivaient, chacune occupée au moins par une famille tentaculaire de Zoïdes. Aucune ne transportait la même cargaison ; la plupart étaient reliées les unes aux autres, et il suffisait aux Zoïdes de haler le câble et de passer sur le pont voisin s'il leur prenait envie de voir du monde.

Esk s'installa dans les toisons de laine. Il y faisait bon, l'odeur lui rappelait la chaumière de Mémé et, plus important, personne ne venait la déranger.

Elle commençait à se faire du souci.

La magie échappait nettement à sa volonté. Esk ne faisait pas de magie, c'était la magie qui se manifestait toute seule autour d'elle. Et elle sentait que ça ne rassurerait probablement guère les gens de le savoir.

Ça voulait dire qu'en cas de vaisselle elle devait passer son temps à éclabousser l'eau et entrechoquer les plats afin de cacher qu'ils se lavaient tout seuls. Qu'en cas de raccommodage elle devait s'isoler discrètement sur le pont afin de masquer les bords du trou qui se reprisaient d'eux-mêmes comme... comme par magie. Puis elle se réveilla le second jour de son voyage pour découvrir que plusieurs toisons autour de la cachette du bourdon s'étaient peignées,

100

cardées et filées toutes seules en écheveaux impeccables durant la nuit.

Elle chassa de son esprit toute pensée de feu.

Elle avait des compensations, cependant. Chaque courbe paresseuse du fleuve lui amenait de nouveaux panoramas. Il y eut des passages d'ombre, enclavés dans une forêt épaisse, que les gabares franchirent au beau milieu du fleuve, les hommes en armes et les femmes sous le pont — sauf Esk qui resta écouter avec intérêt les grognements et éternuements qui les suivirent depuis les fourrés des berges. Il y eut des portions de terres cultivées. Plusieurs villes beaucoup plus grosses qu'Ohulan. Et même quelques montagnes, mais vieilles et plates, ni jeunes ni fringantes comme les siennes. Elle n'avait pas franchement le mal du pays, non, pourtant elle se sentait des fois pareille à un bateau à la dérive le long d'un filin continu mais toujours attaché à une ancre.

Les gabares faisaient escale dans certaines des villes. La tradition voulait que seuls les hommes se rendent à terre et que seul Amschat, coiffé de son chapeau de Menteur de cérémonie, s'adresse aux non-Zoïdes. D'ordinaire, Esk l'accompagnait. Il avait bien essayé de lui faire comprendre par des allusions qu'elle devait obéir aux règles tacites de la vie zoïde et rester à bord, mais une allusion n'avait pas plus d'effet sur Esk qu'une piqûre de moustique sur un rhinocéros moyen : si l'on ignore les règles, apprenait-elle déjà, la moitié du temps elles se réécrivent tranquillement pour cesser de vous concerner.

N'importe comment, Amschat avait l'impression que lorsque la fillette l'accompagnait, il obtenait toujours un très bon prix. Il y avait chez elle, quand elle louchait sur les gens d'un air décidé de derrière ses jambes, un je ne sais quoi qui poussait les marchands même les plus durs en affaires à rapidement conclure leurs transactions.

A vrai dire, ça commençait à l'inquiéter. Le jour où un courtier, dans la ville close de Zemphis, lui offrit un sac d'outremers en échange de cent toisons, une voix s'éleva au niveau de ses poches : « C'est pas des outremers.

— Regardez-moi cette gamine ! » fit le courtier dans un grand sourire. Amschat leva gravement l'une des pierres à hauteur d'yeux.

« Moi, je regarde, dit-il, et on dirait bien des outremers. Elles en ont la brillance et la miroitance. »

Esk secoua la tête. « C'est que des djams », fit-elle. Elle avait parlé sans réfléchir et le regretta aussitôt tandis que les deux hommes pivotaient pour la fixer d'un œil étonné.

Amschat retourna la pierre dans sa main. Placer des djams, les pierres caméléon, dans la même boîte que d'authentiques gemmes pour qu'ils aient l'air de changer de couleur, c'était un truc classique, mais ceux-là avaient la vraie flamme bleue à l'intérieur. Il leva un regard pénétrant sur le courtier. Amschat avait reçu une excellente formation dans l'art du Mensonge. Il en reconnaissait les signes subtils, maintenant qu'il s'interrogeait.

« Il y a apparemment un doute, dit-il, mais facile à dissiper, il suffit de les porter chez l'essayeur de la rue des Pins, parce que tout le monde sait que les djams se dissolvent dans le liquide hypactique, ou bien ? »

Le courtier hésita. Amschat avait légèrement changé de posture, et sa musculature laissait entendre au courtier qu'au moindre mouvement brusque de sa part, il l'enverrait rouler dans la poussière. Et cette fichue drôlesse qui lui louchait dessus comme si elle voyait le fond de sa pensée. Ses nerfs lâchèrent.

« Vous me voyez navré de cette malheureuse discussion, dit-il. J'ai pris livraison de ces pierres en croyant de bonne foi à des outremers, mais plutôt que de laisser un différend s'établir entre nous je vous demande de les accepter en... en cadeau ; et, pour les toisons, puis-je vous proposer cette roseatte de premier choix ? »

Il sortit une petite pierre rouge d'une minuscule bourse de velours. Amschat la regarda à peine ; sans lâcher l'homme des yeux, il la tendit à Esk. Elle fit oui de la tête.

Après le départ précipité du marchand, Amschat saisit Esk par la main et l'entraîna, voire la traîna tout court, jusqu'à l'officine de l'essayeur, guère plus grande qu'une niche dans un mur. Le vieil homme prit la plus petite des pierres bleues, écouta les explications hâtives du gabarier, tira une pleine soucoupe de liquide hypactique et laissa tomber la pierre dedans. Elle écuma avant de disparaître.

« Très intéressant », dit-il. Il prit une autre pierre dans des brucelles et l'examina sous un verre grossissant.

« Ce sont bien des djams, mais des spécimens remarquables dans leur genre, conclut-il. Ils ont quand même une certaine valeur, et moi, par exemple, je serais prêt à vous en offrir... Elle a quelque chose aux yeux, la petite ? »

Amschat donna un coup de coude à Esk, qui cessa d'exercer une nouvelle fois le Regard.

« ... Je vous en offrirais, disons, deux *zats* d'argent ?

— Et si on disait cinq ? répliqua aimablement Amschat.

— Et moi, j'aimerais bien garder une des pierres », fit Esk. Le vieil homme leva les bras au ciel.

« Mais ce ne sont que des curiosités ! dit-il. Ça n'a de valeur que pour un collectionneur !

— Un collectionneur pourrait quand même les revendre à un client sans méfiance pour des outremers ou des roseattes de premier choix, dit Amschat, surtout s'il est le seul essayeur de la ville. »

L'essayeur bougonna un peu, mais ils finirent par se mettre d'accord sur trois *zats* et un djam pour Esk, monté sur une chaînette d'argent.

Lorsqu'ils furent hors de portée d'oreilles, Amschat tendit à la fillette les toutes petites pièces d'argent et dit : « Elles sont à toi. Tu les as gagnées. Mais... » Il s'accroupit pour la regarder dans les yeux. « ... il faut me dire comment tu as su que les pierres étaient fausses. »

Il avait l'air soucieux, mais Esk sentit qu'il n'aimerait guère la vérité. La magie mettait les gens mal à l'aise. Il n'aimerait pas qu'elle lui dise : les djams, c'est des djams, et les outremers, c'est des outremers, et si vous croyez qu'ils sont pareils, c'est parce que la plupart des gens ne savent pas se servir de leurs yeux comme il faut. Rien ne peut cacher complètement sa vraie nature.

Au lieu de ça, elle dit : « Les nains ont une mine de djams à côté du village où je suis née, et on apprend vite à voir qu'ils déforment la lumière de façon bizarre. »

Amschat continua de la regarder un moment dans les yeux. Puis il haussa les épaules.

« D'accord, dit-il. Très bien. Bon, j'ai encore à faire en ville. Pourquoi tu ne t'achètes pas des vêtements neufs, ou bien ? J'aimerais te mettre en garde contre les commerçants malhonnêtes mais, je ne sais pas pourquoi, je n'ai pas l'impression qu'il t'arrivera des ennuis. »

Esk hocha la tête. Amschat s'éloigna à grandes enjambées sur la place du marché. Au premier coin de rue, il se retourna, la regarda d'un air songeur, puis disparut dans la foule.

Voilà, fini de naviguer, se dit Esk. Il n'est pas tout à fait sûr, mais il va me surveiller maintenant, et avant que j'aie compris ce qui se passe, on me prendra le bourdon et je vais récolter toutes sortes d'embêtements. Pourquoi est-ce que la magie met tout le monde tellement en colère ?

Elle poussa un soupir résigné et entreprit d'explorer les possibilités de la ville.

Restait pourtant la question du bourdon. Esk l'avait enfoncé loin dans les toisons qu'on n'allait pas décharger dans l'immédiat. Si elle retournait le chercher, on lui poserait des questions, et elle ne connaissait pas les réponses.

Elle trouva une ruelle qui lui convenait et qu'elle enfila à toutes jambes jusqu'à ce qu'un bon renfoncement de porte lui offre l'abri tranquille dont elle avait besoin.

S'il était exclu de retourner à la gabare, alors il ne restait qu'une solution. Elle tendit une main et ferma les paupières.

Elle savait exactement ce qu'elle voulait faire, c'était là, devant ses yeux. Pour lui revenir, il ne fallait pas que le bourdon s'envole dans les airs, abîme la gabare et attire l'attention sur lui. Tout ce qu'elle voulait, se disait-elle, c'était que s'opère un léger changement dans l'organisation du monde. Que ce ne soit plus un monde où le bourdon se cachait dans les toisons, mais un monde où elle le tenait en main. Un tout petit changement, une altération infinitésimale de l'Etat des Choses.

Si Esk avait reçu une formation de mage dans les règles, elle aurait compris que son idée était irréalisable. Tous les mages savaient déplacer les objets, depuis les protons et tout ce qui s'ensuit, mais l'important à retenir pour en déplacer un de A jusqu'à Z, selon la physique élémentaire, c'est qu'à un moment donné l'objet en question devra passer par le reste de l'alphabet. La seule solution pour le faire disparaître en A et réapparaître en Z aurait été d'escamoter la Réalité. Mieux valait ne pas penser aux problèmes qui en auraient découlé.

Esk, évidemment, n'avait pas reçu de formation, et il est

bien connu qu'ignorer l'impossibilité de ce qu'on tente reste l'un des ingrédients essentiels de la réussite. Ignorer l'éventualité d'un échec, c'est comme une chantignole déposée sur le chemin de la bicyclette de l'histoire.

Alors qu'Esk s'efforçait de découvrir comment déplacer le bourdon, les ondes se propagèrent dans l'éther magique pour modifier le Disque-monde par des milliers de détails infimes. La plupart passèrent totalement inaperçus. Peut-être quelques grains de sable occupaient-ils une position légèrement différente sur leurs plages, ou une feuille pendait-elle de son arbre sous un angle imperceptiblement plus fermé. Mais ensuite l'onde enveloppée de probabilité heurta la berge de la Réalité, rebondit à la façon d'une éclaboussure contre le bord d'une mare, rencontra les dernières rides venant dans l'autre sens et provoqua des tourbillons, d'intensité réduite mais de retombées considérables, dans le tissu même de l'existence. Il arrive que se produisent des tourbillons dans le tissu de l'existence parce que c'est un tissu très spécial.

Esk ignorait totalement ce qui précède, évidemment, mais elle fut bien contente lorsque le bourdon surgit du néant pour se matérialiser dans sa main.

Son contact était chaud.

Elle le considéra un moment. Elle sentait qu'elle devait faire quelque chose ; il était trop grand, trop identifiable, trop gênant. Il attirait l'attention.

« Si je t'emmène à Ankh-Morpork, dit-elle d'un air songeur, faut que j'te déguise. »

Quelques restes de magie tremblotèrent autour du bourdon, puis il s'assombrit.

Finalement, Esk résolut son problème urgent : elle trouva sur la grand-place du marché de Zemphis un banc qui vendait des balais, acheta le plus grand, le ramena dans son encoignure de porte, retira le manche et enfonça le bourdon bien profond dans les brindilles de bouleau. Il lui semblait injuste de maltraiter ainsi le noble objet, aussi lui présenta-t-elle silencieusement des excuses.

La différence fut notable, en tout cas : personne ne s'intéressait plus à une petite fille munie d'un balai.

Elle s'acheta un pâté aux épices pour manger durant son exploration. (Le marchand imprudent voulut la rouler sur la monnaie qu'il lui rendait et s'aperçut plus tard qu'il lui avait inexplicablement remis deux pièces d'argent; puis des rats apparurent mystérieusement pour lui dévorer toute sa réserve pendant la nuit, et la foudre frappa sa grand-mère.)

La ville était plus petite qu'Ohulan et très différente parce qu'à la jonction de trois routes commerciales, outre le fleuve. Elle s'était bâtie autour d'une seule et gigantesque place, métissage entre l'embouteillage exotique permanent et le village de tentes. Les chameaux flanquaient des coups de sabots aux mules, les mules en flanquaient aux chevaux qui les rendaient aux chameaux, et tous en flanquaient aux humains; ce n'était que débauche de couleurs, fracas, symphonie d'odeurs dans un brouhaha constant, entêtant, de centaines de gens qui s'échinaient à gagner des sous.

L'une des raisons de toute cette agitation, c'est que sur une grande partie du continent d'autres individus préféraient en gagner sans travailler du tout, et, comme le Disque n'avait pas encore développé d'industrie musicale, lesdits individus étaient contraints de se rabattre sur des formes plus anciennes, plus traditionnelles de brigandage.

Bizarrement, il leur en coûtait souvent beaucoup d'efforts. Rouler de lourds rochers jusqu'au sommet d'une falaise pour tendre une embuscade digne de ce nom, abattre des arbres pour bloquer une route et creuser une fosse hérissée de piques tout en veillant au fil acéré d'une dague exigeaient probablement davantage de réflexion et de muscle que des professions plus honorables; néanmoins, on trouvait toujours des particuliers suffisamment malavisés pour endurer de telles épreuves, outre les nuits interminables dans l'inconfort, dans le seul but de faire main basse sur de grandes et banales caisses de joyaux.

Zemphis était donc la ville où les caravanes se séparaient, se mélangeaient et se reformaient; en effet, des dizaines de marchands et de voyageurs s'y regroupaient afin de se protéger des traîne-savates qui les attendaient le long des pistes. Esk, qui passait inaperçue dans la cohue, obtint tous ces renseignements d'une façon simple : elle trouva quelqu'un à l'air important et lui tirailla le bord du manteau.

L'homme comptait des balles de tabac et y serait parvenu sans l'interruption.

« Quoi ?

— J'ai dit : qu'est-ce qui s'passe ici ? »

L'homme voulait répondre : « Fiche-moi le camp et va embêter quelqu'un d'autre. » Il voulait lui donner une calotte légère sur la tête. Aussi fut-il surpris de se retrouver penché, en discussion sérieuse avec une petite gamine à la figure sale qui tenait un gros balai (lequel, lui apparut-il plus tard, donnait la vague impression d'*écouter*).

Il fournit les explications sur les caravanes. L'enfant opina.

« Les gens se mettent tous ensemble pour voyager ?

— Tout juste.

— Pour aller où ?

— Dans toutes sortes de villes. Sto Lat, Pseudopolis... Ankh-Morpork, évidemment...

— Mais le fleuve, il y va, fit Esk à propos. Les gabares. Les Zoïdes.

— Ah, oui, dit le marchand, mais ils demandent cher, ils ne transportent pas tout et, n'importe comment, on ne leur fait pas beaucoup confiance.

— Mais ils sont très honnêtes !

— Euh... oui. Mais tu sais ce qu'on dit : ne fais jamais confiance à un honnête homme. » Il sourit d'un air entendu.

« Qui c'est qui dit ça ?

— *On* le dit. Tu sais bien. Les gens, ajouta-t-il, tandis qu'une certaine inquiétude lui perçait dans la voix.

— Oh », fit Esk. Elle réfléchit. « Ils doivent être très bêtes, alors, dit-elle d'un air compassé. Les gens. Merci quand même. »

Il la regarda s'éloigner et reprit son comptage. Un instant plus tard, il sentit qu'on lui tirait à nouveau le manteau.

« Cinquanteseptcinquanteseptcinquanteseptoui ? fit-il en s'efforçant de ne pas oublier où il en était.

— S'cusez-moi de vous embêter encore, dit Esk, mais ces balles, là...

— Qu'est-ce qu'elles ont cinquanteseptcinquantesept-cinquantesept ?

— Ben... c'est normal, les petits machins comme des vers blancs, à l'intérieur ?

« — Cinquantese... quoi ? » Le marchand baissa son ardoise et considéra Esk. « Quels petits vers ?

— Ceux qui gigotent. Blancs, ajouta-t-elle avec obligeance. Z'ont l'air de fouiller au milieu des balles.

— Tu veux dire l'ascaris du tabac ? » Il tourna des yeux fous vers le tas de balles que déchargeait, maintenant qu'il y pensait, un vendeur nerveux comme un lutin de minuit qui veut s'éclipser avant qu'on ne découvre en quoi se change l'or des fées au matin. « Mais il m'a assuré que ces balles avaient été entreposées comme il faut et... Comment tu sais ça, d'ailleurs ? »

La gamine avait disparu dans la foule. Le marchand regarda fixement la place qu'elle avait occupée. Il regarda fixement le vendeur qui souriait nerveusement. Il regarda fixement le ciel. Puis il sortit son couteau à échantillons de sa poche, parut prendre une décision et se glissa de côté vers la balle la plus proche.

Esk, pendant ce temps, avait découvert en laissant traîner l'oreille qu'une caravane se formait pour Ankh-Morpork. Le chef de convoi se tenait assis à une table faite d'une planche posée sur deux barriques.

Il était occupé.

Il parlait à un mage.

Les voyageurs aguerris savent qu'un convoi qui se prépare à traverser une région virtuellement hostile doit se pourvoir d'une réserve d'épées mais surtout s'assurer les services d'un mage au cas où, ne serait-ce que pour allumer le feu. Un mage de troisième rang ou d'un rang supérieur ne s'attend pas à débourser pour se joindre au convoi. Au contraire, il s'attend à ce qu'on le paye. Les délicates négociations entre les deux hommes s'acheminaient justement vers une conclusion.

« C'est bien beau, maître Traitel, mais... et le jeune homme ? fit le chef de convoi, un certain Adab Jobard, un type impressionnant vêtu d'un pourpoint en peau de troll, d'un chapeau désinvolte à bords flottants et d'un kilt de cuir. Il est pas mage, à ce que je vois.

— Il est en apprentissage, répondit Traitel, un grand mage décharné dont les robes attestaient son appartenance aux Anciens Frères d'Appellation contrôlée de l'Etoile d'Argent, l'un des huit ordres magiques.

— Alors ç'en est pas un, reprit Jobard. Je connais vos statuts : vous êtes pas mage tant que vous avez pas de bourdon. Et lui, il en a pas.

— Justement, il se rend à l'Université Invisible pour régler ce petit détail », dit Traitel avec hauteur. Les mages se séparaient de leur argent d'à peine plus mauvaise grâce que les tigres de leurs dents.

Jobard considéra l'apprenti en question. Il avait croisé beaucoup de mages au cours de sa vie et s'estimait assez bon juge pour reconnaître chez ce jeune gars l'étoffe d'un bon élément. En d'autres termes, il était mince, dégingandé, pâle d'avoir trop lu de livres angoissants dans des salles insalubres, et il avait des yeux larmoyants comme deux œufs légèrement pochés. Il vint à l'esprit de Jobard qu'il fallait semer pour récolter.

Tout ce dont il a besoin pour grimper au sommet, songeait-il, c'est un petit handicap. Les mages sont sujets à des ennuis comme l'asthme et les pieds plats, et on dirait que c'est ça qui leur donne leur allant.

« Comment tu t'appelles, mon garçon ? demanda-t-il aussi gentiment que possible.

— Sssssssssssssss », fit le jeune homme. Sa pomme d'Adam montait et descendait comme un ballon captif. Il se tourna vers son compagnon pour lui lancer un appel muet.

« Simon, dit Traitel.

— ... imon, acquiesça Simon, reconnaissant.

— Est-ce que tu sais lancer des boules de feu ou des sortilèges tourbillonnants, de ceux qu'on projette contre un ennemi ? »

Simon regarda Traitel du coin de l'œil.

« Nnnnnnnnnn..., hasarda-t-il.

— Mon jeune ami étudie une magie qui dépasse la simple sorcellerie, dit le mage.

— ... on », termina Simon.

Jobard hocha la tête.

« Bon, fit-il, peut-être que tu deviendras mage, mon garçon. Peut-être qu'une fois qu'on t'aura remis ton joli bourdon tu consentiras à faire un voyage avec moi, hein ? J'investis sur ton avenir, d'accord ?

— Ou...

— Borne-toi à hocher la tête », dit Jobard qui n'était pas d'un naturel cruel.

Simon approuva du chef avec gratitude. Traitel et Jobard échangèrent à leur tour des signes de tête, puis le mage s'en fut à grandes enjambées, suivi de l'apprenti qui ployait sous un monceau de bagages.

Jobard baissa les yeux sur la liste devant lui et biffa soigneusement « mage ».

Une ombre menue tomba sur la page. Il releva les yeux et eut un sursaut involontaire.

« Oui ? fit-il froidement.

— Je veux aller à Ankh-Morpork, s'il vous plaît, dit Esk. J'ai des sous.

— Retourne chez ta mère, petite.

— Non, vraiment. Je veux chercher fortune. »

Jobard soupira. « Pourquoi t'as ce balai à la main ? » demanda-t-il.

Esk regarda l'ustensile comme si elle ne l'avait encore jamais vu.

« Faut bien qu'il soit quelque part, dit-elle.

— Rentre chez toi, ma fille, fit Jobard. J'emmène pas de fugueuses à Ankh-Morpork. Il peut arriver des choses bizarres aux petites filles dans les grandes villes. »

Esk rayonna. « Quel genre de choses bizarres ?

— Écoute, je t'ai dit de rentrer chez toi, hein ? Tout de suite ! »

Il prit sa craie et continua de cocher des lignes sur son ardoise, en s'efforçant d'ignorer le regard fixe qui semblait lui vriller le dessus du crâne.

« J'peux être utile », dit calmement Esk.

Jobard reposa brutalement sa craie et se gratta le menton avec humeur.

« T'as quel âge ? fit-il.

— Neuf ans.

— Eh ben, mademoiselle Neuf-ans, j'ai deux cents bêtes et une centaine de personnes qui veulent aller à Ankh-Morpork, la moitié d'entre elles détestent l'autre moitié, j'ai assez d'hommes qui savent se battre, les routes sont plutôt mauvaises, les bandits de plus en plus audacieux là-haut dans les Tétons, les trolls ont augmenté le péage de leur pont cette année, y a des charançons dans les provisions, j'ai tout l'temps mal à la tête, alors, dans tout ça, en quoi tu peux m'être utile ?

— Oh », lâcha Esk. Elle fit du regard le tour de la place pleine de monde. « La route qui va vers Ankh, c'est laquelle, alors ?

— Celle-là, là-bas, par la grande porte.

— Merci, dit-elle gravement. Au revoir. J'espère que vous aurez plus d'ennuis et que pour votre tête, ça va s'arranger.

— C'est ça », hésita Jobard. Ses doigts battaient la charge sur la table tandis qu'il regardait Esk s'éloigner en direction de la route d'Ankh. Une route longue, sinueuse. Une route infestée de malandrins et de gnolls. Une route qui franchissait, le souffle court, les hauts cols de montagnes et se traînait, pantelante, dans les déserts.

« Oh, et puis merde ! lâcha-t-il à mi-voix. Hé ! Toi ! »

Mémé Ciredutemps avait des soucis.

Tout d'abord, se dit-elle, elle n'aurait jamais dû laisser Hilta la convaincre d'emprunter son balai. Il était vieux, capricieux, ne volait que la nuit et, même alors, sa vitesse n'excédait guère le petit trot.

Ses sortilèges élévateurs étaient tellement fatigués que l'engin n'acceptait de fonctionner qu'à partir d'une certaine allure. C'était, pour tout dire, le seul balai qu'il fallait pousser au démarrage.

Et alors qu'elle prenait sa course pour la dixième fois, jurant et transpirant, le long d'un sentier forestier, le fichu manche à hauteur d'épaule, elle était tombée dans un piège à ours.

Le second problème, c'est qu'un ours était tombé dedans le premier. En réalité, ce problème avait été sitôt résolu parce que Mémé, déjà de mauvaise humeur, avait frappé l'animal de son balai en plein entre les deux yeux et qu'il se terrait à présent aussi loin d'elle que le permettait l'exiguïté de la fosse en essayant de se trouver un sujet d'optimisme.

La nuit n'avait pas été agréable, et le matin ne le fut guère plus pour le groupe de chasseurs qui, à l'aube, jetèrent un coup d'œil prudent par-dessus le bord de la fosse.

« Ah, pas trop tôt, fit Mémé. Sortez-moi d'là. »

Les mines ahuries se retirèrent et Mémé entendit une conversation animée à voix basse. Ils avaient vu le chapeau et le balai.

Une tête barbue finit par réapparaître, de mauvaise grâce, comme si on poussait en avant le corps auquel elle était attachée.

« Hum, commença la tête, écoutez, la mère...

— J'suis pas mère, le coupa Mémé. Et certainement pas la tienne, si jamais t'en as une, ce qui m'étonnerait. Si j'étais ta mère, j'me serais sauvée avant que tu naisses.

— C'est juste une façon de parler, dit la tête d'un ton de reproche.

— Une foutue insulte, oui, voilà ce que c'est ! »

Une autre conversation à voix basse.

« Si j'sors pas, tonna Mémé, va y avoir du Grabuge. Vous voyez mon chapeau, hein ? Vous le voyez ? »

La tête réapparut.

« Ben, justement, fit celle-ci. Je veux dire, qu'est-ce qui va se passer si on vous fait sortir ? Ça paraît beaucoup moins risqué de... combler le trou, quoi. Rien de personnel là-dedans, vous comprenez. »

Mémé mit le doigt sur ce qui la chiffonnait.

« T'es à genoux ou quoi ? lança-t-elle d'un ton accusateur. Non, hein ? Vous êtes des nains ! »

Chuchotis, chuchotas.

« Bon, et alors ? fit la voix avec défi. Il n'y a pas de mal à ça, tout de même ? Qu'est-ce que vous avez contre les nains ?

— Vous savez réparer les balais ?

— Les balais magiques ?

— Oui ! »

Chuchotis, chuchotas.

« Et si on sait ?

— Ben, on pourrait s'arranger... »

Les cavernes des nains résonnaient de coups de mar-

112

teaux, mais c'était surtout pour faire de l'effet. Les nains avaient du mal à réfléchir sans le bruit des marteaux pour les apaiser. Les bureaucrates nantis payaient des lutins pour cogner sur de petites enclumes de cérémonie, uniquement pour maintenir leur bonne image de marque.

Le balai reposait sur deux tréteaux. Mémé Ciredutemps était assise sur un affleurement rocheux tandis qu'un nain deux fois plus petit qu'elle, vêtu d'un tablier rempli de poches, tournait autour de l'ustensile et lui donnait de temps en temps de petits coups.

Il finit par flanquer un coup de pied dans le faisceau de brindilles et aspira une longue bouffée d'air, comme s'il sifflait à l'envers, signe secret chez tous les artisans de l'univers qui indique qu'une opération onéreuse est sur le point de s'accomplir.

« Biieeeeen, fit-il. Je pourrais demander aux apprentis de venir voir ça, oui, je pourrais. Très instructif. Et vous dites que ça réussissait vraiment à décoller ?

— Il volait comme un oiseau », dit Mémé.

Le nain alluma une pipe. « J'aimerais beaucoup voir cet oiseau-là, dit-il, l'air pensif. Ça doit valoir le coup, un oiseau pareil.

— Oui, mais vous pouvez le réparer ? demanda Mémé. Je suis pressée. »

Le nain s'assit, lentement, posément.

« Pour ce qui est de le *réparer*, dit-il, ma foi, je ne sais pas si c'est possible. Le refaire, peut-être. Évidemment, c'est difficile ces temps-ci d'obtenir des brindilles, même quand on trouve les ouvriers pour effectuer les bonnes ligatures, et les sortilèges ont besoin...

— Je veux pas qu'on le refasse, je veux seulement qu'il marche, dit Mémé.

— C'est un ancien modèle, voyez-vous, insista le nain. Très délicats, ces anciens modèles. On ne peut pas trouver le bois... »

Il se sentit soulevé à bras-le-corps jusqu'à ce que ses yeux arrivent au niveau de ceux de Mémé. Les nains résistent assez bien à la magie, étant magiques eux-mêmes, mais la mine de la vieille femme donnait l'impression qu'elle cherchait à lui dissoudre les prunelles au fond du crâne.

« Répare-le, c'est tout, siffla-t-elle. S'il te plaît ?

— Quoi ? Saloper le boulot ? s'étonna le nain, dont la pipe tomba bruyamment par terre.

— Oui.

— Le rafistoler, vous voulez dire ? Faire injure à ma formation en bâclant le boulot ?

— Oui », répéta Mémé. Ses pupilles étaient deux petits trous noirs.

« Oh, fit le nain. Alors, d'accord. »

Jobard, le chef de convoi, s'inquiétait.

Ils avaient quitté Zemphis trois matins plus tôt, ils progressaient à bonne allure et montaient maintenant vers le défilé rocheux qui franchissait les montagnes connues sous le nom de Tétons de Scilla. (Il y en avait huit ; Jobard se demandait souvent qui avait été Scilla et si elle lui aurait plu.)

Une bande de gnolls s'était glissée jusqu'à eux durant la nuit. Les créatures malfaisantes, une variété de gobelins rocheux, avaient tranché la gorge d'un garde, prêts à massacrer toute la caravane. Seulement...

Seulement, personne ne savait vraiment ce qui s'était passé ensuite. Les cris avaient réveillé tout le monde ; le temps qu'on ranime les feux et que le mage Traitel lance une lumière bleue au-dessus du camp, les gnolls n'étaient plus que des ombres au loin, autant d'araignées qui couraient comme si les légions de l'Enfer les pourchassaient.

A en juger par ce qui était arrivé à leurs congénères, ils avaient probablement raison. Des bouts de gnolls pendaient des rochers voisins et les égayaient, leur donnaient une allure festive. Jobard ne se désolait pas trop pour ça — les gnolls aimaient capturer des voyageurs pour leur offrir une hospitalité du genre couteau-chauffé-au-rouge-et-gourdin —, pourtant il était nerveux à l'idée de se trouver dans les parages de Quelque Chose capable de passer au travers d'une douzaine de gnolls noueux et méchamment armés comme une cuiller dans un œuf à la coque, mais sans laisser de traces.

Bref, on avait dégagé le terrain propre et net.

La nuit avait été très longue, et la matinée ne s'annonçait pas meilleure. La seule à peu près éveillée, c'était Esk, qui avait dormi durant tous ces événements et se plaignait uniquement d'avoir fait des rêves bizarres.

Quand même, c'était un soulagement de quitter cette vision macabre. Jobard se disait que les gnolls puaient autant au-dedans qu'au-dehors. Il ne pouvait vraiment pas les sentir.

Esk, assise sur le chariot de Traitel, discutait avec Simon qui conduisait maladroitement les bœufs pendant que le mage récupérait du sommeil en retard derrière eux.

Simon faisait tout maladroitement. Il était drôlement bon pour ça. C'était un de ces grands gars qui ont l'air tout en genoux, coudes et pouces. Le regarder marcher mettait les nerfs à rude épreuve, on s'attendait à ce que les ficelles lâchent, et quand il parlait, l'angoisse qui se lisait sur son visage s'il repérait un *s* ou un *m* plus loin dans la phrase, poussait instinctivement son interlocuteur à les prononcer pour lui. On trouvait sa récompense dans la lueur de reconnaissance qui passait sur sa figure grêlée d'acné comme un lever de soleil sur la lune.

Pour l'heure, le rhume des foins le faisait pleurer.

« Tu voulais être mage quand t'étais petit ? »

Simon fit non de la tête. « Je voulais apprendre commm...

— ... comment...

— ... les choses mmm...

— ... marchaient ?

— Oui. Puis quelqu'un du village en a parlé à l'Universs... sité qui a envoyé mmm... maître Traitel. Je vais devenir mmm...

— ... mage...

— ... un jour. Mmm... maître Traitel dit que j'ai des dons pour la t... théorie. » Les yeux humides de Simon s'embuèrent davantage et une expression de quasi-félicité envahit son visage ravagé.

« Il dit qu'il y a des tas de livres dans la bibliothèque de l'Univers... sité Invisible, ajouta-t-il de la voix d'un homme mort d'amour. Plus de l... livres qu'on peut en lire dans toute une vie.

— Moi, j'suis pas sûre d'aimer les livres, dit Esk sur le

ton de la conversation. Comment du papier peut-il savoir des choses ? Ma mémé, elle dit que les livres, ç'a du bon que si le papier est fin.

— Non, tu te trompes, se hâta de reprendre Simon. Dans les livres, il y a plein de mmm... » Il aspira de l'air et lança un regard implorant.

« ... mots ? fit Esk après une seconde de réflexion.

— Oui, et ils peuvent changer les choses. Ccc... c'eee... c'eeest ççç... ççç...

— ... ça...

— ... que je dois t... trouver. Là-bas, quelque part dans les vieux livres. Ils disent qu'il n'y a pas de nouveaux charmes, pourtant je sss...

— ... sais...

— ... que là-bas, quelque part, bien cachés, il y a les mmm... les mmm...

— ... mots...

— Oui, qu'aucun mamama...

— ... mage ? proposa Esk, le visage plissé par la concentration.

— Oui, n'a jamais trouvés. » Il ferma les yeux et sourit, en pleine béatitude. « Les Mots qui vont MétaMorphoser le Monde.

— Quoi ?

— Hein ? fit Simon qui rouvrit les yeux à temps pour empêcher les bœufs de sortir de la piste.

— T'as dit plein de *m* !

— Non ?

— Je t'ai entendu ! Essaye encore. »

Simon prit une profonde inspiration. « Le mamama... le mémémé..., dit-il. Le momomoo..., reprit-il. Non, rien à faire, fini. Des fois, j'y arrive, quand je réfléchis à autre chose. Pour Traitel, je fais une allergie.

— Une allergie aux *m* ?

— Non, quelle idiosss...

— ... idiotie..., fit Esk, charitable.

— ... il y a sûsûsû...

— ... sûrement...

— ... quelque chose dans l'air, du p... pollen peut-être, ou de la p... poudre d'herbe. Traitel a voulu trouver la cause de l'allergie, en pure perte, la mmm... la mamama...

— ... magie...

— ... ne donne rien. »

Ils traversaient un défilé étroit de roches orange. Simon les considéra, l'air inconsolable.

« Ma mémé m'a montré différents remèdes pour soigner le rhume des foins, dit Esk. On pourrait les essayer. »

Simon refusa de la tête. On l'aurait dite à deux doigts de se détacher de son cou.

« Tout tenté, fit-il. Je vais faire un drôle de mamama... d'apprenti, hein ? Pas fichu de prononccc... de dire les mmm... les noms.

— J'vois bien le problème », dit Esk. Elle contempla un moment le paysage, le temps de mettre ses idées en ordre.

« Est-ce que... euh... c'est possible pour une femme de devenir, tu sais... euh... mage ? » demanda-t-elle enfin.

Simon la regarda d'un air hébété. Elle le regarda d'un air de défi.

La gorge du jeune homme se contracta. Il essayait de trouver une phrase sans *m* ni *s*. En fin de compte, il se contenta de : « Drôle d'idée. » Il réfléchit encore un peu, puis se mit à rire jusqu'à ce que l'expression de la fillette lui donne l'alerte.

« Très rigolo, oui », ajouta-t-il. Mais l'amusement s'évanouit de son visage et céda la place à l'étonnement. « Je n'y avais encore jammm... pas pensss... réfléchi.

— Alors ? C'est possible ? » On aurait pu raser une barbe de trois jours avec la voix d'Esk.

« Bien sûr que non. C'est évident, mon enfant. Simon, retourne à tes études. »

Traitel écarta le rideau qui donnait sur l'arrière du chariot et passa sur le banc du conducteur.

La figure de Simon retrouva son air habituel de légère panique. Il lança à la gamine un regard implorant tandis que Traitel lui prenait les rênes des mains, mais elle l'ignora.

« Pourquoi pas ? Comment ça : évident ? »

Traitel se retourna et baissa les yeux sur elle. Il ne lui avait pas prêté grande attention jusque-là, elle n'était qu'une vague silhouette parmi d'autres autour des feux de camp.

Il était recteur de l'Université Invisible et avait l'habitude d'en voir beaucoup, des vagues silhouettes, s'affairer à des tâches indispensables mais sans valeur, comme lui servir ses repas et balayer ses appartements. Il était bête, oui, comme savent l'être les gens très malins, et il avait beau faire montre d'autant de tact qu'une avalanche et d'égocentrisme qu'une tornade, jamais il n'aurait imaginé les enfants suffisamment importants pour qu'on les rudoie.

Depuis ses longs cheveux blancs jusqu'à la pointe recourbée de ses chaussures, Traitel incarnait le mage par excellence. Il en avait les épais sourcils broussailleux, la robe à paillettes et la barbe patriarcale à peine marquée des taches jaunes de la nicotine. (Les mages sont célibataires mais ils apprécient néanmoins un bon cigare.)

« Tu comprendras tout ça quand tu seras grande, dit-il. L'idée est amusante, évidemment, un bon jeu de mots. Mage femme ! Pourquoi pas une sorcière homme, tant que tu y es ?

— Y en a qui parlent de sorciers mais faut pas les appeler comme ça, fit Esk.

— Je te demande pardon ?

— Ma mémé dit que les hommes peuvent pas faire des sorcières. Elle dit que si les hommes voulaient être des sorcières, ça donnerait des mages.

— Elle m'a l'air d'une très sage femme, remarqua Traitel.

— Elle est ça aussi, et elle dit que les femmes devraient s'en tenir à ce qu'elles font bien, poursuivit Esk.

— Elle a du bon sens.

— Elle dit que si les femmes faisaient aussi bien que les hommes, elles feraient beaucoup mieux ! »

Traitel éclata de rire.

« C'est une sorcière », dit Esk, qui ajouta dans sa tête : alors, qu'est-ce que tu dis de ça, monsieur le soi-disant magemalin ?

« Ma chère petite demoiselle, espères-tu me choquer ? Il se trouve que j'ai un grand respect pour les sorcières. »

Esk se renfrogna. Il n'était pas censé répondre ça.

« C'est vrai ?

— Parfaitement. Je crois que la sorcellerie est une bonne profession, pour une femme. Un métier très noble.

— Non ? J'veux dire : c'est vrai ?

— Oh oui. Très utile dans les régions rurales pour... pour les gens qui... qui ont des bébés et tout ça. En tout cas, les sorcières ne sont pas des mages. La sorcellerie, c'est le moyen par lequel la Nature permet aux femmes d'accéder aux courants magiques, mais il faut te rappeler que ce n'est pas de la *grande* magie.

— Je vois. Pas de la grande magie, répéta Esk, la mine sombre.

— Oh, non. La sorcellerie, c'est très bien pour aider les gens dans la vie de tous les jours, évidemment, mais...

— J'imagine que les femmes, elles ont pas assez de bon sens pour devenir mages, dit Esk. J'crois vraiment que c'est ça.

— J'éprouve un grand respect pour les femmes, dit Traitel qui n'avait pas remarqué la froideur dans la voix d'Esk. Elles sont incomparables quand... quand...

— Pour avoir des bébés et tout ça?

— Par exemple, oui, concéda généreusement le mage. Mais il leur arrive parfois d'être un peu dérangeantes. Un peu trop nerveuses. La grande magie demande un esprit très clair, tu vois, et les talents des femmes ne vont pas dans ce sens. Leur cerveau a tendance à surchauffer. J'ai le regret de dire qu'il n'y a qu'une seule porte qui mène à la magie, c'est celle de l'Université Invisible, et aucune femme ne l'a jamais franchie.

— Dites voir, fit Esk, elle sert à quoi exactement, la grande magie? »

Traitel lui sourit.

« La grande magie, mon enfant, peut nous donner tout ce que nous voulons.

— Oh.

— Alors oublie toutes ces bêtises de mage femme, d'accord? » Traitel lui adressa un autre sourire bienveillant. « Comment tu t'appelles, mon enfant?

— Eskarina.

— Et pourquoi te rends-tu à Ankh, chère petite?

— Je croyais que j'pourrais chercher fortune, murmura Esk, mais je crois maintenant qu'y a peut-être pas de fortune à chercher pour les filles. Vous êtes sûr que les mages donnent aux gens ce qu'ils veulent?

— Bien entendu. La grande magie sert à ça.

— Je vois. »

La caravane progressait au pas, guère plus vite. Esk sauta à terre, sortit le bourdon de sa cachette provisoire parmi les sacs et les seaux accrochés sur le flanc du chariot et remonta en courant la file de carrioles et d'animaux. A travers ses larmes, elle aperçut fugitivement Simon qui la regardait d'un air interrogateur depuis l'arrière du chariot, un livre ouvert dans les mains. Il lui adressa un sourire intrigué et commença à dire quelque chose, mais elle continua de courir et quitta la piste.

Des ajoncs rabougris lui écorchèrent les jambes lorsqu'elle gravit à quatre pattes un talus d'argile, puis elle put détaler à loisir sur un plateau aride encaissé entre les falaises orange.

Elle ne s'arrêta qu'une fois complètement perdue, pourtant la colère brûlait toujours furieusement en elle. Elle avait déjà connu la colère, mais jamais comme ça; normalement, la colère, c'était comme le feu de la forge quand on l'allumait, ça rougeoyait et ça lançait des étincelles, mais ce feu-ci était différent, comme attisé par le soufflet, réduit à la toute petite flamme bleue et blanche qui découpe l'acier.

Elle en avait des fourmillements par tout le corps. Elle devait faire quelque chose à tout prix.

Pourquoi, quand elle entendait Mémé radoter sur la sorcellerie, rêvait-elle de la puissance de la magie, alors qu'elle était prête à défendre cette même sorcellerie jusqu'à la mort dès que Traitel lui parlait de sa voix de fausset? Elle apprendrait les deux ou aucune. Plus on voulait l'en empêcher, plus elle en avait envie.

Elle serait sorcière *et* mage. Elle allait leur faire voir.

Esk s'assit sous un genévrier aux branches basses, au pied d'une falaise à pic, l'esprit bouillonnant de colère et de projets. Elle voyait déjà les portes lui claquer au nez avant même qu'elle n'ait commencé de les ouvrir. Traitel avait raison : on ne la laisserait jamais entrer à l'Université. Posséder un bourdon ne suffisait pas pour faire un mage, il fallait aussi recevoir une formation, et personne n'allait la lui donner.

Le soleil de midi cognait du haut de la falaise et l'air que respirait Esk se mit à embaumer les abeilles et le genièvre.

Elle s'allongea sur le dos, regarda la voûte presque violette du ciel à travers le feuillage et finit par s'endormir.

L'emploi de la magie entraîne un effet secondaire : on est enclin à faire des rêves à la fois inquiétants et réalistes. Il y a une raison à cela, mais sa seule évocation suffit à donner des cauchemars à un mage.

Le fait est que l'esprit des mages peut donner corps à des pensées. Les sorcières travaillent normalement avec ce qui existe dans le monde, mais un mage, s'il est suffisamment bon, peut faire prendre chair à son imagination. Il n'en découlerait aucune conséquence fâcheuse si le petit cercle de lumière de bougie plutôt improprement nommé « l'univers du temps et de l'espace » ne dérivait pas dans on ne sait quoi de beaucoup plus déplaisant et imprévisible. Des Choses étranges rôdent et grognent de l'autre côté des minces palissades de la normalité ; des hurlements et des hululements singuliers s'échappent des crevasses profondes à la lisière du Temps. Il existe de telles horreurs que même le noir en a peur.

La plupart des gens n'en savent rien, et c'est aussi bien parce que le monde ne pourrait pas vraiment fonctionner si chacun restait au lit, la tête sous les couvertures, ce qui arriverait sûrement si l'on connaissait la présence de telles abominations à une épaisseur d'ombre de distance.

L'ennui, c'est que les amateurs de magie et de mysticisme passent beaucoup de temps à traîner à l'extrême limite de la lumière, pour ainsi dire, et se font du même coup repérer par les créatures des Dimensions de la Basse-Fosse qui cherchent alors à les utiliser dans leurs efforts infatigables pour s'introduire dans cette Réalité spécifique.

La plupart savent y résister, mais les Choses ne poussent jamais aussi loin leurs explorations que lorsque leurs victimes roupillent.

Bel-Shamharoth, C'hulagen, l'Initié : les anciens dieux maléfiques et hideux du *Nécrotélécomnicon,* le livre connu de certains adeptes déments sous son vrai nom de *Liber Paginarum Fulvarum,* se tiennent toujours prêts à se glisser dans un esprit en sommeil. Les cauchemars sont souvent pittoresques et toujours désagréables.

Esk s'y était habituée depuis le rêve qu'elle avait fait à la suite de son premier Emprunt, et l'habitude avait presque remplacé la terreur. Lorsqu'elle se retrouva assise sur une plaine de poussière brillante, sous des étoiles inexpliquées, elle sut que ça recommençait.

« La barbe, dit-elle. D'accord, on y va, alors. Amenez les monstres. J'espère seulement qu'y aura pas celui qu'a son zigouigoui sur le nez. »

Mais cette fois-ci, le cauchemar avait l'air différent. Esk regarda alentour et vit, dressé derrière elle, un grand château noir. Ses tourelles disparaissaient parmi les étoiles. Des lumières, des feux d'artifice et une musique plaisante cascadaient du haut de ses remparts. L'immense porte à double battant, ouverte, invitait à entrer. On devait donner une soirée, on s'amusait.

Elle se releva, épousseta le sable argenté de ses vêtements et se dirigea vers les portes.

Elle les avait presque atteintes lorsqu'elles se rabattirent d'un bloc. Elles n'avaient pas donné l'impression de bouger ; paresseusement entrouvertes l'instant d'avant, elles s'étaient tout bonnement refermées hermétiquement en une fraction de seconde, dans un claquement qui avait secoué les quatre coins de l'horizon.

Esk tendit la main et les toucha. Elles étaient noires, et si froides que de la glace commençait à se former dessus.

Il y eut un mouvement derrière Esk. Elle se retourna et vit le bourdon, sans son déguisement de balai, debout tout droit dans le sable. Des petits vers de lumière parcouraient le bois poli et les sculptures que personne n'arrivait jamais vraiment à identifier.

Elle s'en saisit et l'abattit contre les battants. Une pluie d'étincelles octarine jaillit, sans dommage pour le métal noir.

Esk plissa les yeux. Elle tint le bourdon à longueur de bras et se concentra jusqu'à ce qu'un mince trait de feu fuse du bois pour aller s'écraser contre la porte. La glace gicla en vapeur mais le matériau sombre — elle était sûre maintenant qu'il ne s'agissait pas de métal — absorba la puissance sans même rougir. Elle doubla l'énergie, laissa le bourdon focaliser toute sa magie en réserve dans un faisceau maintenant si brillant qu'elle dut fermer les yeux (et continua de le voir sous forme d'une ligne lumineuse dans son esprit).

Puis le faisceau s'éteignit dans un dernier tremblotement.

Au bout de quelques secondes, Esk se précipita en avant et toucha les battants avec précaution. Le froid manqua lui geler et lui faire tomber les doigts.

Et des remparts au-dessus lui parvint un ricanement. Un rire n'aurait pas été si horrible, surtout un bien démoniaque, avec beaucoup d'écho pour impressionner, mais là, il ne s'agissait que d'un... ricanement.

Il dura longtemps. C'était un des sons les plus déplaisants qu'Esk avait jamais entendus.

Elle se réveilla en tremblant. Il était bien après minuit, et les étoiles avaient un air humide et froid ; un silence affairé emplissait l'obscurité, dû aux centaines de petites créatures à fourrure qui se déplaçaient avec grande précaution dans l'espoir de trouver un dîner tout en évitant d'en être le plat de résistance.

Un croissant de lune se couchait et une faible lueur grise vers le bord du monde annonçait que, contre toute attente, un nouveau jour risquait fort de se lever.

On avait enveloppé Esk dans une couverture.

« Je sais que t'es réveillée, fit la voix de Mémé Ciredutemps. Tu pourrais te rendre utile et allumer un feu. Y a pas un bout de bois dans le coin. »

Esk s'assit et se retint au genévrier. Elle se sentait assez légère pour s'envoler.

« Du feu ? marmonna-t-elle.

— Oui. Tu sais. Tu pointes ton doigt et hop-là », fit aigrement Mémé. Assise sur un rocher, elle cherchait une position confortable pour son arthrite.

« Je... j'crois pas pouvoir faire ça.

— A d'autres ! » dit Mémé à mots couverts.

La vieille sorcière se pencha en avant et mit la main sur le front d'Esk ; c'était comme se faire caresser par une chaussette pleine de dés chauds.

« Tu fais un peu de température, ajouta-t-elle. Trop de soleil et trop froid par terre. Pas un pays pour toi, ça. »

Esk se laissa tomber en avant jusqu'à ce que sa tête repose sur les genoux de Mémé, où elle retrouva les odeurs familières de camphre, d'herbes diverses et un peu de chèvre. Mémé la caressa, d'un geste qu'elle espérait apaisant.

Au bout d'un moment, Esk dit à voix basse : « Ils vont pas me prendre à l'Université. C'est un mage qui me l'a dit, et j'en ai rêvé, un de ces rêves réels. Tu sais, comme tu m'as expliqué, une mata-chose.

— Métamphore, dit calmement Mémé.

— Une comme ça.

— Tu croyais que ç'allait être facile ? demanda Mémé. Tu croyais que t'allais entrer chez eux en agitant ton bourdon ? C'est moi, je veux devenir mage, merci beaucoup ?

— Il m'a dit qu'ils prenaient aucune femme à l'Université !

— Il se trompe.

— Non, j'ai senti qu'il disait la vérité. Tu sais, Mémé, on sent ça quand...

— Petite sotte. Tout ce que t'as senti, c'est qu'il croyait dire la vérité. Le monde est pas toujours comme les gens le voient.

— J'comprends pas, fit Esk.

— Tu apprendras. Maintenant, dis-moi. Ce rêve. Ils te laissaient pas entrer dans leur université, c'est ça ?

— Oui, et ils rigolaient !

— Et après t'as essayé de brûler les portes ? »

Esk tourna la tête sur les genoux de Mémé et ouvrit un œil soupçonneux.

« Comment tu sais ça ? »

Mémé sourit, mais comme le ferait un lézard.

« J'étais à des kilomètres d'ici, dit-elle. Je concentrais mon esprit vers toi, et d'un coup j'ai eu l'impression que t'étais partout. Tu brillais comme un feu d'alarme, je t'assure. Pour ce qui est du feu... regarde autour de toi. »

Dans la lumière chiche de l'aube, le plateau n'était plus qu'une masse d'argile cuite. En face d'Esk, la falaise était lisse comme du verre et avait dû couler comme du goudron sous l'attaque ; de grandes fissures la balafraient d'où s'étaient égouttées roches et scories en fusion. Lorsqu'elle prêta l'oreille, Esk entendit les petits *ping, ping* de la pierre qui se refroidissait.

« Oh, demanda-t-elle, c'est moi qu'ai fait ça ?

— On le dirait bien, répondit Mémé.

— Mais je dormais ! Je faisais que rêver !

— C'est la magie, dit Mémé. Elle cherche à sortir. La

magie des sorcières et la magie des mages, j'sais pas, moi, on dirait qu'elles se nourrissent l'une l'autre. Enfin, je crois. »

Esk se mordit la lèvre.

« Qu'est-ce que j'peux faire ? demanda-t-elle. Je rêve de toutes sortes de choses, moi !

— Ben, pour commencer, on va aller tout droit à l'Université, décida Mémé. Ils doivent avoir l'habitude des apprentis qui maîtrisent mal la magie et qui font des rêves agités, sinon y a longtemps qu'elle aurait brûlé, l'Université. »

Elle jeta un coup d'œil vers le Bord, puis un autre au balai par terre auprès d'elle.

Nous passerons sur les montées et les descentes au galop, le resserrage des ligatures du balai, les jurons grommelés contre les nains, les brefs moments d'espoir quand la magie tremblota par à-coups, le découragement sans nom quand elle s'éteignit, le deuxième resserrage des ligatures, la reprise de la course, le démarrage soudain du sortilège, l'embarquement en catastrophe, les cris, le décollage...

Esk se cramponnait d'une main à Mémé et tenait son bourdon de l'autre tandis qu'elles allaient leur train à une trentaine de mètres du sol. Quelques oiseaux les accompagnaient, curieux de ce nouvel arbre volant.

« Foutez le camp ! braila la vieille femme qui retira son chapeau pour en donner des coups dans le vide.

— On va pas très vite, Mémé, observa timidement Esk.

— On va bien assez vite pour moi ! »

Esk regarda autour d'elle. Dans leur dos, le Bord était un torrent d'or que des nuages retenaient encore.

« J'crois qu'on devrait descendre plus bas, Mémé, fit-elle très vite. T'as dit que le balai volerait pas en plein jour. » Elle jeta un coup d'œil au paysage en dessous. Il avait l'air accidenté, inhospitalier. L'air aussi d'attendre quelque chose.

« Je sais ce que j'fais, mademoiselle », dit sèchement Mémé, qui s'agrippait fermement au manche et s'efforçait de se rendre aussi légère que possible.

On a déjà signalé que la lumière, freinée par la traversée du vaste et ancien champ magique du Disque-monde, s'y déplace à petite vitesse.

Aussi l'aube n'est-elle pas l'événement soudain que connaissent les autres mondes. Le jour nouveau n'explose pas, il se répand, dirait-on, tranquillement sur le paysage endormi à la façon de la marée qui s'avance mine de rien sur la plage et désagrège les châteaux de sable de la nuit. Il a tendance à s'écouler autour des montagnes. Si les arbres sont serrés, il ressort des bois débité en lanières et découpé d'ombres.

Un observateur posté à bonne hauteur, disons, pour les besoins de la démonstration, sur un lambeau de cirro-stratus à la limite de l'espace, noterait avec quelle délicatesse la lumière se déverse sur le pays, comment elle bondit en avant sur les plaines et ralentit quand elle rencontre des hauteurs, avec quelle beauté elle...

En vérité, il existe certains types d'observateurs qui, devant tant de beauté, trouveront à redire qu'il ne peut exister de lumière lourde et que, quand bien même elle existe-rait, on ne la verrait sûrement pas. A quoi on pourrait tout bonnement répondre : dans ce cas, qu'est-ce que vous faites debout sur un nuage ?

Voilà pour les sarcasmes. Mais sur le Disque proprement dit, le balai fonçait à la pointe de l'aube et perdait sans cesse du terrain dans l'ombre de la nuit.

« Mémé ! »

Le jour leur éclata dessus. Devant le balai, les rochers parurent s'enflammer brusquement lorsque la lumière les submergea. Mémé sentit le manche faire une embardée et fixa d'un œil horrifié en même temps que fasciné la petite ombre qui filait à toute allure en dessous. Elle se rappro-chait.

« Qu'est-ce qui va arriver quand on va se cogner par terre ?

— Ça dépend si je trouve ou non des rochers pas trop durs, répondit Mémé d'une voix préoccupée.

— Le balai va s'écraser ! On peut donc rien faire ?

— Ben, je pense qu'on pourrait descendre en marche.

— Mémé ! dit Esk du ton exaspéré et incroyablement adulte que prennent les enfants pour réprimander les aînés qui n'en font qu'à leur tête. J'ai l'impression que tu me comprends pas bien. J'veux pas me cogner contre le sol. Il m'a jamais rien fait. »

Mémé essayait d'imaginer un sortilège approprié et regrettait que la têtologie ne fonctionne pas sur les rochers ; si elle avait senti le ton dur comme du diamant de la fillette, elle n'aurait peut-être pas répondu : « Parles-en au balai, alors. »

Et elles se seraient bel et bien écrasées. Mais la vieille femme se souvint à temps d'empoigner son chapeau et de s'arc-bouter. Le balai eut un soubresaut, se cabra...

... et le paysage se brouilla.

Ce fut un trajet plutôt bref, mais Mémé savait qu'elle se le rappellerait toujours, surtout vers les trois heures du matin, après ingestion d'un dîner copieux. Elle se rappellerait les couleurs de l'arc-en-ciel qui bourdonnaient dans le vent impétueux de leur course, l'horrible sensation de pesanteur, l'impression d'une masse très grosse et très lourde assise sur l'univers.

Elle se rappellerait le rire d'Esk. Elle se rappellerait, malgré tous ses efforts, la façon dont le sol défilait en dessous, les chaînes de montagnes qui les croisaient comme l'éclair dans un sifflement désagréable.

Mais surtout, elle se rappellerait qu'elle *rattrapait* la nuit.

Elle apparaissait plus loin, ligne inégale de ténèbres qui fuyait devant le matin implacable. Comme hypnotisée, Mémé vit la ligne devenir une éclaboussure, une tache, tout un continent de noirceur qui se précipitait à sa rencontre.

L'espace d'un instant elles se tinrent en équilibre sur la crête de l'aube qui déferlait sur la contrée en un grondement silencieux. Aucun surfer n'avait jamais chevauché pareille vague, mais le balai franchit le rideau ardent de la lumière et fusa sans à-coups dans la fraîcheur au-delà.

Mémé laissa échapper un soupir.

L'obscurité rendait le vol un peu moins terrifiant. Ça voulait aussi dire que si Esk n'y trouvait plus de plaisir, le balai pourrait bien ne plus compter que sur sa propre magie rouillée pour fonctionner.

« ... fit Mémé qui se racla une gorge toute desséchée pour un second essai. Esk ?

— C'est rigolo, hein ? Je me demande comment j'fais ça.

— Oui, rigolo, dit faiblement Mémé. Mais je peux piloter le balai, s'il te plaît ? J'voudrais pas qu'on passe pardessus le Bord. S'il te plaît ?

— C'est vrai qu'y a une chute d'eau géante tout autour du bord du monde, et qu'on peut regarder en bas et voir les étoiles ? demanda Esk.

— Oui. On peut ralentir, à présent ?

— Je voudrais la voir.

— NON ! J'veux dire : non, pas maintenant. »

Le balai ralentit. La bulle d'arc-en-ciel qui l'entourait disparut dans un petit *plop* parfaitement audible. Sans la moindre secousse, sans même un frémissement, Mémé se retrouva voler à une vitesse décente.

La vieille sorcière s'était acquise la solide réputation d'avoir toujours réponse à tout. L'amener à reconnaître son ignorance, même en son for intérieur, relevait de l'exploit. Mais le ver de la curiosité rongeait la pomme de son esprit.

« Comment, finit-elle par demander, comment t'as fait ça ? »

Dans son dos, un silence pensif lui répondit. « J'sais pas, dit enfin Esk. J'en ai eu envie, voilà, et c'est venu dans ma tête. Comme quand on se souvient de quelque chose qu'on a oublié.

— Oui, mais *comment* t'as fait ?

— Je... j'sais pas. J'avais juste une image des choses comme je les voulais, et... et je... comment dire ? j'suis entrée dans l'image. »

Le regard de Mémé se perdit dans la nuit. Elle n'avait jamais entendu parler d'une magie pareille, mais ça lui avait l'air drôlement puissant et probablement mortel. Entrée dans l'image ! Bien sûr, toute magie changeait le monde d'une certaine façon, les mages pensaient qu'elle ne servait qu'à ça — ils refusaient l'idée de laisser le monde en l'état et de changer les gens — mais là, c'était plus sérieux, semblait-il. Ça demandait réflexion. Sur le plancher des chèvres.

Pour la première fois de sa vie, Mémé se demanda si

tous ces livres dont on faisait grand cas depuis quelque temps ne renfermaient pas des renseignements importants ; elle était pourtant opposée aux livres pour des raisons strictement morales, depuis qu'elle avait appris que beaucoup de leurs auteurs étaient morts et que, par conséquent, les lire ne valait pas mieux que se livrer à la nécromancie. Parler avec les morts faisait partie des nombreuses choses que Mémé désapprouvait dans l'infinie variété de l'univers ; à ce qu'on disait, ils avaient bien assez de leurs propres soucis, les morts.

Quoique pas autant qu'elle, avait-elle tendance à penser. Elle baissa machinalement les yeux vers le sol dans l'obscurité et s'étonna confusément de voir les étoiles en dessous de ses pieds.

L'espace d'un battement de cœur, elle crut que le balai était effectivement passé par-dessus le Bord, puis elle s'aperçut que les milliers de petits points étaient trop jaunes et tremblotaient. D'ailleurs, qui avait entendu parler d'étoiles rangées en si bon ordre ?

« C'est très joli, fit Esk. C'est une ville ? »

Mémé scruta fiévreusement le plancher des chèvres. Pour une ville, c'était trop grand. Mais maintenant qu'elle y réfléchissait, ça sentait la forte concentration humaine.

L'air ambiant empestait l'encens, le grain, les épices et la bière, mais surtout ce bouquet sans pareil que dégagent un haut niveau hydrostatique, des milliers de gens et un système d'égouts rustique.

Elle se secoua mentalement. Le jour les talonnait. Elle chercha des yeux un secteur où les torches étaient pâlichonnes et largement espacées, se disant qu'il s'agirait d'un quartier pauvre et que les pauvres gens n'avaient rien contre les sorcières, puis elle pointa en douceur le manche du balai vers le bas.

Elle réussit à descendre à moins d'un mètre cinquante d'altitude avant que l'aube ne les rejoigne pour la seconde fois.

Les portes étaient vraiment immenses et noires ; elles avaient l'air constituées de ténèbres solides.

Debout au milieu de la foule qui se pressait sur la place devant l'Université, Esk et Mémé les contemplaient, la tête levée. « J'vois pas comment les gens font pour entrer, finit par dire Esk.

— Par la magie, à mon avis, fit aigrement Mémé. C'est comme ça, les mages. N'importe qui d'autre aurait acheté un heurtoir. »

Elle brandit son balai en direction des grandes portes.

« Faut prononcer une formule magique pour entrer, ça m'étonnerait pas », ajouta-t-elle.

Elles séjournaient à Ankh-Morpork depuis trois jours et Mémé commençait à s'y plaire, à sa grande surprise. Elle avait trouvé un logement aux Ombres, un ancien quartier de la ville dont les habitants vivaient surtout la nuit et ne posaient jamais de questions sur les affaires du prochain, parce que la curiosité non seulement tuait le chat mais l'expédiait dans le fleuve, les pattes lestées. Le logement occupait un dernier étage et jouxtait les locaux gardés par les molosses d'un négociant respectable en biens volés : comme l'avait entendu dire Mémé, qui a bons mâtins est bon voisin.

Aux Ombres, en résumé, avaient élu domicile dieux tombés dans le discrédit et voleurs illicites, belles de nuit et camelots en produits exotiques, alchimistes de l'esprit et mimes ambulants ; bref, toute la graisse sur l'essieu de la civilisation.

Et pourtant, malgré l'inclination d'une telle population à croire aux magies douces, il y avait une incroyable pénurie de sorcières. En l'espace de quelques heures, la nouvelle de l'arrivée de Mémé avait filtré dans tout le quartier et un flot de gens se dirigeaient à pas de loup, en crabe ou fiers comme des paons vers sa porte, en quête de potions, de charmes, de nouvelles de l'avenir et services variés, personnels et spécialisés que les sorcières rendent traditionnellement à ceux dont la vie se couvre de quelques nuages ou essuie une tempête.

Elle se sentit d'abord agacée, puis gênée, enfin flattée ; ses clients avaient de l'argent, ce qui était utile, mais ils la payaient aussi de leur respect, et ça, c'était une monnaie solide.

Pour tout dire, Mémé envisageait même d'acquérir des

locaux un peu plus grands, avec un bout de jardin, et de se faire amener ses chèvres. L'odeur poserait peut-être un problème, mais les chèvres n'auraient qu'à s'y faire.

Elles avaient visité les monuments d'Ankh-Morpork, ses quais noirs de monde, ses nombreux ponts, ses souks, ses casbahs, ses rues exclusivement bordées de temples. Mémé les avait comptés, les temples, le regard songeur ; les dieux exigeaient toujours de leurs fidèles qu'ils agissent selon leur vraie nature et, par voie de conséquence, fournissaient beaucoup de travail aux sorcières.

Les terreurs que la civilisation inspirait à Mémé ne s'étaient toujours pas matérialisées, bien qu'un coupeur de bourses ait essayé de filer avec son sac. Au grand étonnement des passants, Mémé l'avait rappelé et il était revenu, en lutte contre ses pieds qui refusaient de lui obéir. Personne n'avait bien vu les yeux de la vieille femme quand elle les avait plongés dans ceux de l'homme, ni entendu les mots qu'elle avait murmurés dans le creux de son oreille basse, mais il lui avait rendu tout son argent plus un supplément escamoté à d'autres victimes et, avant de pouvoir repartir, il avait promis de se raser, de se tenir droit et de mieux se conduire pour le restant de ses jours. A la tombée de la nuit, le signalement de Mémé avait circulé dans tous les chapitres de la Guilde des Voleurs, Coupeurs de Bourses, Cambrioleurs et Disciplines assimilées[1], accompagné de l'ordre formel de l'éviter à tout prix. Les voleurs, en grande partie créatures de la nuit eux-mêmes, reconnaissent les ennuis quand ils les voient au fond des yeux.

Mémé avait aussi écrit deux autres lettres à l'Université. Il n'y avait pas eu de réponse.

---

1. Une corporation éminemment respectable qui constituait en fait le principal service chargé de faire respecter la loi en ville. En voici la raison : on avait fixé à la Guilde un quota annuel équivalant à une quantité socialement acceptable de vols, agressions et assassinats ; en retour, elle veillait d'une façon radicale et définitive à ce que le crime non officiel soit non seulement rapidement jugulé, mais aussi garrotté, découpé, démembré et dispersé de par la cité dans un assortiment de sacs en papier. La mesure passait pour éclairée en même temps qu'économique, sauf aux yeux des mécontents qui se faisaient *vraiment* agresser ou assassiner et refusaient d'y reconnaître leur devoir de citoyen, et elle permettait aux voleurs de la cité de structurer décemment leur métier, avec examens d'entrée et déontologie, tout comme dans les autres professions — auxquelles, le fossé n'étant de toute façon pas très large, il avait vite fini par ressembler.

« J'aimais mieux la forêt, dit Esk.

— Pas moi, dit Mémé. Ici, c'est un peu comme la forêt. En tout cas, une chose est sûre, on apprécie les sorcières dans le coin.

— Les gens sont très gentils, concéda Esk. Tu sais, la maison en bas de la rue, où y a la grosse dame qui vit avec plein de jeunes demoiselles qui sont de sa famille, tu m'as dit ?

— Madame Paluche, dit prudemment Mémé. Une femme très honorable.

— Les gens leur rendent visite *toute la nuit*. J'ai regardé. J'me demande quand elles trouvent le temps de dormir.

— Hum, fit Mémé.

— Et puis ça doit être dur pour la pauvre femme, avec toutes ses filles à nourrir. Moi, j'crois que les gens devraient faire plus attention.

— Ben, dit Mémé, j'suis pas sûre que... »

Elle fut sauvée par l'arrivée devant les portes de l'Université d'un grand chariot peint de couleurs vives. Le conducteur ralentit ses bœufs à quelques pas de la vieille femme et dit : « Excusez-moi, ma brave dame, mais auriez-vous l'obligeance de vous déplacer, s'il vous plaît ? »

Mémé s'écarta, insultée devant pareil étalage de politesse effrontée et particulièrement vexée d'être prise pour la brave dame de quelqu'un. Puis le conducteur vit Esk.

C'était Traitel. Il eut un grand sourire de serpent contrarié.

« Mais dites-moi. N'est-ce pas la jeune demoiselle qui pense que les femmes devraient être mages ?

— Oui, répondit Esk sans tenir compte du coup de pied que Mémé lui décocha sèchement dans la cheville.

— Très amusant. Tu viens te joindre à nous, c'est cela ?

— Oui », fit Esk avant d'ajouter, devant l'attitude de Traitel qui avait l'air d'attendre quelque chose : « Monsieur. Seulement, on peut pas entrer.

— On ? s'étonna Traitel qui lança alors un coup d'œil à Mémé. Oh, oui, bien sûr. Il s'agit sans doute de votre tante ?

— Ma mémé. Enfin, pas vraiment ma mémé ; la mémé de tout le monde, plutôt. »

Mémé approuva raidement du bonnet.

« Ma foi, nous n'allons pas tolérer cela, fit Traitel d'une voix aussi chaleureuse qu'un plum-pudding. Ma parole, non. Laisser notre premier mage femme sur le pas de la porte ? Ce serait une honte. Me permettez-vous de vous accompagner ? »

Mémé empoigna fermement Esk par l'épaule.

« Si ça vous fait rien... » commença-t-elle. Mais Esk se tortilla pour se dégager de son étreinte et courut vers la carriole.

« Vous pouvez vraiment m'faire entrer ? demanda-t-elle, les yeux brillants.

— Bien sûr. Je suis certain que les responsables des Ordres seront ravis de te connaître. Etonnés, abasourdis, dit-il avec un petit rire.

— Eskarina Lefèvre... » fit Mémé avant de s'arrêter. Elle regarda Traitel.

« J'sais pas ce que vous avez en tête, monsieur le Mage, mais ça me plaît pas, dit-elle. Esk, tu sais où on habite. Prends des vessies pour des lanternes si ça te chante, mais au moins évite de brûler les autres. »

Elle tourna les talons et traversa la place à grands pas.

« Une femme remarquable, dit Traitel d'un air vague. Je vois que tu as toujours ton balai. Capital. »

Il lâcha un instant les rênes pour exécuter un signe compliqué des deux mains.

Les immenses portes s'ouvrirent, révélant une vaste cour entourée de pelouses. Derrière les pelouses, construit en dépit du bon sens, s'élevait un grand bâtiment, ou peut-être *des* bâtiments : difficile de savoir car plutôt qu'à l'œuvre d'un architecte, l'ensemble faisait davantage penser à un tas de piliers, d'arcades, de tours, de ponts, de dômes, de coupoles et ainsi de suite, qui se seraient serrés ensemble pour avoir chaud.

« C'est tout ? fit Esk. Ç'a l'air... comme fondu.

— Oui, c'est tout, répondit Traitel. L'alma mater, godet à mousse aigri tour, etc. Evidemment, c'est beaucoup plus grand dedans que dehors, comme les icebergs, si j'ai bien compris, je n'en ai jamais rencontré. C'est l'Université Invisible, alors la plus grande partie ne se voit pas. Va donc me chercher Simon à l'arrière, tu veux ? »

Esk repoussa de côté les lourdes tentures et fouilla des yeux le fond du chariot. Simon, allongé sur une pile de couvertures, lisait un très grand livre et prenait des notes sur des bouts de papier.

Il leva la tête et lui adressa un sourire inquiet.

« Cccc'est toi ? demanda-t-il.

— Oui, répondit Esk avec conviction.

— On croyait que tu nous avait laissés. Tout le mmmmmonde croyait que tu voyageais avec quelqu'un d'autre et quand on ssss'est arrêtés...

— J'vous ai comme qui dirait rattrapés. Il me semble que monsieur Traitel veux que tu viennes voir l'Université.

— On est arrivés dedans ? fit-il, et il lui jeta un regard bizarre. *Toi aussssi ?*

— Oui.

— Co... coco... commmmment t'as fait ?

— Monsieur Traitel m'a invitée à entrer, il a dit que tout le monde serait abasourdi de me voir. » L'incertitude pointa un aileron fugitif au fond de ses yeux. « Il a bien fait ? »

Simon baissa le nez sur son livre et tamponna ses paupières larmoyantes à l'aide d'un mouchoir rouge.

« Il a ssses petites mmmma... petites mama... petites manies, marmonna-t-il, mmmmais ce... ccce n'est pas un mmmmmméchant hommmmme. »

Perplexe, Esk laissa tomber le regard sur les pages jaunes ouvertes devant le garçon. Elles étaient couvertes de symboles alambiqués qui, inexplicablement, se révélaient aussi puissants et désagréables qu'un tic-tac dans un paquet mais fascinaient autant qu'un accident grave. On se disait qu'on aurait aimé savoir à quoi ils servaient, tout en sentant en même temps qu'on s'en mordrait vraiment les doigts si on le découvrait.

Simon vit son expression et s'empressa de refermer le livre.

« Un peu de travail, grommela-t-il. De la mmmm...

— ... magie..., fit Esk automatiquement.

— Mmmm...

— ... merci...

— Oui. Beaucoup.

— Ça doit être drôlement intéressant, de lire des livres, fit Esk.

— Plus ou moins. Tu sssais lire, Esssk ? »

L'étonnement dans sa voix piqua la fillette au vif.

« J'crois que oui, dit-elle avec défi. J'ai jamais essayé. »

Esk n'aurait pas reconnu un nom collectif s'il lui avait craché dans l'œil, mais elle savait ce qu'étaient un troupeau de chèvres et un convent de sorcières. Comment on appelait un tas de mages, ça, elle ne savait pas. Un ordre de mages ? Une association criminelle ? Une coterie ?

En tout cas, l'Université en était pleine. Les mages parcouraient les ambulatoires et occupaient des bancs sous les arbres. Les plus jeunes filèrent à toute allure sur des sentiers lorsqu'ils entendirent sonner des cloches, des livres pleins les bras ou — dans le cas des étudiants avancés — dans leur sillage, et qui battaient l'air de leurs pages. L'atmosphère était grasse de magie et avait goût de fer-blanc.

Esk marchait entre Traitel et Simon et n'en perdait pas une miette. Non seulement il y avait de la magie dans l'air, mais elle était domestiquée, elle servait, comme un bief de moulin. C'était une puissance, mais on l'exploitait.

Simon était aussi excité qu'elle ; ça se remarquait parce que ses yeux pleuraient davantage et que son bégaiement empirait. Il s'arrêtait à tout bout de champ pour montrer du doigt les différents collèges et bâtiments de recherches.

L'un d'eux, sombre, n'était pas très élevé et il avait de hautes fenêtres étroites.

« Ccc'est la bbbi... la bibi... la bibiblibliothèque, dit Simon, la voix pleine d'émerveillement et de respect. Je peux aller y jeter un cou... un coucou... un coup d'œil ?

— Tu auras tout le temps pour ça plus tard », fit Traitel. Simon lança au bâtiment un regard de regret.

« Tous les livres de mmma... de mama... de magie qui existent, murmura-t-il.

— Pourquoi y a des barreaux aux fenêtres ? » demanda Esk.

Simon déglutit. « Hum, parce que les li... les livres de mmmmagie ne sssont pas co... commmme les au... les zozo... les autres, ils mmmèèè... mèmèèèè... ils mènent...

— Ça suffit », trancha Traitel. Il baissa les yeux sur Esk comme s'il venait seulement de la remarquer et fronça les sourcils.

« Qu'est-ce que tu fais ici toi ?

— Vous m'avez invitée à entrer.

— Moi ? Oh, oui. Bien sûr. Mille pardons, la tête ailleurs. La jeune demoiselle qui veut être mage. On va voir ça, d'accord ? »

Il prit la tête pour monter un large escalier qui débouchait sur deux portes impressionnantes. Du moins, elles avaient été conçues pour impressionner. Le décorateur n'avait pas lésiné sur les lourdes serrures, les paumelles spiralées, les gros clous d'ornement en laiton et un encadrement tarabiscoté pour bien faire comprendre à l'arrivant qu'il n'avait aucune espèce d'importance.

C'était un mage qui les avait conçues. Il avait oublié le heurtoir.

Traitel cogna à la porte avec son bourdon. Le battant hésita un instant, puis pivota lentement, sans heurts, sur ses gonds et s'ouvrit.

La salle était pleine de mages et de jeunes garçons. Et des parents des jeunes garçons.

Il existe deux façons d'entrer à l'Université Invisible. (En réalité, il y en a trois, mais les mages ne s'en étaient pas encore aperçus.)

La première, c'est d'accomplir un haut fait magique, tel que retrouver une relique ancienne et puissante ou inventer un sortilège totalement inédit, mais à cette époque le cas se produisait rarement. Par le passé, on avait connu de grands mages capables de créer des charmes entièrement nouveaux à partir de la magie brute et chaotique du monde, des mages pour ainsi dire à la source de tous les sortilèges de la profession, mais ces temps-là étaient révolus ; il n'existait plus de sourceliers.

La méthode la plus répandue consistait donc à se faire parrainer par un mage aîné et respecté, après une période raisonnable d'apprentissage.

La compétition était acharnée pour obtenir une place à l'Université ainsi que les honneurs et privilèges qu'un diplôme de l'Invisible conférait. Un grand nombre des garçons qui tournaient en rond dans la salle et se lançaient entre eux des sortilèges mineurs échoueraient et resteraient toute leur vie de modestes *magiciens*, de ces simples techniciens de la magie aux barbes arrogantes et ronds de cuir aux coudes qui se regroupaient dans les soirées en petits cercles jaloux.

Ceux-là n'auraient pas droit au chapeau pointu tant convoité avec symboles astronomiques en option, ni aux robes imposantes, ni au bourdon de l'autorité. Mais au moins ils pourraient regarder de haut les *illusionnistes* portés sur la rigolade et l'embonpoint, qui roulaient les r, buvaient de la bière, s'affichaient en compagnie de femmes maigres et tristes en collants pailletés, et mettaient vraiment les magiciens en rogne parce qu'ils ne se rendaient pas compte de leur médiocrité et continuaient de raconter des blagues. Tout en bas de l'échelle — si l'on excepte les sorcières, bien entendu — on trouvait les *thaumaturges*, qui n'avaient jamais suivi les moindres études. Un thaumaturge n'était guère bon qu'à rincer un alambic. Maints sortilèges nécessitaient des ingrédients tels que moisissure de cadavre mort écrasé, sperme de tigre vivant ou racine d'une plante qui poussait un cri ultrasonique à l'arrachage. Qui envoyait-on chercher tout ça? Voilà, gagné.

L'erreur courante consiste à tenir les ordres magiques inférieurs pour un ramassis de mages véreux. En fait, la magie véreuse est une spécialité parfaitement honorable qui attire des hommes silencieux, réfléchis, de confession druidique, plutôt solitaires. Si vous invitiez un mage véreux à une soirée, il en passerait la moitié à parler à votre plante en pot. Et l'autre moitié à écouter.

Esk nota quelques femmes dans la salle, parce que même les jeunes mages avaient des mères et des sœurs. Des familles entières étaient venues faire leurs adieux aux fils privilégiés. Ce n'étaient que mouchages de nez, essuyages de larmes et tintements des pièces que les pères satisfaits fourraient dans les mains de leur rejeton en guise d'argent de poche.

De très vieux mages déambulaient au milieu de la foule, discutaient avec les parrains, examinaient les futurs étudiants.

Plusieurs d'entre eux se frayèrent un chemin dans la cohue pour venir rejoindre Traitel, toutes voiles dehors, tels des galions gréés d'or. Ils le saluèrent gravement et posèrent un regard approbateur sur Simon.

« Voici le jeune Simon, hein ? fit le plus gras au garçon, la figure rayonnante. Nous avons entendu grand bien de toi, jeune homme. Hein ? Oui ?

— Simon, salue l'Archichancelier Biseauté, Archimage de l'Etoile d'Argent », dit Traitel. Simon s'inclina craintivement.

Biseauté le considéra avec bienveillance. « On nous a rapporté de grandes choses sur toi, mon garçon, fit-il. L'air de la montagne doit être bon pour la cervelle, hein ? »

Il se mit à rire. Les mages autour de lui rirent aussi. Traitel rit à son tour. Esk trouvait ça plutôt drôle, parce qu'il ne se passait rien de particulièrement amusant.

« Je ne ssssais pas, mmm... mmm...

— A ce qu'on dit, ce doit être la seule chose que tu ne sais pas, mon garçon ! » fit Biseauté, les bajoues prises de tressautements. Il y eut de nouveaux éclats de rire parfaitement réglés.

Biseauté tapota Simon sur l'épaule.

« Voici donc le jeune boursier, fit-il. Des résultats étonnants, jamais rien vu de tel. Autodidacte, en plus. Stupéfiant, hein ? N'est-ce pas, Traitel ?

— Superbe, Archichancelier. »

Biseauté fit des yeux le tour des mages qui suivaient la scène.

« Peut-être que tu pourrais nous donner un échantillon, dit-il. Une petite démonstration, pourquoi pas ? »

Simon le fixa, pris d'une panique animale.

« En fff... en fait, je ne sssuis pas très ccc... très concon... comp...

— Allons, allons, dit Biseauté d'un ton qu'il pensait sans doute encourageant. N'aie pas peur. Prends ton temps. Quand tu seras prêt. »

Simon se passa la langue sur ses lèvres sèches et lança du regard un appel muet à Traitel.

« Hum, fit-il, vous vvv... » Il s'arrêta et déglutit avec peine. « Le rrr... »

Les yeux lui sortaient de la tête. Des larmes lui inondèrent les joues et ses épaules se soulevèrent.

Traitel lui donna de petites tapes rassurantes sur le dos.

« Rhume des foins, expliqua-t-il. Impossible à guérir, dirait-on. Tout essayé. »

Simon déglutit et opina du chef. De ses longues mains blanches, il fit signe à Traitel de s'écarter et ferma les yeux.

Pendant quelques secondes, rien ne se produisit. Le corps immobile, il remuait muettement les lèvres; puis le silence se répandit autour de lui comme la lueur d'une bougie. Des vaguelettes de non-bruit balayèrent la foule présente, frappèrent les murs avec toute la force d'un baiser envoyé du bout des doigts et revinrent en rouleaux. Les gens regardaient leurs compagnons ouvrir la bouche sans que rien n'en sorte et rougissaient d'effort quand leur propre rire ne s'entendait pas plus qu'un cri de moustique.

De toutes petites poussières de lumière naquirent soudain autour de la tête de Simon. Elles tournoyèrent et montèrent en spirales, en une danse compliquée tridimensionnelle, puis elles dessinèrent une forme.

Esk eut le sentiment que la forme avait tout le temps été là, qu'elle attendait que ses yeux la voient, de la même façon qu'un nuage parfaitement innocent peut d'un coup devenir, sans avoir aucunement changé, une baleine, un bateau ou un visage.

La forme qui entourait la tête de Simon, c'était le monde.

Aucune erreur possible, malgré le scintillement et la frénésie des petites lumières qui estompaient une partie des détails. Mais on reconnaissait la Grande A'Tuin, la Tortue céleste, les quatre Eléphants sur son dos et, au-dessus encore, le Disque soi-même. On distinguait le miroitement de la grande cataracte qui ceignait le monde, et là, en plein milieu, une minuscule aiguille rocheuse : la grande montagne Cori Celesti, séjour des dieux.

L'image se rapprocha pour se fixer sur la mer Circulaire, puis sur Ankh proprement dite, tandis que les petites lumières s'éloignaient de Simon et s'éteignaient brusquement à quelque distance de sa tête. Maintenant elles montraient la ville vue des airs, qui se précipitait à la rencontre des observateurs. Apparut bientôt l'Université, de plus en plus grosse. Puis la Grande Salle...

... où se tenaient les spectateurs du phénomène, bouche bée, silencieux, et Simon lui-même que silhouettaient des grains de lumière argentée. Une petite image brillante l'entourait, laquelle contenait une image, puis une autre et encore une autre...

On avait l'impression d'un univers retourné à l'envers dans toutes les dimensions à la fois. C'était une sensation de boursouflure, de gonflement. Comme si le monde entier avait fait « gloup ».

S'effacèrent les murs. Se dissipa le sol. S'évanouirent les tableaux des grands mages du passé avec leurs rouleaux de parchemin, leurs barbes et leurs mines désapprobatrices un tantinet constipées. S'évapora le carrelage sous les pieds — un joli motif noir et blanc —, qui céda la place à un sable fin, gris comme le clair de lune et froid comme la glace. Des étoiles curieuses, inattendues, scintillèrent au firmament ; à l'horizon se découpaient des collines basses, qu'avait érodées non pas le vent ni la pluie — ici le climat n'existait pas — mais le papier de verre petit grain du Temps lui-même.

Personne en dehors d'Esk ne paraissait avoir remarqué. Personne en dehors d'Esk, d'ailleurs, ne paraissait vivant. Elle était entourée de gens aussi immobiles et silencieux que des statues.

Et ils n'étaient pas seuls. Il y avait d'autres... Choses... derrière eux, et davantage encore apparaissaient à chaque seconde. Les Choses n'avaient pas de forme, ou plutôt elles avaient l'air d'en prendre au hasard à partir d'une variété de créatures ; elles donnaient l'impression d'avoir entendu parler de bras, de jambes, de mâchoires, de griffes et d'organes mais d'ignorer comment les assembler. Ou de s'en moquer. Ou d'avoir si faim qu'elles ne s'étaient pas souciées de le découvrir.

Elles produisaient un bruit d'essaim de mouches.

C'étaient les créatures de ses rêves, venues se nourrir de magie. Esk savait qu'elles ne s'intéressaient pas à elle pour le moment, sauf en guise de bonbon digestif à la menthe. Toute leur attention se portait sur Simon, complètement inconscient de leur présence.

Esk lui flanqua lestement un coup de pied dans la cheville.

Le désert froid disparut. Le monde réel réapparut à toute vitesse. Simon ouvrit les yeux, sourit faiblement et s'effondra doucement en arrière dans les bras de la fillette.

Un brouhaha monta des mages, et plusieurs d'entre eux commencèrent d'applaudir. Aucun ne semblait avoir remarqué quoi que ce soit de bizarre en dehors des lumières argentées.

Biseauté se secoua et leva une main pour calmer la foule.

« Vraiment... étonnant, fit-il à Traitel. Vous dites qu'il a tout trouvé tout seul ?

— En effet, seigneur.

— Personne ne l'a aidé ?

— Il n'y avait personne pour l'aider, répondit Traitel. Il allait de village en village pour exécuter de petits sortilèges. Mais seulement quand on le payait en livres ou en papier. »

Biseauté hocha la tête. « Ce n'était pas une illusion, observa-t-il, pourtant il ne s'est pas servi des mains. Qu'est-ce qu'il marmonnait tout seul ? Vous le savez ?

— D'après lui, ce ne sont que des mots pour se mettre dans l'état d'esprit adéquat, répondit Traitel qui haussa les épaules. Je ne comprends pas la moitié de ce qu'il raconte, la chose est sûre. Il dit qu'il doit inventer des mots parce qu'il n'en existe pas pour ce qu'il fait. »

Biseauté lança un coup d'œil en coin à ses confrères. Ils acquiescèrent.

« Ce sera un honneur de l'admettre à l'Université, fit-il. Vous voudrez bien le lui dire quand il se réveillera. »

Il sentit qu'on tirait sur sa robe et baissa les yeux.

« Excusez-moi, dit Esk.

— Hallo, jeune demoiselle, fit Biseauté, la voix mielleuse. Tu es venue voir ton frère entrer à l'Université ?

— C'est pas mon frère », dit Esk. A une époque, le monde lui avait paru plein de frères, mais celui-là n'en faisait pas partie.

« Vous êtes important ? » demanda-t-elle.

Biseauté regarda ses collègues, et sa figure s'épanouit. Les modes existaient chez les mages, comme partout ; tantôt ils étaient minces, faméliques et parlaient aux animaux (les animaux n'écoutaient pas, mais c'est l'intention qui compte), tantôt ils affichaient un air sombre, saturnien, et portaient de petites barbes noires en pointe. Pour le moment, l'aldermanique était *in*. Biseauté se gonfla de modestie.

« Assez important, répondit-il. On fait de son mieux pour servir ses semblables. Oui. Assez important, je dirais.

— J'veux être mage », dit Esk.

Les simples mages derrière Biseauté la fixèrent comme s'ils découvraient une nouvelle et intéressante variété de scarabée. La figure de l'archichancelier s'empourpra et les yeux lui sortirent de la tête. Il toisa Esk et parut retenir son souffle. Puis il se mit à rire. D'un rire qui démarra quelque part dans la région de sa vaste panse et se tailla un chemin vers la sortie du haut, rebondissant en écho de côte en côte et provoquant plusieurs secousses sismagiques dans sa poitrine, pour enfin jaillir en une série de grognements étranglés. C'était un spectacle plutôt fascinant, ce rire. Il avait de la personnalité.

Mais Biseauté l'arrêta en voyant les yeux d'Esk braqués sur lui. Le regard décidé de la fillette eut le même effet sur son rire qu'un seau de lait de chaux lancé à pleine vitesse sur un comique de music-hall.

« Mage ? fit-il. *Toi*, tu veux être mage ?

— Oui, dit Esk qui repoussa un Simon hébété dans les bras réticents de Traitel. J'suis le huitième fils d'un huitième fils. J'veux dire fille. »

Les mages autour d'elle se regardaient les uns les autres et chuchotaient. Esk s'efforça de les ignorer.

« Qu'est-ce qu'elle a dit ?

— Elle parle sérieusement ?

— Les enfants sont si mignons à cet âge-là, je trouve, non ?

— Tu es le huitième fils d'une huitième fille ? fit Biseauté. Vraiment ?

— Le contraire, enfin... pas exactement », dit Esk avec défi.

Biseauté se tamponna les yeux avec un mouchoir.

« Tout à fait passionnant, dit-il. Je ne crois pas avoir jamais entendu pareille chose. Hein ? »

Il parcourut du regard les badauds de plus en plus nombreux. Ceux du fond n'arrivaient pas à voir Esk et tendaient le cou pour vérifier s'il ne se produisait pas un tour de magie pittoresque. Biseauté était embarrassé.

« Bon, bien, fit-il. Tu veux être mage ?

— J'arrête pas de le dire à tout l'monde, mais personne écoute, répliqua Esk.

— Quel âge as-tu, fillette ?

— Presque neuf ans.

— Et tu veux être mage quand tu seras grande.

— Je veux être mage *maintenant*, dit Esk d'un ton ferme. J'suis à la bonne adresse pour ça, non ? »

Biseauté regarda Traitel et cligna de l'œil.

« J'vous ai vu, fit Esk.

— Je ne pense pas qu'il y ait jamais eu de mage femme, dit Biseauté. Je pense même que ce doit être contraire à la tradition. Tu ne préférerais pas être sorcière, plutôt ? A ce que j'ai compris, c'est une bonne carrière pour les filles. »

Un mage de rang inférieur, derrière lui, se mit à rire. Esk lui jeta un regard.

« Sorcière, c'est pas mal, concéda-t-elle. Mais j'crois que mage, c'est plus marrant. Qu'esse vous en pensez ?

— Je pense que tu es une petite fille singulière, dit Biseauté.

— Ça veut dire quoi ?

— Ça veut dire qu'il n'y en a pas deux comme toi, répondit Traitel.

— C'est vrai, dit Esk, et j'veux quand même être mage. »

Les mots manquaient à Biseauté. « Eh bien, tu ne peux pas, dit-il. Quelle idée ! »

Il se redressa de toute sa largeur et pivota pour partir. Quelque chose tira sur sa robe.

« Pourquoi donc ? » demanda une voix.

Il se retourna.

« Parce que, dit-il lentement, posément, parce que... c'est une idée parfaitement ridicule, voilà pourquoi. Et c'est absolument contraire à la tradition !

— Mais j'sais faire de la magie de mage ! » s'exclama Esk, un soupçon de tremblement dans la voix.

Biseauté se pencha pour mettre son visage au niveau de celui de la fillette.

« Non, tu ne sais pas, siffla-t-il. Parce que tu n'es pas mage. Les femmes ne sont pas mages, est-ce que je me fais bien comprendre ?

— Regardez », dit Esk.

Elle tendit la main droite, les doigts raides, et visa le long du bras jusqu'à ce qu'elle repère la statue de Malik le

Sage, le fondateur de l'Université. Instinctivement, les mages placés sur la trajectoire s'écartèrent avant de se sentir bêtes.

« J'rigole pas, dit-elle.

— Allez, file, petite, dit Biseauté.

— Très bien », dit Esk. Elle loucha fixement sur la statue et se concentra...

Les grandes portes de l'Université Invisible sont fondues dans l'octefer, un métal si instable qu'il ne peut exister que dans un univers saturé de magie brute. Elles résistent à tout en dehors de la magie : aucun feu, aucun bélier, aucune armée ne peut les forcer.

Voilà pourquoi la plupart des visiteurs de l'Université Invisible empruntent la porte de service, faite, elle, de bois parfaitement normal, qui ne s'amuse pas à terroriser le monde, même quand elle reste sérieuse. Elle avait un vrai heurtoir et tout.

Mémé examina soigneusement les montants de porte et poussa un grognement de satisfaction quand elle tomba sur ce qu'elle cherchait. Elle n'avait pas douté de *le* trouver là, habilement caché dans le grain naturel du bois.

Elle empoigna le heurtoir en forme de tête de dragon et cogna vivement, trois fois. Au bout d'un moment le battant s'ouvrit sur une jeune femme, la bouche pleine de pinces à linge.

« Ech hou houhé ? » s'enquit-elle.

Mémé s'inclina, donnant ainsi à la fille l'opportunité de reconnaître le chapeau noir pointu piqué d'épingles en ailes de chauves-souris. L'effet fut impressionnant : la fille rougit et, après un rapide coup d'œil dans la ruelle tranquille, fit rapidement signe à Mémé d'entrer.

Une grande cour moussue s'étendait de l'autre côté du mur, entrecroisée de cordes à linge. Mémé eut l'occasion de devenir l'une des rares femmes à découvrir ce que les mages portent réellement sous leurs robes, mais elle détourna pudiquement les yeux et suivit la fille sur les dalles avant de descendre une large volée de marches.

Les marches conduisaient à un long et haut tunnel bordé

d'arcades, pour l'heure envahi de vapeur. Mémé aperçut des rangées interminables de baquets dans les grandes salles de chaque côté ; l'air sentait l'odeur chaude et grasse du repassage. Un troupeau de filles chargées de paniers à linge la bousculèrent pour passer et montèrent les marches quatre à quatre... avant de s'arrêter à mi-escalier et de se retourner lentement pour la regarder.

Mémé redressa les épaules et s'efforça de prendre un air aussi mystérieux que possible.

Sa guide, toujours encombrée de ses pinces, la conduisit par un passage latéral dans une pièce qui était un labyrinthe d'étagères couvertes de linge. Au centre exact du labyrinthe, assise à une table, trônait une très grosse femme affublée d'une perruque rousse. Elle venait d'écrire dans un immense livre de blanchissage — il était encore ouvert devant elle — mais pour l'instant inspectait un tricot de corps taille grand patron.

« T'as essayé le décolorant ? demanda-t-elle.

— Oui, m'me, fit une jeune femme auprès d'elle.

— Et la teinture de myrryt ?

— Oui, m'me. Il est devenu tout bleu, m'me.

— Ben, on en apprend tous les jours, fit la blanchisseuse. Et j'en ai pourtant vu : soufre, suie, sang de dragon, sang de démon et jheu ne sais quoi encore. » Elle retourna le tricot et lut le nom soigneusement cousu à l'intérieur. « Hmmm. Granpain Blanc. Ce sera bientôt Granpain Bis s'il ne prend pas davantage soin de son linge. Jheu te le dis, ma fille, un magicien blanc, c'est ni plus ni moins qu'un magicien noir avec une bonne intendante. Crois-en... »

Elle aperçut Mémé et se tut.

« Hel ha haé hà ha horte, expliqua la guide de Mémé en exécutant une rapide révérence. Hou hahé hit he...

— Oui, oui, merci Ksandra, tu peux nous laisser », dit la grosse femme. Elle se leva, offrit à Mémé un visage fendu d'un large sourire et, dans un cliquetis presque perceptible, remonta sa voix de plusieurs degrés dans l'échelle sociale.

« Veuillez nous hexcuser, fit-elle. Vous nous trouvez toutes en pleine pagaïe, c'est haujourd'hui jour de lessive et tout. Hest-ce une visite de courtoisie ou puis-je me pehermettre de vous demander — elle baissa la voix : vous happortez un message de l'Hôtre Queuté ? »

Mémé fut ébahie, mais une fraction de seconde seulement. Les marques sur les montants de la porte l'avaient informée que l'intendante faisait bon accueil aux sorcières et attendait avec impatience des nouvelles de ses quatre maris; elle était aussi en quête d'un cinquième, à tout hasard, ce qui expliquait la perruque rousse et, si les oreilles de Mémé ne l'abusaient pas, les craquements d'assez de baleines pour donner un coup de sang à tout un mouvement d'écologistes. Crédule et pas très futée, avaient dit les signes. Mémé réservait son jugement car les sorcières des villes n'avaient pas l'air si futées que ça elles-mêmes.

L'intendante dut se méprendre sur son expression.

« Ne craignez rien, dit-elle. Mon personnel a des hinstructions précises pour accueillir les sohorcières, même si *les hôtres là-haut* n'approuvent pas. Vous haccepterez bien une tasse de thé et quelque chose à grignoter ? »

Mémé s'inclina gravement.

« Et jheu vais voir si nous pouvons aussi vous trouver un bon bahaluchon de vieux vêtements, rayonna l'intendante.

— Des vieux vêtements ? Oh. Oui. Merci, m'me. »

L'intendante se déplaça majestueusement dans un grincement de vieux clipper à thé pris dans une tempête et fit signe à Mémé de la suivre.

« Jheu vais nous faire apporter le thé dans mes appahartements. Du thé avec beaucoup de feuheuilles. »

Mémé clopina à sa suite. Des vieux vêtements ? Est-ce que cette grosse bonne femme parlait sérieusement ? Le culot ! Evidemment, si c'était de la bonne qualité...

Tout un monde semblait vivre sous l'Université. C'était un dédale de caves, de chambres froides, de réserves, de cuisines et d'arrière-cuisines, où chaque habitant tantôt portait, pompait, poussait quelque chose, tantôt restait les bras ballants et criait. Mémé eut des visions fugitives de locaux pleins de glace et d'autres embrasés dans la chaleur que dégageaient des fourneaux de cuisine portés au rouge, de la longueur des murs. Les boulangeries sentaient le pain frais et les buvettes la bière rance. Partout, ça sentait la sueur et la fumée de bois.

L'intendante lui fit gravir un vieil escalier en spirale et déverrouilla une porte à l'aide d'une des nombreuses clés qui pendaient à sa ceinture.

La pièce à l'intérieur était rose et pleine de fanfreluches. Il y en avait même là où aucun esprit sensé n'aurait songé à en mettre. C'était comme se trouver à l'intérieur d'une barbe à papa.

« Très joli », fit Mémé. Puis, parce qu'elle sentait qu'on attendait ça d'elle : « De très bon goût. » Elle regarda à la ronde, en quête d'une place sans fanfreluches où s'asseoir, et renonça.

« Mais où ai-jheu la tête ? chevrota l'intendante. Jheu suis madame Panaris mais jheu pense que vous me cohonnaissez, bien hentendu. Et j'ai l'honneur de m'adresser à... ?

— Hein ? Oh, Mémé Ciredutemps », répondit Mémé. Les fanfreluches commençaient à lui porter sur le système. Elles faisaient mauvaise réputation au rose.

« Jheu suis môa-même médium, hévidemment », dit madame Panaris.

Mémé n'avait rien contre la bonne aventure, pourvu qu'elle fût mal dite par des incapables. Mais c'était une autre affaire quand ceux qui s'y connaissaient la pratiquaient. Elle considérait l'avenir au mieux comme une chose relativement fragile, et pensait qu'en le regardant trop fort on risquait de le modifier. Elle avait quelques théories plutôt compliquées sur l'espace et le temps et pourquoi il fallait éviter de les tripatouiller, mais par bonheur les bons diseurs de bonne aventure étaient rares et de toute manière les gens préféraient les mauvais sur lesquels on pouvait compter pour recevoir la dose correcte de remontant et d'optimisme.

Mémé savait tout de la mauvaise bonne aventure. C'était plus difficile que la bonne. Ça nécessitait beaucoup d'imagination.

Elle ne pouvait s'empêcher de se demander si madame Panaris était une sorcière-née qui pour une raison ou une autre avait raté sa formation. Assurément, elle avait mis l'avenir en état de siège. Mémé repéra une boule de cristal sous une sorte de couvre-théière rose à fanfreluches, plusieurs jeux de cartes divinatoires, une bourse en velours rose de pierres runiques, une de ces petites tables à roulettes qu'aucune sorcière avisée ne toucherait avec un balai de trois mètres et — là, elle n'était pas sûre — des crottes spéciales séchées provenant soit des moineaux d'une lamasserie, soit des lamas d'un monastère, qu'on pouvait censément jeter de telle façon qu'elles révélaient la somme totale de connaissances et de sagesse contenues dans l'univers.

« J'ai aussi les feuilles de thé, hévidemment, fit madame Panaris qui montra la grosse théière brune posée sur la table entre elles. Jheu sais que les sorcières les préfèrent souvent, mais elles me semblent toujours, disons, si *communes*. Sans vouloir vous hoffenser. »

Pour ça, elle ne voulait sûrement pas l'offenser, songea Mémé. Madame Panaris la couvait du regard qu'ont généralement les chiots quand ils ne savent pas trop ce qui les attend et craignent soudain qu'il ne s'agisse du journal roulé.

Elle se saisit de la tasse de madame Panaris et avait déjà commencé à en scruter le contenu lorsqu'elle surprit l'expression déçue qui plana sur le visage de l'intendante comme une ombre sur un champ de neige. Puis elle se souvint de ce qu'elle faisait, tourna alors la tasse trois fois de droite à gauche, exécuta de vagues passes au-dessus et marmonna un charme qu'elle utilisait d'ordinaire pour soigner la mammite des vieilles chèvres, mais faute de mieux... (Un pis-à-lait, se dit-elle.) Cette démonstration évidente de talent magique eut l'air de combler madame Panaris de bonheur.

Mémé n'était normalement pas très bonne aux feuilles de thé, mais elle loucha sur le fouillis encroûté de sucre au fond de la tasse et laissa errer sa tête. Ce qu'il lui fallait maintenant, c'était dénicher un rat ou même un cancrelat à proximité d'Esk et lui Emprunter son esprit.

Ce que découvrit en réalité Mémé, c'est que l'Université avait elle aussi son esprit.

La pierre pense, tout le monde sait ça, car l'électronique est fondée sur ce principe, mais dans certains univers des hommes ont passé des lustres à chercher d'autres intelligences dans le ciel sans regarder une seule fois sous leurs pieds. C'est parce qu'ils ont une notion du temps complètement erronée. D'un point de vue minéral, l'univers est à peine créé, les chaînes de montagnes font des bonds de jeux d'orgue pendant que les continents avancent et reculent avec entrain, se rentrent dedans pour la simple joie de la vitesse et s'arrachent des bouts de rochers. Il va falloir un certain temps avant que la pierre ne remarque les petites maladies de peau qui la défigurent et commence à se gratter, ce qui est aussi bien.

La roche dont était bâtie l'Université Invisible, cependant, absorbait de la magie depuis plusieurs milliers d'années et il fallait bien que toute cette puissance perdue aille quelque part.

L'Université s'était en fait créé une personnalité.

Mémé la sentait comme un gros animal plutôt amical, qui ne demandait qu'à se renverser sur le toit pour qu'on lui gratte le plancher. Mais elle ne prêtait aucune attention à la vieille femme. Elle observait Esk.

Mémé retrouva la fillette en suivant les fils de l'attention de l'Université et assista, fascinée, aux scènes de la Grande Salle...

« ... là-dedans ? »

La voix venait de loin, très loin.

« Mmph ?

— J'ai dit : qu'est-ce que vous voyez là-dedans ? répéta madame Panaris.

— Hein ?

— J'ai *dit :* qu'est-ce...

— Oh. » Mémé rembobina son esprit, un peu embrouillée. L'ennui, quand on Empruntait un autre esprit, c'était qu'on avait toujours une impression de dépaysement au moment de réintégrer son propre corps, et Mémé était la première personne à avoir jamais lu les pensées d'une bâtisse. Maintenant elle se sentait immense, graveleuse et percée de conduits.

« Vous allez bien ? »

Mémé fit oui de la tête et ouvrit ses fenêtres. Elle étira ses ailes est et ouest et s'efforça de se concentrer sur la toute petite tasse qu'elle tenait entre ses piliers.

Heureusement, madame Panaris mit sa mine plâtreuse et son silence pétrifié sur le compte des puissances occultes au travail, tandis que Mémé s'apercevait que son bref contact avec la vaste mémoire siliceuse de l'Université lui avait plutôt stimulé l'imagination.

D'une voix de corridor exposé aux courants d'air qui impressionna l'intendante, elle bâtit un avenir plein de jeunes hommes ardents en lutte pour les amples faveurs de madame Panaris. Elle parla aussi très vite : après ce qu'elle avait vu dans la Grande Salle, il lui tardait de retourner à l'entrée principale.

« Y a autre chose, ajouta-t-elle.

— Houi ? Houi ?

— Je vous vois engager une nouvelle servante — vous engagez bien vos servantes ici, non ? D'accord — et cette nouvelle servante est une petite fille, très économe, excellente travailleuse, sait tout faire.

— Et halors ? fit madame Panaris, que la curiosité grisait et qui savourait déjà les descriptions graphiques étonnantes de Mémé sur son avenir.

— Les esprits sont pas bien clairs là-dessus, dit Mémé. Mais c'est de la plus haute importance de l'embaucher.

— Aucun problème, fit madame Panaris, on n'aharrive pas à garder du personnel, savez-vous, jamais longtemps. A cause de la magie. Il y a des *fuites* qui nous tombent dessus, savez-vous. Surtout de la bibliothèque, là houù ils gardent tous les livres magiques. Deux filles des étages supérieurs m'ont rendu leur tablier hier, pour vous dire, elles en havaient assez de se coucher le soir sans savoir sous quelle forme elles allaient se réveiller le lendemain. Les grands mages leur rendent leur haspect d'origine, savez-vous. Mais ce n'est pas pahareil.

— Oui, ben, les esprits disent que cette jeune demoiselle vous causera aucun ennui de ce côté-là, fit Mémé d'un air mécontent.

— Si elle sait bahalayer et frotter, elle sera la bienvenue, jheu puis vous l'hassurer, dit madame Panaris, intriguée.

— Même qu'elle apporte son propre balai. D'après les esprits, j'entends.

— Queû c'est haimable de sa part. Quand va-t-elle arriver, cette jeune dehemoiselle ?

— Oh, bientôt, bientôt... C'est ce que disent les esprits. »

Un léger soupçon ombra le visage de l'intendante. « Ce n'est pas le genre de choses que disent normalement les hesprits. Où est-ce qu'ils disent ça, hexactement ?

— Ici, fit Mémé. Regardez, le petit tas de feuilles de thé entre le sucre et cette fêlure, là. J'ai raison, non ? »

Leurs yeux se croisèrent. Madame Panaris avait peut-être ses faiblesses mais aussi assez de poigne pour régner sur le monde inférieur de l'Université. Toutefois, Mémé était capable de résister au regard d'un serpent ; au bout de quelques secondes, les yeux de l'intendante se mirent à pleurer.

« Oui, jheu pense que vous havez raison, reconnut-elle humblement, et elle pêcha un mouchoir dans les replis de sa poitrine.

— Bon, d'accord, fit Mémé qui se redressa et reposa la tasse dans sa soucoupe.

— Chez nous les hoccasions ne manquent pas pour une jeune femme qui ne craint pas de travailler dur, dit madame Panaris. Môa-même, j'ai commencé comme sehervante, savez-vous.

— On en est toutes là, fit vaguement Mémé. Maintenant, faut que j'y aille. » Elle se leva et tendit la main vers son chapeau.

« Mais...

— Faut que je m'dépêche. Rendez-vous urgent, lança Mémé par-dessus son épaule tandis qu'elle dévalait l'escalier.

— Il y a un bahaluchon de vieux vêtements... »

Mémé marqua une pause ; ses instincts cherchaient à prendre le dessus.

« Du velours noir ?

— Oui, et un peu de soie. »

Mémé n'était pas sûre d'aimer la soie, elle avait entendu dire que ça sortait du derrière d'une chenille, mais le velours noir exerçait un fort pouvoir d'attraction. La loyauté l'emporta.

« Mettez-le de côté, je repasserai peut-être », cria-t-elle, et elle fonça dans le couloir.

Cuisinières et marmitonnes se précipitèrent à couvert

lorsque la vieille femme dévora les dalles graisseuses, bondit dans l'escalier, déboucha dans la cour et jaillit dans la ruelle par une glissade, le châle volant dans son sillage, au milieu d'une gerbe d'étincelles que ses semelles soulevèrent sur les pavés. Une fois dehors, elle releva ses jupes, passa la vitesse surmultipliée et vira au coin de la grand-place dans le crissement d'un dérapage contrôlé sur deux chaussures qui laissa une longue éraflure blanche sur les cailloux.

Elle arrivait juste à temps pour voir une Esk en larmes sortir de l'Université en courant.

« La magie, elle a pas marché ! J'la sentais qu'était là, mais elle voulait pas venir !

— Peut-être que t'essayais trop fort, dit Mémé. La magie, c'est comme la pêche. C'est pas en sautant et en éclaboussant partout qu'on prend du poisson, faut attendre tranquillement, le laisser venir tout seul.

— Et puis tout le monde s'est moqué de moi ! Y en a même un qui m'a donné un bonbon !

— T'as pas perdu ta journée, alors, dit Mémé.

— Mémé ! fit Esk, d'un ton accusateur.

— A quoi tu t'attendais donc ? Au moins, ils se sont contentés de rire. Le rire, ça fait pas mal. T'as abordé le chef des mages, tu t'es pavanée devant tout le monde et on s'est seulement moqué de toi ? Tu t'en sors bien, je trouve. T'as mangé le bonbon ? »

Esk se renfrogna. « Oui.

— C'était quoi, comme bonbon ?

— Un caramel.

— J'supporte pas les caramels.

— Huh, fit Esk, tu veux p't-être que la prochaine fois j'en ramène un à la menthe ?

— Te fiche pas de moi, ma p'tite demoiselle. J'ai rien contre les bonbons à la menthe. Passe-moi cette jatte. »

Autre avantage de la ville qu'avait découvert Mémé : la verrerie. Certaines de ses potions les plus compliquées requéraient un appareillage qu'il fallait soit acheter aux nains à des prix prohibitifs, soit commander au plus proche souffleur de verre, auquel cas les fournitures arrivaient enveloppées dans de la paille et, généralement, en miettes. Elle avait essayé de souffler toute seule et l'effort l'avait fait tousser, ce qui avait donné des résultats plutôt rigolos. Mais la profession florissante des alchimistes urbains permettait de remplir des magasins entiers d'articles de verre mis à la vente, et une sorcière parvenait toujours à soutirer des rabais.

Elle suivit attentivement des yeux une vapeur jaune qui déferla le long d'un labyrinthe tortueux de tubulures pour finalement se condenser en une grosse goutte gluante. Elle la récupéra sans bavures au bout d'une cuiller de verre et la versa avec grand soin dans une toute petite fiole.

Esk l'observait à travers ses larmes.

« C'est quoi ? demanda-t-elle.

— Du çatregardepas, répondit Mémé qui scella à la cire le bouchon de la fiole.

— Un remède ?

— Y a de ça. » Mémé attira son nécessaire d'écriture et choisit une plume. Un bout de langue pointant à la commissure des lèvres, elle remplit méticuleusement une étiquette, avec force pauses et grattages de tête pour trouver la bonne orthographe.

« C'est pour qui ?

— Madame Herapathe, la femme du souffleur de verre. »

Esk se moucha le nez. « Çui qui souffle pas beaucoup, c'est ça ? »

Mémé la regarda par-dessus son pupitre.

« Comment ça ?

— Quand elle t'a causé, hier, elle l'a appelé le père Un-Coup-la-Quinzaine.

— Mmph », fit Mémé. Elle termina consciencieusement sa phrase : *Dylué dans une painte d'o, vairsé une goute dans son té, maité des vaitments fassyl a anlevé et puy fairmé la porte pour pas aytre dérangés.*

Un de ces jours, se dit-elle, faudra que je discute de ça avec elle.

La gamine paraissait curieusement stupide. Elle avait déjà souvent assisté à des naissances et emmené les chèvres au bouc de la vieille Nounou Annapelle sans pour autant en tirer les conclusions qui s'imposaient. Mémé hésitait sur ce qu'elle devait faire à ce sujet, et le moment ne paraissait jamais approprié pour l'aborder. Elle se demandait si, tout au fond de son cœur, elle ne se sentait pas gênée ; elle se faisait l'effet d'un maréchal-ferrant qui sait ferrer les chevaux, les guérir, les élever et juger de leurs qualités, mais n'a qu'une vague idée sur la façon de les monter.

Elle colla l'étiquette sur la fiole qu'elle enveloppa soigneusement dans du papier ordinaire.

Et voilà.

« Y a un autre moyen pour entrer à l'Université, dit-elle en regardant du coin de l'œil la fillette qui broyait avec mauvaise humeur des herbes dans un mortier. Un moyen de sorcière. »

Esk leva la tête. Mémé s'autorisa un mince sourire et s'attela à une autre étiquette ; le travail d'écriture des étiquettes, c'était toujours le plus dur en magie, en ce qui la concernait.

« Mais j'pense pas que ça t'intéressera, poursuivit-elle. C'est pas très glorieux.

— J'les ai fait rigoler, marmonna Esk.

— Oui. Tu l'as déjà dit. Alors ça te donne pas envie d'essayer encore une fois. Je comprends parfaitement. »

Un silence s'ensuivit, seulement brisé par les grattements de plume de Mémé. Esk finit par dire : « Ton moyen, là...

— Mmph ?

— Il me ferait entrer dans l'Université ?

— Ben tiens, fit Mémé avec hauteur. J'ai dit que je trouverais un moyen, non ? Un très bon moyen, en plus. T'aurais pas à te soucier des leçons, tu pourrais circuler partout, personne te remarquerait — tu serais invisible, en fin de compte —, tu saurais tout ce qui se passe et, comment dire ? tu ramasserais les miettes, voilà. Mais évidemment, maintenant qu'on s'est moqué de toi, ça va pas t'intéresser. Pas vrai ? »

« Vous prendrez bien une hautre tasse de thé, madame Ciredutemps ? proposa madame Panaris.

— Maîtresse, fit Mémé.

— Jheu vous demande pardon ?

— C'est : maîtresse Ciredutemps, répéta Mémé. Trois sucres, s'il vous plaît. »

Madame Panaris lui avança le sucrier. Elle prenait plaisir aux visites de Mémé, mais ça lui coûtait cher en sucre. Les morceaux ne faisaient pas long feu dans les parages de la sorcière.

« Très mauvais pour la silhouette, remarqua l'intendante. Et aussi pour les dents, jheu l'ai hentendu dire.

— Ma silhouette, n'en parlons pas, j'en ai jamais eu, et mes dents se portent très bien toutes seules », dit Mémé. Ce n'était hélas que trop vrai. Mémé souffrait de dents résolument saines, gros désavantage de son point de vue pour une sorcière. Elle enviait vraiment Nounou Annapelle, la sorcière de l'autre côté de la montagne, qui avait trouvé moyen de perdre toutes ses dents dès l'âge de vingt ans et faisait une vieille parfaitement crédible. Ça obligeait à manger beaucoup de soupe mais on y gagnait aussi beaucoup de respect. Et puis il y avait les verrues. Sans aucun effort, Nounou était parvenue à donner à sa figure l'allure d'une chaussette remplie de billes, tandis que Mémé avait consulté les meilleurs spécialistes sans même obtenir le poireau de rigueur sur le nez. Certaines sorcières cumulaient toutes les chances.

« Mmph ? fit-elle, consciente de la voix flûtée de madame Panaris.

— Jheu dis, répéta l'intendante, que la jeune Eskarina est une vraie perle. Une peûtite merveille ! Elle ne laisse pas une tache par terre, pas *hune*. Aucun travail ne la rebute. Jheu lui ai dit hier, oui, jheu lui hai dit : ton balai, c'est comme s'il était vivant ; et savez-vous ce qu'elle m'a répondu ?

— J'ose même pas deviner, fit Mémé d'une voix faible.

— Elle a dit que la poussière en havait peur ! Vous vous rendez compte ?

— Oui », fit Mémé.

Madame Panaris poussa la tasse dans sa direction et lui adressa un sourire embarrassé.

Mémé soupira intérieurement et plongea les yeux dans les profondeurs plutôt troubles de l'avenir. Elle commençait vraiment à manquer d'imagination.

Le balai parcourut d'un trait le corridor et souleva un grand nuage de poussière qu'on aurait dit, en regardant bien, comme aspiré dans l'ustensile. En regardant mieux, on aurait vu que le manche portait d'étranges marques, pas tant gravées qu'accrochées dessus, qui avaient l'air de changer de forme quand on les fixait.

Mais personne ne regardait.

Esk, assise à l'une des fenêtres hautes et profondes de l'Université, contemplait la ville. Elle se sentait plus en colère qu'à l'ordinaire, aussi le balai attaquait-il la poussière avec une vigueur inusitée. Les araignées couraient s'abriter à la vitesse d'un éclair à huit pattes tandis que leurs toiles ancestrales disparaissaient dans le vide. Dans les murs, les souris se pressaient les unes contre les autres, les pattes arc-boutées contre la paroi de leurs trous. Les vers à bois se débattaient dans les poutres du plafond quand ils se sentaient inexorablement aspirés en arrière vers l'entrée de leurs galeries.

« Ramasser les miettes, fit Esk. Huh ! »

Sa situation avait de bons côtés, fallait le reconnaître. La nourriture était simple mais abondante ; elle bénéficiait d'une pièce pour elle toute seule sous les toits, un vrai luxe car elle pouvait y rester couchée jusqu'à cinq heures du matin, ce qui pour Mémé équivalait à faire la grasse matinée. Le travail n'était assurément pas dur. Il lui suffisait de commencer à balayer, le balai comprenait alors ce qu'on attendait de lui et elle pouvait se distraire jusqu'à ce qu'il ait terminé. Si quelqu'un s'en venait, le balai s'appuyait aussitôt nonchalamment contre un mur.

Mais elle n'apprenait pas de magie. Elle errait dans des classes vides et regardait les diagrammes tracés à la craie sur les tableaux — et sur le sol dans les classes plus avancées —, hélas les configurations lui étaient dénuées de sens. Et déplaisantes.

Elles rappelaient à Esk les images dans le livre de Simon. Elles paraissaient vivantes.

Ses yeux se perdirent par-delà les toits d'Ankh-Morpork et elle raisonna ainsi : l'écriture, c'était seulement les mots que disaient les gens, tassés entre des couches de papier jusqu'à fossilisation. (On connaissait bien les fossiles sur le Disque-monde : de grandes coquilles en spirales et des créatures mal fichues qui restaient d'une époque où le Créateur n'avait pas vraiment décidé de ce qu'Il voulait faire et, soyons francs, bricolait avec le Pléistocène pour passer le temps.) Et les mots que disaient les gens n'étaient que les ombres des vraies choses. *Mais* certaines choses étaient trop grosses pour que les mots les prennent véritablement au piège, et les mots eux-mêmes étaient trop puissants pour que l'écriture les domestique complètement.

Donc, il s'ensuivait que certaines écritures cherchaient en fait à devenir des *choses*. A ce stade du raisonnement, les pensées d'Esk s'embrouillèrent, mais la fillette avait la certitude que les mots vraiment magiques étaient ceux qui palpitaient avec colère, qui essayaient de s'échapper pour devenir réalité.

Elle ne les trouvait pas très sympathiques.

Elle se souvint alors de la veille.

Plutôt bizarre. Les salles de classe de l'Université étaient conçues sur le principe de l'entonnoir : des rangées de sièges — polis par les derrières des plus grands mages du Disque — descendaient à pic vers une aire centrale comprenant un établi, deux tableaux noirs et suffisamment de place par terre pour un octogramme de démonstration de dimension convenable. Il y avait beaucoup d'espace mort sous les rangées de sièges, poste d'observation bien pratique d'où Esk suivait l'instructeur des yeux entre les chaussures pointues des apprentis. Elle y était tranquille, le ronronnement des conférenciers lui passait par-dessus la tête avec autant de douceur que le bourdonnement des abeilles éméchées dans le jardin d'herbes aromatiques spéciales de Mémé. Apparemment, il n'y avait jamais de travaux pratiques de magie, toujours des mots. Les mages avaient l'air d'aimer ça, les mots.

Mais la journée d'hier avait été différente. Assise dans l'obscurité poussiéreuse, Esk essayait de faire de la magie, encore très simple, lorsqu'elle avait entendu la porte s'ouvrir et des souliers claquer lourdement sur le sol. La chose était surprenante en soi. Esk connaissait les emplois du temps, et les étudiants de deuxième année qui occupaient normalement cette salle étaient descendus au gymnase suivre le cours de Dématérialisation pour Débutants que donnait Jeophal le Déluré. (Les étudiants en magie n'avaient guère l'usage des exercices physiques; le gymnase était une grande salle doublée de plomb et de bois de sorbier où les néophytes pouvaient travailler la Haute Magie sans gravement déséquilibrer l'univers, quoique pas toujours sans gravement se déséquilibrer eux-mêmes. La magie n'avait aucune pitié pour les maladroits. Si certains manchots avaient encore la chance de repartir sur leurs jambes, on évacuait d'autres empotés dans des bocaux.)

Esk avait épié entre les lattes. Ce n'étaient pas des étudiants, mais des mages. Et de rang élevé, à en juger par leurs robes. Et il n'y avait pas à se méprendre sur la silhouette qui était montée sur l'estrade du conférencier comme une marionnette mal dirigée, s'était cognée lourdement contre le pupitre avant de lui présenter des excuses d'un air absent. Il s'agissait de Simon. Personne d'autre n'avait les yeux comme deux œufs crus dans de l'eau chaude et un nez rouge vif à force d'être mouché. Pour Simon, le taux de pollen était toujours trop élevé.

Esk s'était aperçue que, sans son allergie à l'ensemble de la Création, après une bonne coupe de cheveux et quelques leçons de maintien, l'apprenti aurait pu être joli garçon. Réflexion inhabituelle qu'elle avait mise de côté pour examen ultérieur.

Une fois son auditoire installé, Simon avait entamé un exposé. Il lisait des notes et, chaque fois qu'il trébuchait sur un mot, les mages, comme un seul homme, ne pouvaient s'empêcher de le clamer en chœur à sa place.

Au bout d'un moment, un bâton de craie s'était élevé du pupitre pour se mettre à écrire au tableau derrière lui. Esk en savait assez sur la magie pour reconnaître là un exploit... Simon ne fréquentait l'Université que depuis deux semaines, et la plupart des étudiants ne maîtrisaient toujours pas la Lévitation légère en fin de deuxième année.

Le petit bâton blanc courait et crissait sur le tableau noir en contre-chant à la voix du jeune homme. Même en tenant compte de son bégaiement, ce n'était pas un très bon orateur. Il laissait tomber ses notes. Il se reprenait. Il entrecoupait ses phrases de « euh... » et de « ah... ». De l'avis d'Esk, il ne racontait pas grand-chose. Des expressions filtraient jusque dans sa cachette. « Tissu élémentaire de l'univers » en était une, et elle ne voyait pas de quoi il retournait, à moins qu'il ne s'agisse de coton ou de pilou. « Mutabilité de la matrice de potentialité » : celle-là, elle n'y comprenait rien.

Parfois il laissait entendre que rien n'existait sans les gens pour le croire et qu'en réalité le monde était là uniquement parce que les gens n'arrêtaient pas de l'imaginer. Mais ensuite il prétendait qu'il y en avait plein d'autres, des mondes, presque tous pareils et qui occupaient presque tous la même place, séparés par l'épaisseur d'une ombre, si bien que tous les événements possibles trouvaient à se produire quelque part.

(Sur ce point, Esk se sentait moins perdue. Elle nourrissait quelques soupçons là-dessus depuis qu'elle avait nettoyé les toilettes des grands mages, ou plutôt depuis que le balai s'était chargé du travail pendant qu'elle examinait les urinoirs et formulait sa Théorie générale personnelle d'anatomie comparée, grâce à certains détails à demi oubliés de ses frères dans la bassine de fer-blanc devant la cheminée familiale. Les toilettes des grands mages étaient un lieu magique doté d'une véritable eau courante, d'un carrelage éducatif et, plus important, de deux grands miroirs d'argent fixés sur des murs en vis-à-vis, si bien qu'en se regardant dans l'un on voyait son image répétée encore et encore jusqu'à ce que, trop petite, on ne la distingue plus. Premier contact d'Esk avec l'idée d'infini. Mais pour en revenir à la question présente, elle avait eu l'impression qu'une des Esk du miroir, à la limite de sa vision, lui faisait bonjour de la main.)

Il y avait quelque chose de troublant dans les expressions que Simon employait. La moitié du temps, il avait l'air de dire que le monde n'était guère plus réel qu'une bulle de savon, ou qu'un rêve.

La craie crissait sur le tableau derrière lui. Il devait parfois s'arrêter pour expliquer des symboles aux mages qui, de l'avis d'Esk, s'excitaient sur des phrases complètement idiotes. Ensuite la craie repartait, franchissait l'espace noir en une trajectoire infléchie, telle une comète accompagnée de sa queue de poussières.

Dehors, la lumière se retirait du ciel. Alors que la salle

s'obscurcissait, les mots à la craie avaient rougeoyé et le tableau avait cessé de paraître noir aux yeux d'Esk mais plutôt dissous, comme un trou rectangulaire découpé dans le monde.

Simon avait poursuivi son exposé, sur le monde composé d'éléments minuscules dont seule l'absence permettait de constater la présence, des petites boules tournoyantes de néant que la magie pouvait assembler à sa guise pour former des étoiles, des papillons et des diamants. Tout n'était fait que de vide.

Le plus drôle, c'est qu'il avait l'air de trouver ça fascinant.

Esk avait seulement conscience que les parois de la salle devenaient aussi ténues et impalpables que de la fumée, comme si le vide qu'elles contenaient se dilatait pour avaler tout ce qui les rendait solides ; ce qu'elle découvrait alors n'était autre que la plaine uniforme habituelle, froide et scintillante, avec ses collines usées au loin, et les créatures aussi immobiles que des statues qui dominaient la classe.

Elles étaient plus nombreuses à présent. Elles avaient tout à fait l'allure de papillons de nuit attroupés autour d'une lumière.

Il y avait cependant une différence importante : une tête de papillon de nuit, même vue de près, restait aussi amicale qu'une frimousse de Jeannot Lapin comparée aux choses qui regardaient Simon.

Ensuite une servante était venue allumer les lampes et les créatures avaient disparu, s'étaient muées en ombres parfaitement inoffensives tapies dans les coins de la pièce.

Dans un passé récent, quelqu'un avait décidé de repeindre les vieux couloirs de l'Université pour les égayer, partant du vague principe qu'il fallait « apprendre dans un cadre agréable ». Ça n'avait pas marché. Le fait est connu dans tous les univers : quel que soit le soin apporté au choix des couleurs d'un décor d'établissement, on aboutit immanquablement à du vert dégueulis, du brun innommable, du jaune nicotine ou du rose orthopédique. Par un phénomène encore mal compris de résonance sympathique, ces couleurs *dégagent toujours une vague odeur de chou bouilli...* Même si aucun chou ne cuit dans les environs.

Quelque part dans les couloirs, une cloche sonna. Esk se laissa tomber légèrement de son appui de fenêtre, empoigna le balai et entreprit de balayer avec zèle tandis que des portes s'ouvraient en grand et que les corridors se remplissaient d'étudiants. Leur flot s'écoula de chaque côté de la fillette, comme l'eau autour du rocher. Pendant quelques minutes, la confusion fut totale. Puis les portes claquèrent, quelques pas pressés de retardataires décrurent au loin, et Esk se retrouva à nouveau seule.

Une fois encore, elle regretta que le bourdon ne parle pas. Les autres servantes étaient bien sympathiques, mais on ne pouvait pas vraiment discuter avec elles. Pas de magie, en tout cas.

Elle en venait aussi à la conclusion qu'il lui fallait apprendre à lire. Savoir lire, ça semblait la clé de la magie, qui n'était qu'une affaire de mots. Les mages avaient l'air de croire que noms et choses allaient de pair, et qu'en changeant le nom on changeait la chose. Enfin, un truc dans ce goût-là...

Lire. Donc bibliothèque. Simon avait dit qu'elle contenait des milliers de livres, et dans tous ces mots il y en aurait forcément un ou deux qu'elle saurait déchiffrer. Esk mit le bourdon sur son épaule et se dirigea d'un pas décidé vers le bureau de madame Panaris.

Elle était presque arrivée lorsqu'elle entendit un mur lui faire « psst ! » Elle le regarda attentivement et reconnut Mémé. Sans jouir de la faculté de se rendre invisible, la vieille femme avait le talent de se fondre dans le décor et de passer inaperçue.

« Alors, comment ça marche ? demanda-t-elle. Ça rentre, la magie ?

— Qu'esse tu fais là, Mémé ? s'étonna Esk.

— Suis allée dire la bonne aventure à madame Panaris », répondit la sorcière qui leva un paquet de vieux vêtements d'un air satisfait. Son sourire s'effaça devant le regard sévère d'Esk.

« Ben, les choses sont différentes à la ville, dit-elle. Les gens de la ville s'inquiètent tout le temps de leur avenir, ça

161

vient de ce qu'ils avalent des aliments qui sont pas naturels. Et puis, ajouta-t-elle, se rendant soudain compte qu'elle se justifiait, pourquoi je dirais pas la bonne aventure ?

— C'est toi qui reprochais à Hilta de jouer sur la sottise des autres femmes, répliqua Esk. C'est toi qui prétendais que les diseuses de bonne aventure devraient avoir honte, et n'importe comment, t'as pas besoin de vieux habits.

— Qui épargne gagne », fit Mémé avec hauteur. Sa vie durant, elle avait récupéré des vieux vêtements, ce n'était pas une prospérité passagère qui allait lui faire changer ses habitudes. « Tu manges comme il faut ?

— Oui, répondit Esk. Mémé, la magie des mages, c'est que des mots...

— Je l'ai toujours dit.

— Non, c'est pas..., commença Esk, mais la vieille femme agita une main irritée.

— M'embête pas avec ça pour l'instant, dit-elle. J'ai de grosses commandes pour ce soir, si ça continue va falloir que je forme quelqu'un. Tu pourrais pas passer me voir un après-midi où t'es de congé, ou à un autre moment de liberté qu'on te donne ?

— Former quelqu'un ? répéta Esk, horrifiée. Tu veux dire, comme sorcière ?

— Non, fit Mémé. Enfin... peut-être.

— Mais, et moi, alors ?

— Ben, toi, tu suis ta route, dit Mémé. Où qu'elle te mène.

— Mmph », fit Esk. Mémé la regarda, étonnée.

« Bon, j'y vais », dit-elle enfin. Elle fit demi-tour et partit à grands pas vers l'entrée des cuisines. Sa cape tournoya alors, et Esk constata qu'elle était maintenant doublée de rouge. De rouge sombre, vineux, mais de rouge quand même. Sur Mémé, qu'on n'avait jamais vue porter de vêtement apparents autres que noirs — une couleur tellement commode —, c'en était choquant.

« La bibliothèque ? s'étonna madame Panaris. Jheu ne crois pas qu'on la balaye ! » Elle avait l'air sincèrement perplexe.

162

« Pourquoi ? voulut savoir Esk. Y a pas de poussière ?

— Eh bien », fit madame Panaris. Elle réfléchit un instant. « Jheu suppose que si, maintenant que tu le dis. Jheu n'y avais jamais vraiment pensé.

— Vous comprenez, j'ai déjà balayé partout, dit Esk d'une voix douce.

— Oui, fit madame Panaris. Partout, oui.

— Alors ?

— C'est que... on n'a encore jamais fait ça, mais du diable si jheu sais pourquoi.

— Alors ? » répéta Esk.

« Oook ? » fit le bibliothécaire en chef qui prit ses distances avec Esk. Mais elle avait entendu parler de lui et ne venait pas sans biscuits. Elle lui offrit une banane.

L'orang-outang avança prudemment une main et s'empara prestement du fruit avec un grand sourire de satisfaction.

Il existe peut-être des univers où la fonction de bibliothécaire passe pour paisible, où les risques se limitent à la chute de forts volumes sur la tête, mais tenir une bibliothèque *magique* n'est pas un boulot pour étourdis. Les sortilèges sont puissants, et les coucher sur le papier pour les comprimer entre des couvertures ne les affaiblit en rien. Il se produit des fuites. Les livres ont tendance à réagir les uns vis-à-vis des autres, libérant une magie vagabonde dotée d'une personnalité. Les ouvrages de magie sont d'ordinaire enchaînés à leurs étagères, mais ce n'est pas pour empêcher qu'on les vole...

Un accident de ce genre avait transformé le bibliothécaire en singe, après quoi il s'était opposé à toute tentative de lui redonner son aspect initial, expliquant par signes que la vie de l'orang-outang était de loin supérieure à celle de l'humain car toutes les grandes questions philosophiques revenaient à se demander de quel côté viendrait la prochaine banane. Et puis, de longs bras et des pieds préhensiles, c'était l'idéal pour atteindre les rayonnages du haut.

Esk lui donna tout le régime et détala parmi les livres sans lui laisser le temps d'objecter.

Elle n'avait jamais vu plus d'un livre à la fois, aussi, pour ce qu'elle en savait, la bibliothèque ressemblait-elle à toutes les autres. Évidemment, c'était un peu bizarre, ce plancher qui avait l'air de devenir le mur au loin, et ces étagères qui jouaient des tours à la vision et donnaient l'impression de vriller à travers plus de dimensions que les trois habituelles ; c'était d'ailleurs surprenant de lever la tête et de voir des rayonnages au plafond, entre lesquels circulaient çà et là des étudiants à l'air dégagé.

La vérité, c'est que la présence de tant de magie déformait l'espace ambiant. Le coton de l'univers, à moins que ce ne soit le pilou, mis à la torture, prenait au fond des rayons des formes particulières. Les millions de mots enfermés, incapables de s'échapper, faussaient la réalité environnante.

Il paraissait logique à Esk que parmi tous ces ouvrages il dût en exister un qui expliquait comment lire tous les autres. Elle ne savait pas trop où le trouver, mais en son for intérieur elle se disait qu'il montrerait sûrement des lapins folâtres et des chatons espiègles sur la couverture.

Le silence ne régnait certes pas dans la bibliothèque. De temps en temps fusait et grésillait une décharge de magie, et une étincelle octarine fulgurait d'une étagère à l'autre. Les chaînes cliquetaient faiblement. Sans oublier, évidemment, le léger froissement de milliers de pages dans leurs prisons reliées cuir.

Esk s'assura que personne ne lui prêtait attention et tira le volume le plus proche. Il s'ouvrit d'un coup entre ses mains, et elle constata avec tristesse qu'il contenait le même genre de diagrammes antipathiques déjà remarqués dans le livre de Simon. L'écriture était complètement inconnue, et elle en était bien contente : ce devait être horrible de savoir à quoi rimaient toutes ces lettres, visiblement formées de créatures affreuses qui se livraient entre elles à des relations compliquées. Elle força pour refermer l'ouvrage, comme si les mots résistaient de l'autre côté. Il y avait le dessin d'une créature sur la couverture ; elle avait tout l'air d'une des choses du désert glacé. Certainement pas d'un chaton espiègle.

« Sssalut ! Es... Esssk, hein ? Co... coco... commment t'as fait ? D'où tu sssors ? »

C'était Simon, debout, un livre sous chaque bras. Esk rougit.

« Mémé veut pas le dire, fit-elle. J'crois que ç'a rapport avec les hommes et les femmes. »

Simon la regarda, interdit. Puis il sourit. Esk se repassa mentalement la question.

« Je travaille. Je balaye. » Elle brandit le bourdon en manière d'explication.

« *Ici ?* »

Esk le fixa d'un œil vide. Elle se sentait seule, perdue et plus que trahie. Tout le monde s'occupait de vivre sa vie, sauf elle. Elle passerait le restant de ses jours à faire le nettoyage derrière les mages. Ce n'était pas juste et elle en avait assez.

« En fait, c'est pas vrai. En fait, j'apprends à lire pour être mage. »

Le jeune garçon la considéra quelques secondes à travers ses larmes. Puis il lui retira doucement le livre des mains et lut le titre.

« *Démonylogie Malyfycorum hà l'Ysage des Ynsatys-faits.* Qu'est-ce qui t'a fait croire que t'aaa... tata... t'arriverais à lire ça ?

— Euh..., fit Esk, ben, suffit d'essayer jusqu'à ce que ça marche, non ? C'est comme traire les chèvres, ou tricoter, ou... » Sa voix s'éteignit.

« Ça, je ne ccc... connais pas. Ces livres, là, sont des fois, disons, aaa... agressifs. Si tu ne fais ppp... pas attention, ce sont eux qui te lisent, ttt... toi.

— Comment ça ?

— On rrr... raaa... rara...

— ... raconte..., compléta Esk automatiquement.

— ... qu'il y avait une fois un mmm... un mmm...

— ... un mage...

— ... qui s'était mmm... s'était mmm...

— ... s'était mis...

— ... à lire le *Nécrotélécomnicon* et avait laissé aller sss... son esprit. Le lendemmm... le lendemmm...

— ... le lendemain...

— ... on avait trouvé tous ses vêtemmm... ses habits sur une chaise, son chchch... chapeau par-dessus, et le lll... livre avait... »

Esk s'enfonça les doigts dans les oreilles, mais pas trop au cas où elle raterait quelque chose.

« J'veux pas entendre si c'est une horreur.

— ... avait *bbb... beaucoup plus de pages.* »

Esk se retira les doigts des oreilles. « Y avait quelque chose sur les pages ? »

Simon opina gravement du chef. « Oui. Sur ttt... toutes, il y avait...

— Non, fit Esk. J'veux même pas l'imaginer. Je croyais que lire, c'était plus tranquille que ça. J'veux dire, Mémé lisait son *Almanack* tous les jours et il lui est jamais rien arrivé.

— Je dois ddd... dire que les mmm... les mmm...

— ... les mots...

— ... ordinaires, aaa... apprivoisés, ne sont pas ddd.. dangereux, concéda Simon, magnanime.

— T'en es bien sûr ? demanda Esk.

— C'est juste que les mmm... les mmmots ont parfois un pouvoir, dit Simon en emboîtant fermement dans son rayon le livre qui agita sa chaîne dans sa direction. Et l'on ddd... dit que la plu... la pluplu...

— ... la plupart...

— Non, la plu... la pluplu...

— ... la plume...

— ... est plus puissante que l'*ééé*...

— ... que l'épée, conclut Esk. D'accord, mais avec laquelle tu préférerais qu'on te pique ?

— Euh... Ççç... ça ne servira pas à grand-chose si jeee te dis que tu ne ddd... devrais pas te trrr... troutrou... trouver ici, ppp... pas vrai ? » fit le jeune mage.

Esk réfléchit soigneusement à la question. « Non, dit-elle, j'crois pas que ça servira à grand-chose.

— Je pourrais faire venir les appp... appariteurs pour qu'ils t'exppp... t'expulsent.

— Oui, mais tu l'feras pas.

— C'est que je ne vvv... veux pas qu'il t'arrive du mmm... du mmm...

— ... du mal...

— ... tu comprends. C'est vvv... vrai. Ça ppp... peut être ddd... dange... »

Esk surprit un léger remous au-dessus de la tête de l'étudiant. L'espace d'un instant elle les vit, les grandes formes grises du désert froid. Elles observaient. Et dans le calme de la bibliothèque, alors que le poids de la magie élimait le tissu de l'Univers jusqu'à la corde, elles avaient décidé d'agir.

Autour d'elle, le froissement assourdi des livres s'enfla comme si on les feuilletait à toute vitesse. Certains des ouvrages les plus puissants parvinrent à s'arracher de leur étagère pour se balancer au bout de leurs chaînes et battre frénétiquement de leurs couvertures. Un énorme grimoire plongea de son aire sur le rayon le plus élevé — il se libéra brutalement de sa chaîne du même coup — et s'éloigna d'un vol lourd comme un poulet effrayé, en éparpillant ses pages derrière lui.

Un vent de magie souffla le fichu d'Esk dont les cheveux flottèrent dans son dos. Elle vit Simon tenter de reprendre son équilibre contre un rayon tandis que les livres explosaient autour de lui. L'air était épais, il avait goût de fer-blanc. Il bourdonnait.

« Elles essayent d'entrer ! » s'écria la fillette.

Le visage torturé de Simon se tourna vers elle. Un incunable fou de peur le heurta violemment dans le creux des reins et le fit tomber vers le plancher qui se soulevait, avant de rebondir très haut par-dessus les rayonnages. Esk se baissa subitement pour laisser passer un vol de thésaurus qui tournaient en rond en traînant leur étagère et courut rejoindre le jeune garçon à quatre pattes.

« C'est ça qui fait si peur aux livres ! lui hurla-t-elle dans l'oreille. Tu les vois donc pas, là-haut ? »

Simon fit muettement non de la tête. Un livre rompit sa reliure au-dessus d'eux et les arrosa de ses pages.

L'horreur peut se faufiler dans l'esprit par la voie des sens. Il y a le petit rire éloquent entendu dans la pièce sombre fermée à clé, la vue d'une moitié de chenille dans la fourchettée de salade, la drôle d'odeur qui monte de la chambre à coucher du locataire, le goût de limace dans le chou-fleur au gratin. Le toucher, normalement, reste en dehors du coup.

Mais quelque chose arrivait au plancher sous les mains d'Esk. Elle baissa les yeux, un rictus d'horreur aux lèvres, parce que les lattes poussiéreuses étaient soudain rugueuses. Et sèches. Et très, très froides.

Du sable fin et argenté lui coula entre les doigts.

Elle saisit le bourdon et, un bras devant les yeux pour les protéger du vent, l'agita en direction des silhouettes démesurées au-dessus d'elle. Il eut été plaisant d'écrire qu'un jet fulgurant de feu, comme une tornade blanche, dégraissa l'atmosphère, du sol au plafond. Mais la tornade oublia de se matérialiser...

Le bourdon se tortilla dans la main d'Esk à la façon d'un serpent et asséna un coup à Simon, sur le côté de la tête.

Les Choses grises tremblotèrent et disparurent.

La réalité ordinaire revint et voulut faire croire qu'elle n'était jamais partie. Le silence tomba comme du velours épais, par vagues successives. Un silence pesant, qui se répétait en écho. Quelques livres tombèrent lourdement de nulle part, penauds.

Le sol sous les pieds d'Esk était indubitablement de bois. Elle le frappa énergiquement du talon pour confirmation.

Il y avait du sang par terre, et Simon gisait au beau milieu, inerte. Esk le considéra, regarda en l'air où tout était calme, puis se tourna vers le bourdon. Il paraissait content de lui.

Elle eut conscience de voix et de pas précipités au loin.

Une main comme un fin gant de cuir se glissa gentiment dans la sienne et quelqu'un derrière elle lui souffla « oook ». Elle pivota et se retrouva nez à nez avec la figure douce de chambre à air du bibliothécaire. Il se mit un doigt sur les lèvres en un geste éloquent et la tira sans brutalité.

« Je l'ai tué ! » murmura-t-elle.

Le bibliothécaire fit non de la tête et tira avec insistance.

« Oook, expliqua-t-il. Oook. »

Il entraîna la fillette réticente dans une allée latérale du dédale des anciens rayonnages quelques secondes avant qu'un groupe de mages de haut niveau, attirés par le bruit, ne passe la porte.

« Les livres se sont encore battus...

— Oh, non ! Ça va nous prendre une éternité pour récupérer tous les sortilèges, quand ils s'échappent ils cherchent des coins où se cacher, vous savez...

— Qui c'est, là, par terre ? »

Il y eut une pause.

« Il est assommé. Il a reçu une étagère, on dirait.

— Qui c'est ?

— C'est le nouveau. Vous savez, celui qui a de l'intelligence plein la tête, à ce qu'on dit.

— Si l'étagère avait un peu mieux visé, on aurait pu vérifier si c'est vrai.

— Vous deux, emmenez-le à l'infirmerie. Les autres, vaudrait mieux que vous rassembliez ces livres. Où il est, ce fichu bibliothécaire ? Il n'aurait pas dû laisser se former une Masse Critique. »

Esk jeta un coup d'œil en coin à l'orang-outang qui lui répondit par un frétillement des sourcils. D'un rayon voisin, il sortit un volume poussiéreux de sortilèges horticoles et ramena du renfoncement à l'arrière une banane brune et moelleuse qu'il mangea avec la délectation sereine de celui qui estime les problèmes, quels qu'ils soient, du ressort de l'espèce humaine.

Elle regarda de l'autre côté le bourdon qu'elle tenait à la main, et ses lèvres se pincèrent. Elle savait qu'elle n'avait pas relâché sa prise. Le bourdon avait bel et bien allongé un coup à Simon, l'idée de meurtre au cœur du bois.

Le jeune garçon gisait sur un lit dur dans une pièce étroite, une serviette froide pliée en travers du front. Traitel et Biseauté l'observaient avec attention.

« Ça fait combien de temps ? » demanda Biseauté.

Traitel haussa les épaules. « Trois jours.

— Et il n'est pas revenu à lui une seule fois ?

— Non. »

Biseauté s'assit lourdement sur le bord du lit et se pinça l'arête du nez d'une main lasse. Simon n'avait jamais paru particulièrement bien portant, mais maintenant il avait le visage horriblement creusé.

« Un esprit brillant, ce gars-là, dit-il. Son explication des principes fondamentaux de la magie et de la matière... tout à fait étonnante. »

Traitel approuva du chef.

« Cette façon qu'il a d'assimiler la connaissance... fit Biseauté. J'ai travaillé toute ma vie comme mage et je n'avais jamais vraiment compris la magie jusqu'à ce qu'il l'explique. C'était si clair. Si... oui, *évident*.

« — Tout le monde le dit, renchérit Traitel, maussade. Ils disent que c'est comme se faire enlever un bandeau et voir la lumière du jour pour la première fois.

— C'est exactement ça, reconnut Biseauté. C'est de la graine de sourcelier, pas de doute. Vous avez eu raison de nous l'amener. »

Il y eut une pause de réflexion.

« Seulement..., fit Traitel.

— Seulement quoi ? demanda Biseauté.

— Seulement, vous en avez compris *quoi*, vous ? répliqua Traitel. Ça me turlupine. Je veux dire : est-ce que vous pouvez l'expliquer ?

— Comment ça : expliquer ? » Biseauté avait l'air inquiet.

« Ce qu'il raconte, fit Traitel, une ombre de désespoir dans la voix. Oh, il connaît son affaire, je sais. Mais c'est quoi, exactement ? »

Biseauté le regarda, bouche bée. Enfin, il répondit : « Oh, c'est simple. La magie remplit l'univers, vous voyez, et chaque fois que l'univers change... non, je veux dire, chaque fois que la magie est invoquée, l'univers change, mais dans toutes les directions d'un coup, voyez-vous, et... » Il agita des mains hésitantes, en quête d'une étincelle de compréhension sur le visage de Traitel. « Autrement dit, tout morceau de matière, par exemple une orange, le monde ou... ou...

— ... un crocodile ? suggéra Traitel.

— Oui, un crocodile, ou... ce que vous voulez, tout a au fond la forme d'une carotte.

— Je ne me souviens pas de ce passage-là, dit Traitel.

— Je suis sûr que c'est ce qu'il a dit », fit Biseauté. Il commençait à transpirer.

« Non, je me souviens du passage où il laissait entendre qu'en allant assez loin dans n'importe quelle direction on finirait par se voir l'arrière du crâne, insista Traitel.

— Vous êtes sûr qu'il ne voulait pas parler du crâne de quelqu'un d'autre ? »

Traitel réfléchit un instant.

« Non, je suis à peu près sûr qu'il a dit qu'on se verrait l'arrière de son crâne. Je crois qu'il a dit qu'il pouvait le prouver... »

Ils réfléchirent là-dessus en silence.

Biseauté finit par reprendre la parole, très lentement et posément.

« Voilà comment je vois les choses, fit-il. Avant de l'entendre parler, j'étais comme tout le monde. Vous comprenez ce que je veux dire ? J'étais perplexe, indécis à propos des petits détails de l'existence. Mais à présent — son visage s'éclaira — je suis toujours perplexe et indécis mais sur un plan plus élevé, voyez-vous, et au moins je sais que ce qui m'agite désormais, ce sont les questions vraiment importantes, fondamentales, de l'univers. »

Traitel approuva du chef. « Je ne les voyais pas comme ça, dit-il, mais vous avez absolument raison. Il a vraiment repoussé les limites de l'ignorance. Nous en savons si peu sur l'univers. »

Ils savourèrent tous deux l'étrange et chaude sensation d'être beaucoup plus ignorants que le commun des mortels, lequel n'était ignorant que de choses communes.

Puis Traitel dit : « J'espère seulement qu'il va bien. La fièvre est tombée mais il n'a pas l'air de vouloir se réveiller. »

Deux servantes entrèrent avec un bol d'eau et de nouvelles serviettes. L'une d'elles portait un balai plutôt décrépit. Alors qu'elles entreprenaient de changer le drap trempé de sueur sous le jeune garçon, les mages sortirent et continuèrent de discuter des vastes horizons d'ignorance que le génie de Simon avait ouverts au monde.

Mémé attendit de ne plus entendre les bruits de pas et retira son fichu.

« Foutu fichu, dit-elle. Esk, va guetter à la porte. » Elle ôta la serviette de la tête de Simon et lui appliqua la main sur le front pour voir s'il avait de la température.

« C'est bien d'être venue, dit Esk. Toi qu'as tant à faire avec ton travail et tout.

— Mmmph. » Mémé pinça les lèvres. Elle souleva les paupières du jeune garçon et lui prit le pouls. Elle colla une oreille sur le xylophone qui lui tenait lieu de poitrine et écouta le cœur. Elle resta un moment presque immobile, à lui sonder la tête.

Elle fronça les sourcils.

« Il va bien ? » fit Esk d'une voix anxieuse.

Mémé regardait les murs de pierre.

« Quelle barbe, ici, dit-elle. C'est pas un endroit pour les malades.

— Oui, mais il va bien ?

— Quoi ? » Mémé sortit en sursaut de ses pensées. « Oh. Oui. Probablement. Là où il est. »

Esk, surprise, fixa la vieille femme, puis le corps de Simon.

« La maison est vide, dit simplement Mémé.

— Qu'esse tu veux dire ?

— Écoutez-moi ça ! On croirait que j'lui ai rien appris. Je veux dire que son esprit est parti en Balade. Il lui est Sorti de la Tête. »

Elle posa sur Simon un regard qui frisait l'admiration.

« Vraiment étonnant, ajouta-t-elle. J'avais encore jamais vu de mage capable de faire un Emprunt. »

Elle se tourna vers Esk dont la bouche s'arrondissait en un O d'horreur.

« Je me rappelle, quand j'étais petite, la Nounou Anna-pelle est partie en Balade. Elle ne pensait qu'à faire la renarde, si je me souviens bien. Ça nous a pris deux jours pour la retrouver. Et puis y a eu toi, même chose. Je t'aurais jamais retrouvée sans cette espèce de bourdon et... Qu'est-ce que t'en as fait, ma fille ?

— Il a tapé sur Simon, marmonna Esk. Il a essayé de le tuer. Je l'ai jeté dans le fleuve.

— Pas gentil de lui faire ça, lui qui t'as sauvée, dit Mémé.

— Il m'a sauvée en tapant sur Simon ?

— T'as donc pas compris ? Simon appelait... ces Choses, là.

— C'est pas vrai ! »

Mémé soutint le regard de défi d'Esk et une pensée lui vint : je l'ai perdue. Trois années de travail jetées aux cabinets. Elle ne pouvait pas devenir mage, mais elle aurait pu faire sorcière.

« Et pourquoi c'est pas vrai, mademoiselle Je-sais-tout ? demanda-t-elle.

— Il ferait pas une chose pareille ! » Esk était au bord des larmes. « Je l'ai entendu causer, il est... ben, il est pas méchant, c'est quelqu'un d'intelligent, il arrive presque à comprendre comment tout marche, il...

172

— C'est sûrement un gentil garçon, dit Mémé avec aigreur. J'ai jamais dit que c'était un mage noir, hein ?

— C'est des Choses horribles ! pleurnicha Esk. Il les appellerait pas, il veut tout le contraire de ce qu'elles sont, et toi, t'es qu'une vieille et méchante... »

La gifle résonna comme une cloche. Esk tituba en arrière, blanche d'émotion. Mémé restait la main levée, tremblante.

Elle n'avait flanqué à Esk qu'une seule claque à ce jour : celle qu'on administre au bébé pour le présenter au monde et lui donner un aperçu de ce que lui réserve l'existence. Mais depuis, aucune. En trois ans sous le même toit les occasions n'avaient pas manqué : quand le lait se sauvait ou que les chèvres restaient sans eau par sa négligence, mais une réflexion blessante ou un silence encore plus blessant faisaient mieux que force et ne laissaient pas de marques.

Elle empoigna Esk fermement par les épaules et la fixa dans les yeux.

« Écoute-moi, fit-elle d'un ton pressant. Est-ce que je t'ai pas toujours dit que si tu voulais employer la magie il fallait que tu traverses le monde comme un couteau traverse l'eau ? Je te l'ai pas dit ? »

Esk, hypnotisée comme un lapin acculé, fit oui de la tête.

« Et t'as cru que la vieille Mémé parlait en l'air, pas vrai ? Mais le fait est qu'en te servant de la magie tu attires l'attention sur toi. Leur attention à Elles, aux Choses. Elles surveillent sans arrêt le monde. Les esprits ordinaires, Elles les distinguent que vaguement, Elles y font à peine attention, mais un esprit qui contient de la magie, il brille, tu vois, c'est comme un phare pour Elles. C'est pas l'obscurité qui Les fait venir, c'est la lumière, la lumière qui crée les ombres !

— Mais... mais... pourquoi Elles s'intéressent à ça ? Qu'est-ce qu'Elles v... veulent ?

— Vivre et prendre forme », répondit Mémé.

Elle s'affaissa et relâcha Esk.

« Elles sont pathétiques, en fin de compte. Elles n'ont que la vie et les formes qu'Elles volent. Elles pourraient pas plus survivre dans ce monde qu'un poisson dans le feu, mais ça Les empêche pas d'essayer. Et Elles sont juste assez intelligentes pour nous détester parce qu'on vit. »

Esk frissonna. Elle se rappelait le contact grumeleux du sable froid.

« Elles sont quoi ? Moi, j'croyais que c'était rien qu'une sorte de... une sorte de démons ?

— Nan. Personne le sait vraiment. Ce sont juste les Choses des Dimensions de la Basse-Fosse, en dehors de l'univers, voilà tout. Des créatures de l'ombre. »

Elle se retourna vers la forme étendue de Simon.

« T'aurais pas une petite idée de l'endroit où il est, des fois ? fit-elle en lançant un coup d'œil perspicace à la fillette. Pas parti faire un tour avec les mouettes, hein ? »

Esk secoua la tête.

« Non, reprit Mémé. J'crois pas. Elles le tiennent, c'est ça. »

Ce n'était pas une question. Esk approuva de la tête, un masque de douleur sur le visage.

« C'est pas ta faute, dit Mémé. L'esprit de Simon Leur a offert une ouverture, et quand il a été assommé Elles l'ont emporté. Seulement... »

Elle tambourina des doigts sur le bord du lit et parut prendre une décision.

« Qui c'est, le mage le plus important ici ? demanda-t-elle.

— Euh... Seigneur Biseauté, répondit Esk. C'est l'Archichancelier. L'un des deux qu'étaient là tout à l'heure.

— Le gros, ou l'autre, le filet de vinaigre ? »

Esk s'arracha à la vision de Simon dans le désert froid et s'entendit répondre : « Il est de Huitième Niveau, un mage à trente-trois degrés, c'est ça.

— Tu veux dire que c'est un tordu ? répliqua Mémé. A force de traîner autour de ces mages, t'as fini par les prendre au sérieux, ma fille. Ils se donnent tous du Haute Seigneurie par-ci et de l'Impérial par-là, ça fait partie du jeu. Même les magiciens sont pareils, on pourrait au moins croire qu'ils ont plus de jugeote, eh ben non, faut qu'ils en rajoutent dans le genre : l'Incroyable Barjo et Doris. Bon, où il est ton Haut Tagadatsointsoin ?

— Ils vont tous dîner dans la Grande Salle, dit Esk. Il va faire revenir Simon, alors ?

— Ça, c'est la partie délicate, répondit Mémé. On pourrait sans doute tous assez facilement faire revenir *quelque chose*, qui marcherait et parlerait comme toi et moi. Est-ce que ce serait Simon? là, c'est une autre paire de manches. »

Elle se releva. « Allons donc voir cette Grande Salle. Pas de temps à perdre.

— Hum, les femmes ont pas le droit d'entrer », dit Esk.

Mémé s'arrêta sur le seuil de la porte. Ses épaules se soulevèrent. Elle se retourna très lentement.

« *Qu'est-ce que t'as dit?* fit-elle. Mes vieilles oreilles m'abuseraient-elles? Et me réponds pas oui, elles ont parfaitement entendu.

— Pardon, s'excusa Esk. La force de l'habitude.

— A ce que je vois, t'as acquis des idées en dessous de ta condition, dit froidement la sorcière. Va me chercher quelqu'un pour veiller sur le gamin et allons voir ce qu'elle a d'exceptionnel, cette salle où j'dois pas mettre les pieds. »

Ainsi donc, alors que l'ensemble de l'Université Invisible prenait son dîner dans la vénérable salle, les portes s'ouvrirent dans une volée dramatique qui tourna court lorsque l'une d'elles rebondit sur un serveur pour revenir percuter le tibia de Mémé. Au lieu de la démarche assurée et provocante qu'elle avait eu l'intention d'adopter pour franchir le sol carrelé, elle fut forcée d'entrer mi-sautillant, mi-clopinant. Mais elle espéra qu'elle clopinait avec dignité, et pas pour des clopinettes.

Esk la suivait à petits pas rapides, profondément consciente des centaines d'yeux braqués sur elles.

La rumeur des conversations et le cliquetis des couverts s'affaiblirent. Deux ou trois chaises se renversèrent. A l'autre bout de la salle elle voyait les grands mages à la table des professeurs, laquelle flottait à quelques dizaines de centimètres au-dessus du sol. Ils avaient les yeux écarquillés.

Un mage de niveau moyen — Esk reconnut l'assistant en astrologie appliquée — se précipita à leur rencontre en agitant les mains.

« Nonnonnon, s'écria-t-il. Pas la bonne porte. Faut partir.

— Ça me concerne pas, dit calmement Mémé qui força le passage.

— Nonnonnon, c'est contre les usages, faut partir *tout de suite*. Les dames ne sont pas admises ici !

— J'suis pas une dame, j'suis une sorcière », répliqua Mémé. Elle se tourna vers Esk. « Il est important, celui-là ?

— J'crois pas, répondit Esk.

— Bien. » Mémé s'adressa à nouveau à l'assistant. « Trouvez-moi un mage important, s'il vous plaît. Vite. »

Esk la tapota dans le dos. Deux mages à l'esprit un peu plus vif s'étaient prestement faufilés par la porte dans leur dos, et maintenant plusieurs appariteurs s'avançaient d'un air menaçant à l'entrée de la salle, sous les acclamations et les sifflets des étudiants. Esk n'avait jamais beaucoup aimé les appariteurs, qui vivaient à part dans leurs loges, mais à présent elle se sentait une pointe de sympathie pour eux.

Deux d'entre eux tendirent des mains velues et saisirent Mémé par les épaules. Le bras de la vieille femme disparut dans son dos, il y eut de brefs mouvements, et les bonshommes déguerpirent en boitillant et jurant, les doigts serrés sur certaines parties de leur anatomie.

« Epingle à chapeau », expliqua Mémé. Elle attrapa Esk de sa main libre et se dirigea rapidement vers la table des professeurs, lançant des regards mauvais à quiconque faisait ne serait-ce que mine de vouloir lui barrer le chemin. Les jeunes étudiants, qui savaient reconnaître un spectacle gratuit quand ils tombaient dessus, tapaient des pieds, applaudissaient et cognaient leurs assiettes sur les longues tables. Celle des professeurs retomba sur le carrelage avec un bruit sourd et les grands mages se rangèrent précipitamment derrière Biseauté qui tentait de rameuter ses réserves de dignité. Ses efforts ne furent guère couronnés de succès ; il est très difficile de garder l'air digne avec une serviette coincée dans le col.

Il leva les mains pour obtenir le silence, et la salle attendit, pleine d'espoir, tandis qu'Esk et Mémé s'approchaient de lui. Mémé regardait d'un œil intéressé les vieilles peintures et statues de mages disparus.

« C'est qui, ces couillons-là ? demanda-t-elle du coin de la bouche.

— C'étaient des mages en chef, chuchota Esk.

— M'ont l'air constipés. J'ai jamais vu de mage aller régulièrement à la selle.

176

— Des nids à poussière, c'est tout ce que j'vois, moi »,
dit Esk.

Biseauté était campé sur ses jambes largement écartées,
les poings sur les hanches, l'estomac comme une piste pour
skieurs débutants : une pose habituellement associée à
Henri VIII mais avec option sur le IX voire le X.

« *Eh bien ?* dit-il. Que signifie cet *outrage* ?

— Et celui-là, il est important ? s'enquit Mémé auprès
d'Esk.

— *Moi*, madame, je suis l'Archichancelier ! Et il se
trouve que je dirige cette Université ! Et vous, madame,
vous vous êtes indûment introduite sur un territoire extrêmement dangereux ! Je vous préviens que... *Arrêtez de me
regarder comme ça !* »

Biseauté battit en retraite en chancelant, les mains en
avant pour repousser le regard fixe de Mémé. Les mages
derrière lui s'égaillèrent, renversèrent des tables dans leur
hâte à fuir les yeux de la sorcière.

Des yeux qui avaient changé.

Esk ne les avait encore jamais vus ainsi. Ils étaient de
pur argent, comme deux petits miroirs circulaires qui réfléchissaient tout ce qu'ils voyaient. Biseauté était un point
qui disparaissait dans leurs profondeurs, la bouche ouverte,
et qui agitait désespérément ses minuscules bras en allumettes.

L'Archichancelier recula dans un pilier, et le choc lui fit
reprendre ses esprits. Il secoua la tête avec humeur, mit une
main en coupe et envoya un jet de feu blanc qui fusa vers
la sorcière.

Sans le quitter de son regard iridescent, Mémé tendit une
main et détourna les flammes vers le toit. Il y eut une
explosion et une pluie de tessons de tuiles.

Les yeux de Mémé s'agrandirent.

Biseauté disparut. Là où il s'était tenu se lovait un
énorme serpent, prêt à frapper.

Mémé disparut. Là où elle s'était tenue reposait un
panier d'osier.

Le serpent devint un reptile géant venu de la nuit des
temps.

Le panier devint le vent de neige des Géants des Glaces
pour recouvrir de givre le monstre qui se débattait.

Le reptile devint un tigre à dents de sabre, ramassé pour bondir.

La tempête devint une fosse de goudron bouillonnant.

Le tigre parvint à devenir un aigle en piqué.

La fosse de goudron devint un chaperon huppé.

Ensuite les images se mirent à papilloter à mesure qu'une forme en remplaçait une autre. Des ombres stroboscopiques dansaient autour de la salle. Un vent magique se leva, épais et graisseux, qui fit jaillir des étincelles octarines des barbes et des doigts. Au centre de toute cette confusion, Esk essayait de comprendre, les yeux larmoyants, et ne distinguait rien d'autre que les deux silhouettes de Mémé et de Biseauté, statues luisantes au milieu d'images saccadées.

Elle prit aussi conscience d'autre chose : un son aigu, à la limite de l'audible.

Elle l'avait déjà entendu sur la plaine froide : un bruissement de grande activité, un bruit d'essaim, de fourmilière...

« Elles arrivent ! cria-t-elle dans le tumulte. Elles arrivent, là, *maintenant* ! »

Elle sortit tant bien que mal de derrière la table où elle s'était abritée du duel enchanté et voulut toucher Mémé. Une rafale de magie brute la souleva pour la projeter dans un fauteuil.

Le bourdonnement se faisait plus fort à présent, l'air vrombissait comme un cadavre de trois semaines par un jour d'été. Esk fit une nouvelle tentative pour toucher Mémé et eut un mouvement de recul lorsque du feu vert lui rugit le long du bras et lui roussit les cheveux.

Elle jeta à l'entour un regard affolé, en quête des autres mages, mais ceux qui avaient fui les effets de la magie se terraient derrière des meubles renversés pendant que la tempête surnaturelle faisait rage au-dessus de leurs têtes.

Elle courut sur toute la longueur de la salle et jaillit dans le couloir sombre. Des ombres tourbillonnaient autour d'elle alors qu'en sanglotant elle gravissait les escaliers quatre à quatre et enfilait les corridors vrombissants vers la chambre exiguë de Simon.

Quelque chose allait essayer d'entrer dans le corps du jeune garçon, avait dit Mémé. Quelque chose qui marcherait et parlerait comme lui, mais qui serait autre chose...

Un groupe d'étudiants rôdait anxieusement devant la porte. Ils tournèrent des visages blêmes vers Esk qui leur fonçait dessus et furent suffisamment impressionnés pour s'écarter nerveusement de sa trajectoire décidée.

« Y a quelque chose là-dedans, fit l'un.

— On n'arrive pas à ouvrir la porte ! »

Ils la regardèrent, l'air d'attendre la suite. Puis l'un d'eux demanda : « Tu n'aurais pas un passe-partout, des fois ? »

Esk agrippa la poignée de porte et tourna. La poignée bougea un peu avant de revenir en arrière avec une telle violence qu'elle manqua lui arracher la peau des mains. Le bruissement à l'intérieur alla crescendo, mais on entendait aussi un autre bruit, comme un battement d'ailes de cuir.

« Vous êtes des mages ! hurla-t-elle. Des foutus mages !

— On n'a pas encore vu la télékinésie, dit l'un.

— J'étais malade quand on a fait le Jet de Feu...

— A vrai dire, je ne suis pas très bon en Dématérialisation... »

La fillette s'approcha de la porte, puis s'arrêta, un pied en l'air. Elle revoyait Mémé lui dire que même les bâtiments avaient un esprit, à condition qu'ils soient suffisamment anciens. L'Université était très ancienne, elle.

Esk se déplaça prudemment d'un côté et laissa courir ses mains sur les pierres séculaires. Il fallait procéder en douceur, afin de ne pas effrayer l'esprit qu'elle sentait à présent dans le mur, un esprit lent et simple, mais un esprit quand même. Il palpitait tout autour d'elle ; elle sentait les petites étincelles au tréfonds de la roche.

Quelque chose ululait derrière la porte.

Les trois étudiants regardèrent avec étonnement Esk aussi immobile que le roc, mains et front pressés contre le mur.

Elle y était presque. Elle sentait sa propre pesanteur, le poids de son corps, revivait des souvenirs lointains, à l'aube des temps, quand la roche était en fusion, à l'état libre. Pour la première fois de sa vie elle savait à quoi ça ressemblait d'avoir du monde au balcon.

Elle avança délicatement dans l'esprit de la bâtisse, affina ses impressions, chercha aussi vite qu'elle l'osait le corridor où elle se trouvait, la porte qu'elle n'arrivait pas à ouvrir.

Elle tendit un bras, très prudemment. Les étudiants la virent déplier un doigt, tout doucement.

Les gonds de la porte commencèrent à grincer.

Il y eut un instant de tension, puis les clous sautèrent des gonds et cliquetèrent contre le mur derrière elle. Les madriers se mirent à se cintrer alors que la porte peinait pour s'ouvrir contre la force de... ce qui la maintenait fermée.

Le bois *se gondola.*

Des rayons de lumière bleue perforèrent le couloir, s'agitèrent et dansèrent tandis que des formes indistinctes se traînaient dans la lueur aveuglante à l'intérieur de la chambre. Une lumière vaporeuse et actinique, de quoi pousser Steven Spielberg à contacter son avocat chargé des droits d'auteur.

Les cheveux d'Esk se dressèrent d'un coup sur sa tête ; elle avait l'air d'un pissenlit ambulant. Des petits serpents de feu magique lui crépitèrent sur la peau quand elle franchit le seuil.

Les étudiants, restés dehors, la virent avec horreur disparaître dans la lumière.

Qui s'évanouit dans une explosion silencieuse.

Lorsqu'ils se trouvèrent enfin assez de courage pour regarder à l'intérieur de la pièce, ils n'y virent rien d'autre que le corps endormi de Simon. Et puis Esk, silencieuse et froide, allongée par terre, qui respirait lentement. Le sol était couvert d'une fine pellicule de sable argenté.

Esk flottait dans les brumes du monde et notait avec un curieux détachement la façon précise dont elle passait au travers de la matière solide.

Elle n'était pas seule. Elle entendait pépier.

La fureur monta en elle comme de la bile. Elle se retourna et se dirigea vers le bruit, aux prises avec les forces enjôleuses qui ne cessaient de lui répéter comme il serait agréable de laisser aller son esprit et de sombrer dans une mer chaude de néant. La colère, c'était ça, le truc. Elle savait qu'il était de la plus haute importance de rester en colère.

Le Disque-monde s'éloignait, il s'étalait sous elle comme le jour où elle avait été un aigle. Mais cette fois elle survolait la mer Circulaire — elle était assurément circulaire, comme si Dieu avait manqué d'idées ; au-delà s'étendaient les bras des continents et la longue chaîne des montagnes du Bélier s'étirait jusqu'au Moyeu. Il y avait encore d'autres continents dont elle n'avait jamais entendu parler et de tout petits chapelets d'îles.

Elle changea de point de vue, et le Bord lui apparut. C'était la nuit et, comme le soleil en orbite du Disque se trouvait sous le monde, il éclairait la longue chute d'eau qui ceignait le Rebord.

Il éclairait aussi la Grande A'Tuin, la Tortue du Monde. Esk s'était souvent demandé si la Tortue n'était pas en réalité un mythe. C'était apparemment se donner beaucoup de mal rien que pour déplacer un monde. Mais Elle était bien là, presque aussi grande que le Disque qu'Elle portait, saupoudrée de poussière d'étoiles et grêlée de cratères météoritiques.

Esk vit Sa tête passer devant elle et regarda droit dans un œil assez vaste pour accueillir toutes les flottes du monde. Elle avait entendu dire qu'en regardant suffisamment loin dans la même direction que la Grande A'Tuin on voyait la fin de l'univers. Peut-être était-ce l'inclinaison de son bec, mais la Grande A'Tuin avait l'air vaguement confiante, optimiste même. Peut-être que la fin de tout n'était pas si terrible que ça.

Comme dans un rêve, elle se projeta pour essayer d'Emprunter le plus grand esprit de l'univers.

Elle s'arrêta juste à temps, comme un enfant dans sa petite luge qui s'attendait à une descente en pente douce et découvre soudain les montagnes magnifiques, enneigées, qui se déploient dans les champs glacés de l'infini. Personne n'Emprunterait jamais cet esprit-là, ce serait comme vouloir avaler toute l'eau de l'océan. Les pensées qui le traversaient étaient aussi colossales et lentes que des glaciers.

Au-delà du Disque il y avait les étoiles, et elles se comportaient bizarrement. Elles tourbillonnaient comme des flocons de neige. De temps en temps elles redevenaient normales, aussi immobiles que d'habitude, puis soudain il leur prenait fantaisie de danser.

De vraies étoiles ne devraient pas faire ça, se dit Esk. Par conséquent elle ne regardait pas de vraies étoiles. Par conséquent elle ne se trouvait pas dans la réalité. Mais des bruissements tout proches lui rappelèrent qu'elle risquait fort de mourir pour de bon si elle perdait ces bruits-là. Elle se retourna afin de les poursuivre dans la tempête de neige stellaire.

Et les étoiles sautaient, s'immobilisaient, sautaient, s'immobilisaient...

Alors qu'elle montait en flèche, Esk s'efforça de se concentrer sur des détails quotidiens; elle savait en effet que s'il lui arrivait de laisser son esprit se fixer sur ce qu'elle suivait, elle ferait demi-tour, et elle n'était pas sûre de connaître le chemin. Elle essaya de se souvenir des dix-huit herbes qui guérissaient du mal d'oreilles, ce qui l'occupa un moment parce qu'elle ne parvint pas à retrouver les quatre dernières.

Une étoile passa en piqué et s'éloigna soudain dans une violente secousse; elle faisait à peu près six mètres de diamètre.

Après les herbes vint le tour des maladies des chèvres, ce qui lui prit pas mal de temps car les chèvres attrapent des tas de choses qu'attrapent aussi les vaches plus beaucoup d'autres qu'attrapent les moutons plus toute une série d'affections horribles qu'elles sont les seules à attraper. Une fois terminée la liste des queues moisies, des mammites phalloïdes et des mammites octarines, elle essaya de se rappeler le code compliqué des points et des traits dont on avait l'habitude de marquer les arbres aux alentours de Trou-d'Ucques afin que les villageois retrouvent le chemin de chez eux par nuit de neige.

Elle n'en était qu'au point-point-point-trait-point-trait (Moyeu quart Moyeu-sens direct, un kilomètre et demi du village) lorsque l'univers autour d'elle disparut avec un petit *plop*. Elle tomba en avant, heurta une surface dure et granuleuse, roula et s'immobilisa.

La surface granuleuse était du sable. Fin, sec et *froid*. On sentait qu'on aurait beau le creuser à plus d'un mètre, il resterait toujours aussi froid et aussi sec.

Esk resta étendue un moment, le nez dans le sable, rassemblant son courage pour le relever. Elle voyait seulement, à quelques pas, le bas du vêtement de quelqu'un. De quelque chose, se corrigea-t-elle. A moins que ce ne soit une aile. Ça *pouvait* être une aile, en cuir particulièrement fatigué.

Elle la remonta des yeux jusqu'à ce qu'elle découvre, très haut, une tête en silhouette sur le ciel étoilé. Son propriétaire s'efforçait à l'évidence d'avoir l'air cauchemardesque, mais il en avait rajouté. L'aspect général était celui d'un poulet mort depuis deux mois, mais des défenses de phacochère, des antennes de papillon de nuit, des oreilles de loup et une corne de licorne gâchaient l'effet horrifique. Le tout avait une allure d'assemblage maison, comme si le propriétaire avait entendu parler d'anatomie mais dominait mal son sujet.

Il regardait fixement, mais pas dans la direction de la fillette. Quelque chose derrière elle retenait toute son attention. Esk tourna la tête très lentement.

Simon était assis en tailleur au centre d'un cercle de Choses. Il y en avait des centaines, aussi immobiles et silencieuses que des statues, qui l'observaient avec une patience reptilienne.

Il tenait dans ses mains en coupe un petit objet anguleux qui émettait une lumière bleue et floue et lui faisait une drôle de mine.

D'autres objets étaient posés par terre près de lui ; chacun baignait dans une lueur douce. Ils étaient de formes classiques, de celles que Mémé dédaignait et traitait de jométriques : cubes, diamants à faces multiples, cônes et même une sphère. Chacun était transparent et contenait...

Esk se rapprocha en douce. Personne ne lui prêtait attention.

A l'intérieur d'une sphère de cristal jetée de côté dans le sable flottait une boule bleu-vert, marbrée de tout petits motifs nuageux et de ce qui aurait presque pu passer pour des continents si quelqu'un d'assez bête avait voulu vivre sur une boule. C'était peut-être un genre de modèle réduit, pourtant quelque chose dans son rayonnement disait à Esk qu'elle était parfaitement réelle, probablement très grosse et pas complètement à l'intérieur de la sphère, dans tous les sens du terme.

Elle la reposa délicatement et se glissa vers un bloc à dix

côtés dans lequel flottait un monde beaucoup plus acceptable. Il avait une forme normale de disque, mais un mur de glace tenait lieu de Cataracte et un arbre gigantesque de Moyeu, si grand que ses racines se perdaient dans les chaînes de montagnes.

Un prisme voisin contenait un autre disque à la rotation lente, entouré de petites étoiles. Mais aucun mur de glace ne le ceinturait, celui-là, seulement un fil d'or rouge qui se révéla, après examen, un serpent — un serpent assez grand pour encercler un monde. Pour des raisons connues de lui seul, il se mordait la queue.

Esk retourna plusieurs fois le prisme avec curiosité et nota que le petit disque à l'intérieur se maintenait résolument à la verticale.

Simon gloussait doucement. Esk replaça le disque-serpent et regarda d'un œil prudent par-dessus l'épaule du jeune garçon.

Il tenait une petite pyramide de verre. Elle renfermait des étoiles et de temps en temps il la secouait légèrement, si bien que les étoiles tourbillonnaient comme de la neige soulevée par le vent avant de reprendre leurs positions initiales. Simon se mettait alors à glousser.

Et au-delà des étoiles...

C'était le Disque-monde. Une Grande A'Tuin pas plus grosse qu'une petite soucoupe se traînait péniblement sous un monde qui paraissait l'œuvre d'un joaillier obsédé.

Secousse, tourbillon. Secousse, tourbillon, gloussement. Il y avait déjà de légères fêlures dans le verre.

Esk regarda les yeux vides de Simon, leva la tête vers les faces affamées des Choses les plus proches, tendit le bras, arracha la pyramide des mains de l'étudiant, fit demi-tour et se mit à courir.

Les Choses ne firent pas un geste tandis qu'elle fonçait dans leur direction, presque pliée en deux, la pyramide étroitement pressée contre la poitrine. Mais soudain, ses pieds ne coururent plus sur le sable, elle se sentit soulevée dans l'air glacial, et une Chose à face de lapin noyé se tourna lentement vers elle en avançant une serre.

Tu n'es pas vraiment là, se dit Esk. Tu vis une espèce de rêve, ce que Mémé appelle une annaloguie. Tu ne peux pas vraiment souffrir, tout ça, c'est imaginaire. Absolument aucun mal ne peut t'arriver, ça se passe en fait dans ta tête.

Je me demande si cette Chose le sait.

La serre la saisit en l'air et la face de lapin s'ouvrit à la façon d'une peau de banane. Il n'y avait pas de bouche, rien qu'un trou noir, comme si la Chose n'était qu'une ouverture sur une dimension encore pire où, en comparaison, le sable gelé et le clair de lune sans lune passeraient pour un week-end balnéaire charmant.

Esk tenait la pyramide du Disque et frappait de sa main libre la serre qui la ceinturait. Sans résultat. L'obscurité s'étendait au-dessus d'elle, comme une porte vers l'oubli total.

Elle donna un coup de pied, le plus fort qu'elle put.

Ce qui, vu les circonstances, n'était pas très fort. Mais là où frappa son pied se produisit une explosion d'étincelles blanches qui fit *plop* — elle aurait fait un *bang* beaucoup plus convaincant si l'air raréfié n'avait pas absorbé le bruit.

La Chose poussa un cri strident comme une tronçonneuse qui rencontrerait, au cœur d'un arbrisseau sans défiance, un clou caché, oublié depuis longtemps. Ses congénères alentour émirent un bruissement compatissant.

Esk donna un second coup de pied, la Chose brailla et la laissa tomber sur le sable. Elle eut assez de présence d'esprit pour rouler, le petit monde serré contre elle pour le protéger, parce que même dans un rêve une cheville brisée peut être douloureuse.

La Chose tituba, hésitante, au-dessus d'elle. Les yeux d'Esk s'étrécirent. Elle posa le monde avec beaucoup de précaution, frappa la Chose de toutes ses forces là où devaient se trouver ses tibias, si tibias il y avait sous cette cape, et reprit le monde dans un même mouvement parfaitement enchaîné.

La créature hurla, se plia en deux, puis bascula lentement, comme un sac rempli de cintres. Lorsqu'elle toucha terre, elle s'affaissa en une masse de membres disloqués ; la tête roula au loin, oscilla un instant et ne bougea plus.

C'est tout ? songea Esk. Ils savent à peine marcher, alors ! Quand on leur tape dessus, ils s'écroulent ?

Les Choses les plus proches pépièrent et cherchèrent à reculer tandis que la fillette marchait sur elles d'un pas décidé, mais comme leurs corps paraissaient plus ou moins tenir parce qu'elles prenaient leurs désirs pour des réalités, le résultat ne fut guère probant. Esk en frappa une pourvue d'une petite famille de calmars en guise de figure, et la créature s'affaissa en un tas convulsé d'os, de morceaux de fourrure et de tronçons dépareillés de tentacules ; on aurait dit un repas grec. Une autre, un peu plus heureuse, commençait à se traîner maladroitement à l'écart, mais Esk lui balança un coup sur un de ses cinq tibias.

La Chose battit désespérément l'air lorsqu'elle tomba et en renversa deux de plus dans sa chute.

Le reste avait réussi à tituber hors de son chemin et l'observait à distance.

Esk fit quelques pas en direction de la plus proche qui voulut s'enfuir et s'écroula.

Elles étaient peut-être laides. Elles étaient peut-être malfaisantes. Mais question poésie gestuelle, les Choses avaient autant de grâce et de coordination qu'une chaise-longue.

Esk leur jeta un regard mauvais, puis baissa les yeux sur le Disque dans sa pyramide de verre. Toute cette agitation n'avait aucunement eu l'air de le gêner.

Elle avait réussi à *sortir*, si effectivement elle se trouvait *dehors* et qu'on supposait le Disque *dedans*. Mais comment était-on censé rentrer ?

Quelqu'un se mit à rire. Le genre de rire...

En gros, il rappelait le p'ch'zarni'chiwkov. Ce vocable garrotte-épiglotte est rarement employé sur le Disque, sauf par des linguistes acrobates grassement payés et, bien entendu, par la petite tribu des K'turni, qui l'ont inventé. Il n'a pas de synonyme direct, bien que le mot cumhoolie « squernt » (« le sentiment qu'on éprouve en découvrant que le précédent occupant des cabinets a utilisé tout le papier ») s'en approche vaguement sur un plan général de profondeur émotionnelle. La traduction la plus littérale en est la suivante : le vilain petit bruit de l'épée qu'on dégaine dans votre dos à l'instant même où vous croyez vous être débarrassé de tous vos ennemis. Cependant les k'turni-phones assurent qu'il ne rend pas les nuances de sueurs froides, d'arrêt du cœur et de blocage intestinal du vocable original.

C'était un rire de ce genre-là.

Esk se retourna lentement. Simon s'avançait nonchalamment vers elle sur le sable, les mains en coupe devant lui. Il avait les yeux clos.

« Tu t'imaginais vraiment que ç'allait être aussi facile ? » dit-il. Lui ou quelque chose : ça ne ressemblait pas à la voix de Simon, mais plutôt à des dizaines de voix parlant en même temps.

« Simon ? hasarda-t-elle.

— Il ne nous sert plus à rien, dit la Chose à la forme du jeune garçon. Il nous a montré la voie petite. Maintenant, donne-nous ce qui nous appartient. »

Esk recula.

« J'crois pas que ça vous appartient, qui que vous soyez. »

Le visage devant elle ouvrit les yeux. Ils étaient tout noirs : pas de couleur, rien que deux trous donnant sur un autre espace.

« Nous pourrions dire que si tu nous le remettais nous nous montrerions cléments. Nous pourrions dire que nous te laisserions partir sous ta propre forme. Mais à quoi bon, n'est-ce pas ?

— J'vous croirais pas, fit Esk.

— Bon, très bien. »

La Chose-Simon sourit.

« Tu ne fais que retarder l'inévitable, dit-elle.

— Ça me va.

— Nous pourrions te le prendre, de toute façon.

— Prenez-le, alors. Mais j'crois pas que vous y arriverez. Vous pouvez rien prendre sans qu'on vous le donne, hein ? »

Ils tournaient l'un autour de l'autre.

« Tu vas nous le donner », dit la Chose-Simon.

D'autres Choses s'approchaient à présent, revenaient à travers le désert, à grandes enjambées horriblement saccadées.

« Tu vas te fatiguer, continua la créature. Nous pouvons attendre. Nous sommes très bons à cet exercice. »

Elle feinta sur la gauche, mais Esk pivota pour rester de face.

« Ça fait rien, dit la fillette. Tout ça, je le rêve, et vous pouvez pas me faire mal en rêve. »

La Chose marqua un temps et la regarda de ses yeux vides.

187

« Vous n'avez pas ce mot-là dans votre monde, je crois que c'est "psychosomatique" ?

— Jamais entendu causer, lâcha Esk.

— Il signifie que tu peux réellement avoir mal en rêve. L'intérêt, c'est que si tu meurs dans ton rêve, tu vas rester ici. C'est ça qui serait choueeeeeette. »

Esk jeta un coup d'œil en coin aux montagnes au loin, affalées sur l'horizon glacé comme des pâtés de sable effondrés. Il n'y avait pas d'arbres, ni même de rochers. Rien que du sable, des étoiles froides et...

Elle sentit le mouvement plutôt qu'elle ne l'entendit et elle se retourna, la pyramide serrée entre les mains comme un gourdin. L'arme improvisée frappa la Chose-Simon en plein bond avec un bruit sourd convaincant, mais à peine la créature toucha-t-elle terre qu'elle roula en avant et se retrouva debout avec une fâcheuse aisance. Mais elle avait entendu Esk hoqueter et lu la brève douleur dans ses yeux. Elle s'arrêta.

« Ah, là, ça t'a fait mal, n'est-ce pas ? Tu n'aimes pas voir souffrir les autres, hein ? Pas ce garçon-là, on dirait. »

Elle se retourna, fit un signe, et deux des grandes Choses s'approchèrent de leur congénère-Simon avec force tangage pour l'agripper fermement par les bras.

Son regard se modifia. L'obscurité disparut et les yeux de l'étudiant s'ouvrirent dans son visage. Il les leva sur les Choses qui le flanquaient et se débattit brièvement, mais l'une lui enlaçait le poignet de plusieurs paires de tentacules tandis que l'autre lui emprisonnait le bras dans la plus grande pince de homard du monde.

Il vit alors Esk et ses yeux tombèrent sur la petite pyramide de verre.

« Sauve-toi ! siffla-t-il. Emmène ça d'ici ! Ne les laisse pas le prendre ! » Il grimaça lorsque la pince se resserra.

« C'est une ruse ? fit Esk. T'es qui, en réalité ?

— Tu ne me reconnais pas ? demanda-t-il, pitoyable. Qu'est-ce que tu fais dans mon rêve ?

— Si c'est un rêve, alors j'aimerais bien me réveiller, s'il te plaît, dit Esk.

— Écoute. Faut que tu te sauves tout de suite, tu m'entends ? Ne reste pas là, bouche bée. »

Donne-le-nous, fit une voix froide dans la tête d'Esk.

Elle baissa les yeux sur la pyramide de verre et son petit monde insouciant à l'intérieur, puis les releva d'un air interrogateur sur Simon, les lèvres ouvertes sur un *O* étonné.

« Mais c'est quoi, ça?

— Regarde bien! »

Esk scruta à travers la paroi. Si elle plissait les yeux, le petit Disque lui apparaissait granuleux, comme formé de millions de grains minuscules. Si elle se concentrait sur les grains...

« C'est que des nombres! dit-elle. Le monde... il est fait qu'avec des nombres...

— Ce n'est pas le monde, c'est une idée du monde, dit Simon. Je l'ai créé pour elles. Elles ne peuvent pas nous atteindre, vois-tu, mais ici les idées prennent forme. Les idées sont réelles! »

Donne-le-nous.

« Mais les idées peuvent pas faire mal!

— J'ai transformé les choses en nombres pour les comprendre, mais elles, ce qu'elles veulent, c'est les diriger, dit amèrement Simon. Elles se sont infiltrées dans mes nombres comme... »

Il hurla.

Donne-le-nous sinon nous le mettons en miettes.

Esk leva la tête vers la figure de cauchemar la plus proche.

« Comment savoir si j'peux vous faire confiance? » demanda-t-elle.

Tu ne peux pas nous faire confiance. Mais tu n'as pas le choix.

Esk considéra le cercle de faciès que même un nécrophile aurait fuis, des faciès modelés dans du fumier de poissonnier, des faciès pris au hasard à des êtres qui se tapissaient au fond des trous marins et hantaient des cavernes, des faciès pas assez humains pour lorgner ni couver du regard mais aussi inquiétants qu'un sillage en V près d'un baigneur imprudent.

Elle ne pouvait pas leur faire confiance. Mais elle n'avait pas le choix.

Pendant ce temps, en un lieu distant de l'épaisseur d'une ombre...

Les étudiants avaient regagné en courant la Grande Salle où Biseauté et Mémé Ciredutemps se livraient toujours à l'équivalent magique du bras de fer indien. Les dalles sous les pieds de la sorcière étaient mi-fendues, mi-fondues, et la table derrière Biseauté avait pris racine et donnait déjà des glands à profusion.

L'un des étudiants avait mérité plusieurs récompenses pour bravoure en osant tirer sur la cape de Biseauté...

Et tous s'entassaient maintenant dans la chambre étroite ; ils regardaient les deux dépouilles.

Biseauté avait fait appeler des médecins du corps et des médecins de l'âme, et la pièce bourdonna de magie lorsqu'ils se mirent au travail.

Mémé lui tapota l'épaule.

« Je voudrais vous toucher un mot, jeune homme, dit-elle.

— Plus tout jeune, madame, soupira Biseauté, plus tout jeune. » Il se sentait vidé. Il n'avait pas livré de duel de magie depuis des décennies, bien que la chose fût assez courante chez les étudiants. Il avait la mauvaise impression que Mémé aurait fini par l'emporter. Se battre contre elle, c'était comme s'écraser une mouche sur le nez. Il ne savait pas ce qui lui avait pris.

Mémé l'entraîna dans le couloir et lui fit tourner l'angle jusqu'à une banquette de fenêtre. Elle s'assit et posa son balai contre le mur. Dehors, la pluie tambourinait avec force sur les toits, et quelques zigzags d'éclairs annonçaient l'arrivée prochaine sur la ville d'un orage à la mesure des montagnes du Bélier.

« Une démonstration tout à fait impressionnante, dit-elle. Vous avez failli gagner à une ou deux reprises.

— Oh, fit Biseauté qui se dérida. Vous le pensez vraiment ? »

Mémé opina du chef.

Biseauté se tâta la robe ici et là et finit par localiser une blague goudronneuse de tabac et un rouleau de papier. Ses doigts tremblaient tandis qu'il triturait quelques brins d'herbe à Nicot rescapés de vieux mégots pour se confectionner une roulée maison maigrelette. Il se passa sur la langue la misérable sèche qu'il mouilla d'ailleurs à peine. Puis un vague souvenir des convenances remonta du tréfonds de sa mémoire.

« Hum, fit-il, vous permettez que je fume ? »

Mémé haussa les épaules. Biseauté gratta une allumette sur le mur et tenta désespérément de positionner la flamme et la cigarette à peu près l'une en face de l'autre. Mémé retira doucement l'allumette de sa main tremblante et l'approcha de sa cigarette.

Biseauté tira sur le tabac, toussa rituellement et se laissa aller en arrière ; le bout rougeoyant de la roulée était la seule lumière dans le couloir sombre.

« Ils sont partis en Balade, dit enfin Mémé.

— Je sais, fit Biseauté.

— Vos mages, ils arriveront pas à les ramener.

— Ça aussi, je le sais.

— Ils risqueraient de ramener *quelque chose* quand même.

— J'aurais préféré que vous ne parliez pas de ça. »

Il y eut une pause, pendant qu'ils réfléchissaient à ce qui risquait de revenir, qui habiterait des corps vivants et agirait quasiment comme les locataires d'origine.

« C'est sans doute de ma faute... dirent-ils à l'unisson avant de s'arrêter, étonnés.

— Vous d'abord, madame, fit Biseauté.

— Vos machins, là, les cigarettes, demanda Mémé, c'est bon pour les nerfs ? »

Biseauté ouvrit la bouche pour faire remarquer très courtoisement que le tabac était une habitude réservée aux mages, mais il se ravisa. Il tendit sa blague à Mémé.

Elle lui raconta la naissance d'Esk, l'arrivée du vieux mage, le bourdon, l'incursion de la fillette dans la magie. Lorsqu'elle eut fini, elle avait réussi à se rouler un cylindre mince et serré qui brûla avec une petite flamme bleue et lui fit monter les larmes aux yeux.

« Je m'demande si j'préfère pas encore rester sur les nerfs », remarqua-t-elle d'une voix asthmatique.

Biseauté n'écoutait pas.

« Vraiment incroyable, fit-il. Vous dites que l'enfant n'a souffert en aucune façon ?

— Pas à ma connaissance, répondit Mémé. Le bourdon

avait l'air... ben, de son côté, si vous voyez ce que je veux dire.

— Et il est où, ce bourdon, maintenant ?

— Elle a dit qu'elle l'avait jeté dans le fleuve... »

Le vieux mage et la sorcière plus toute jeune s'entre-regardèrent, le visage illuminé par un éclair au dehors.

Biseauté secoua la tête. « Le fleuve est en crue, dit-il. Une chance sur un million. »

Mémé eut un sourire sinistre. Le genre de sourire qui fait fuir les loups. Elle empoigna son balai d'un geste résolu.

« Les chances sur un million, dit-elle, elles se réalisent neuf fois sur dix. »

Certains orages donnent franchement dans le genre théâtral : éclairs en nappes et roulements de tonnerre métalliques. D'autres font dans le style tropical étouffant et préfèrent vents chauds et boules de feu. Mais cet orage-ci venait des plaines de la mer Circulaire, et son ambition première était d'arroser à jet continu la contrée. Le type d'orage qui prête à croire que le ciel a pris un diurétique. Coups de tonnerre et éclairs restaient en arrière-plan, faisaient office de choristes à la pluie, la vedette du spectacle. Elle dansait des claquettes par tout le pays.

Les terrains de l'Université descendaient jusqu'au fleuve. De jour, des sentiers de graviers et des haies au tracé limpide les quadrillaient, mais sous la pluie battante d'une nuit de tempête les haies semblaient avoir changé de place et les sentiers étaient tout bonnement partis ailleurs se mettre au sec.

Une faible lumière surnaturelle luisait, inefficace, au milieu des feuilles détrempées. Mais le plus gros de la pluie réussissait quand même à passer.

« Vous pourriez pas vous servir d'une de ces boules de feu magiques ?

— Pitié, madame.

— Vous êtes sûr qu'elle serait venue par ici ?

— Il y a une sorte de jetée quelque part plus bas, à moins que je ne sois perdu. »

Il y eut le bruit d'un corps lourd qui entrait d'un pas mouillé dans un fourré, suivi d'un *plouf*.

« J'ai trouvé le fleuve, en tout cas. »

Mémé Ciredutemps scruta l'obscurité humide. Elle entendit un grondement et distingua vaguement les crêtes blanches de l'eau en crue. Elle sentait aussi l'odeur particulière de l'Ankh qui donnait à penser que le fleuve avait servi à plusieurs armées, d'abord comme urinoir, ensuite comme tombeau.

Biseauté revenait vers elle en barbotant d'un air abattu.

« C'est de la bêtise, fit-il, soit dit sans vous offenser, madame. Mais il doit être arrivé à la mer, avec une crue pareille. Et moi, je vais mourir de froid.

— Vous pourrez pas vous mouiller davantage que vous l'êtes déjà. Et puis vous vous y prenez mal pour marcher sous la pluie.

— Je vous demande pardon ?

— Vous avancez le dos voûté, vous l'attaquez de front, c'est pas la bonne façon. Vous devriez... eh ben, passer entre les gouttes. » Effectivement, Mémé avait l'air à peine humide.

« J'y penserai. Venez, madame. Moi, j'ai envie d'une bonne flambée et d'un remontant bien chaud et corsé. »

Mémé soupira. « J'sais pas. Je m'attendais plus ou moins à le voir planté dans la boue, n'importe quoi. Pas à toute cette eau. »

Biseauté lui tapota gentiment l'épaule.

« Il y a peut-être une autre solution..., commença-t-il, mais un éclair et un nouveau roulement de tonnerre l'interrompirent.

« Je disais qu'il y aurait peut-être..., recommença-t-il.

— C'était quoi, ce que j'ai vu ? demanda Mémé.

— C'était quoi, quoi ? fit Biseauté, ahuri.

— Donnez-moi de la lumière ! »

Le mage lâcha un soupir mouillé et tendit une main. Un jet de feu doré fusa au-dessus de l'eau écumante et plongea dans l'oubli en sifflant.

« Là ! fit Mémé, triomphante.

— Ce n'est qu'un bateau, dit Biseauté. Les étudiants s'en servent l'été... » Il pataugea derrière la silhouette décidée de Mémé aussi vite qu'il put.

« Vous ne songez tout de même pas à le sortir par une nuit pareille, dit-il. C'est de la folie ! »

Mémé s'avança en dérapant sur le plancher mouillé de la jetée déjà presque submergée.

« Vous n'y connaissez rien en bateaux ! protesta Biseauté.

— Faudra que j'apprenne vite, alors, répliqua calmement Mémé.

— Mais je n'ai pas remis les pieds dans un bateau depuis tout petit !

— Je vous demandais pas de venir, en fait. Le bout pointu, ça va à l'avant ? »

Biseauté gémit.

« Tout ça vous fait honneur, dit-il, mais on pourrait peut-être attendre demain matin, hein ? »

Un éclair illumina la figure de Mémé.

« Non, peut-être pas », concéda Biseauté. Il suivit à son tour la jetée et tira à lui la petite barque à rames. La montée à bord fut une question de chance mais il finit par y arriver et tripota l'amarre dans le noir.

Le bateau pivota brusquement dans le courant et fut emporté en tournant lentement sur lui-même.

Mémé se cramponnait au siège que secouaient les flots tumultueux et regardait Biseauté dans les ténèbres, l'air d'attendre quelque chose.

« Alors ? fit-elle.

— Alors quoi ? répondit-il.

— Vous disiez tout connaître sur les bateaux.

— Non. J'ai dit que vous, vous n'y connaissiez rien.

— Oh. »

Ils tinrent bon tandis que la barque, lourdement ballottée, se redressait miraculeusement et se faisait entraîner en marche arrière vers l'aval.

« Quand vous avez dit que vous aviez pas remis les pieds dans un bateau depuis tout petit... commença Mémé.

— J'avais deux ans, je crois. »

Le barque fut prise dans un tourbillon, tournoya sur elle-même et partit comme une flèche en travers du courant.

« J'vous voyais du genre à faire des tours en bateau du matin au soir étant gamin.

— Je suis né dans les montagnes. J'ai déjà le mal de mer sur de l'herbe mouillée, si vous voulez savoir », gémit Biseauté.

La barque buta brutalement contre un tronc d'arbre immergé, et une vaguelette lécha la proue.

« Je connais un sortilège contre la noyade, ajouta-t-il, misérable.

— J'en suis bien contente.

— Seulement, il faut être sur la terre ferme pour le prononcer.

— Enlevez vos chaussures ! ordonna Mémé.

— Quoi ?

— Enlevez vos chaussures, j'vous dis ! »

Biseauté s'agita, mal à l'aise, sur son banc.

« Qu'est-ce que vous avez derrière la tête ? demanda-t-il.

— L'eau est censée rester *hors* du bateau, ça, je le sais ! » Mémé pointa le doigt sur la nappe sombre au fond de l'embarcation : « Remplissez vos chaussures et videz-les par-dessus bord ! »

Biseauté fit oui de la tête. Il avait l'impression d'avoir subi les événements des deux dernières heures dans un état second et il nourrit un instant l'étrange sentiment consolateur que sa vie échappait à sa volonté et qu'on ne risquerait donc pas de lui reprocher ce qui arriverait. Remplir ses chaussures d'eau, à minuit, à la dérive sur un fleuve en crue, en compagnie de ce qui ne pouvait être autre chose qu'une *femme* : quoi de plus logique, vu les circonstances ?

Une belle femme, souffla une voix enfouie au fond de son esprit. Elle avait une façon de manier le balai décrépit pour godiller dans les eaux houleuses qui troublait des abîmes depuis longtemps oubliés du subconscient de Biseauté.

Non pas qu'il fût certain de sa beauté, bien entendu, avec toute cette pluie, ce vent et cette manie qu'avait Mémé de porter sa garde-robe entière sur le dos. Biseauté se racla la gorge, hésitant. Métaphoriquement une belle femme, conclut-il.

« Hum, écoutez, dit-il. C'est tout à votre honneur, mais considérez les faits, je veux dire la vitesse de dérive et tout ça, vous comprenez ? Il est peut-être à des milles en mer, à présent. Il risque de ne jamais revenir à la côte. Il risque même de passer par-dessus le Bord. »

Mémé, qui contemplait l'horizon aquatique, se retourna.

« Vous pouvez pas penser à autre chose d'utile qu'on devrait faire ? » demanda-t-elle.

Biseauté écopa un moment.

« Non, répondit-il.

— Est-ce que vous avez déjà entendu parler de quelqu'un qui serait Revenu ?

— Non.

— Alors, ça vaut la peine d'essayer, vous croyez pas ?

— Je n'ai jamais aimé l'océan, fit Biseauté. Faudrait le paver. Il y a des horreurs en dessous, dans les trous profonds. Des monstres marins abominables. C'est ce qu'on dit.

— Continuez d'écoper, mon garçon, sinon vous allez vous rendre compte si c'est vrai. »

L'orage roulait d'avant en arrière au-dessus de leurs têtes. Il se sentait perdu, ici, sur les plaines fluviales ; sa place, c'était sur les sommets des montagnes du Bélier, où l'on savait apprécier une bonne tempête. Il grondait, tournait en rond, cherchait même une colline de moyenne altitude sur qui lancer ses foudres.

La pluie se calma, crépita moins dru, dans le genre de celles capables de tomber des jours durant. Une brume de mer s'amena à son tour pour lui prêter main-forte.

« Si nous avions des avirons, nous pourrions ramer, à condition de savoir où nous allons », fit Biseauté. Mémé ne répondit pas.

Il vida plusieurs autres chaussurées d'eau par-dessus bord et il lui vint à l'esprit que le galon d'or de sa robe ne serait sans doute jamais plus le même. Ce serait agréable de penser qu'un tel détail avait de l'importance, un jour.

« J'imagine que vous ne savez pas de quel côté se trouve le Moyeu, par hasard ? risqua-t-il. C'est juste histoire de causer.

— Vous avez qu'à regarder la mousse sur les arbres, répondit Mémé sans tourner la tête.

— Ah », fit Biseauté qui opina du chef.

Il scruta d'un œil sombre les eaux huileuses et se demanda de quelles eaux huileuses il s'agissait. A en juger par l'odeur salée, ils avaient maintenant gagné la baie.

La mer le terrifiait parce que la seule chose qui le séparait des horribles créatures vivant au fond, c'était l'eau. Evidemment, il savait qu'en toute bonne logique la seule chose qui le séparait de, disons, les tigres mangeurs d'hommes des jungles de Klatch, c'était simplement la distance, mais ça ne lui faisait pas le même effet. Les tigres ne montaient pas des profondeurs glaciales, la gueule pleine de dents effilées...

Il frissonna.

« Vous sentez? demanda Mémé. L'air a un goût. Un goût de magie! Y a une fuite quelque part.

— Ça n'est pas franchement soluble dans l'eau », dit Biseauté. Il se lécha une ou deux fois les babines. Le brouillard avait effectivement un goût métallique, il devait bien le reconnaître, et le fond de l'air une légère onctuosité.

« Vous êtes mage, dit sévèrement Mémé. Vous pouvez pas le rappeler, n'importe quoi?

— La question ne s'est jamais posée, dit Biseauté. Les mages ne jettent jamais leur bourdon.

— Il est quelque part dans le coin, fit sèchement Mémé. Aidez-moi donc à le chercher! »

Biseauté gémit. La soirée avait été chargée, et avant de reprendre des activités magiques, il lui fallait bien douze heures de sommeil, plusieurs bons repas et un après-midi au calme devant un grand feu. Il se faisait trop vieux, voilà l'ennui. Mais il ferma les yeux et se concentra.

Il y avait de la magie alentour, pas de doute. Il existe certains endroits où la magie s'accumule naturellement. Elle se forme autour des dépôts d'octefer, le métal transmondain, dans le bois de certains arbres, dans les lacs isolés, elle tombe sur le monde en neige fondue, et les plus habiles à cet exercice s'en emparent et la mettent en réserve. Il y avait une réserve de magie dans les parages.

« Je sens une magie puissante, dit-il. Très puissante. » Il se pressa les mains sur les tempes.

« Commence à faire drôlement froid », dit Mémé. La pluie persistante s'était muée en neige.

Un brusque changement s'opéra dans le décor. La barque s'arrêta, mais sans secousse, comme si la mer avait soudain décidé de se solidifier. Mémé regarda par-dessus bord.

La mer s'était solidifiée. Le bruit des vagues arrivait de très loin et s'éloignait à chaque seconde.

Elle se pencha et tapa sur l'eau.

« De la glace », dit-elle. La barque était immobile sur un océan de glace. Elle craquait de manière sinistre.

Biseauté hocha lentement la tête.

« Logique, dit-il. S'ils sont... où nous pensons, alors il fait très froid. Aussi froid que la nuit entre les étoiles, à ce qu'on dit. Et le bourdon le ressent aussi.

— Parfait, dit Mémé qui débarqua d'une enjambée. Tout ce qu'on a à faire, c'est trouver le milieu de la glace et le bourdon y sera, j'ai pas raison ?

— Je savais que vous alliez dire ça. Est-ce que je peux au moins remettre mes chaussures ? »

Ils errèrent parmi les vagues de glace ; de temps en temps Biseauté s'arrêtait pour essayer de sentir l'emplacement précis du bourdon. Ses robes gelaient sur lui. Il claquait des dents.

« Vous n'avez pas froid, vous ? demanda-t-il à Mémé, dont les vêtements craquaient à chaque pas.

— J'ai froid, admit-elle, seulement j'tremble pas.

— Nous avions des hivers de ce genre quand j'étais petit, dit Biseauté en soufflant sur ses doigts. Il ne neige guère à Ankh.

— Ah oui ? fit Mémé qui fouillait des yeux le brouillard glacial en avant d'eux.

— Il y avait de la neige au sommet des montagnes tout au long de l'année, je me souviens. Oh, on ne connaît plus les températures de quand j'étais jeune.

« Du moins jusqu'à maintenant », ajouta-t-il en tapant des pieds sur la glace. Elle fit entendre un craquement inquiétant, et il se rappela qu'il n'y avait qu'elle entre le fond de la mer et lui. Il tapa à nouveau des pieds, aussi délicatement que possible.

« C'était quoi, ces montagnes ? demanda Mémé.

— Oh, celles du Bélier. En remontant vers le Moyeu, voyez-vous. Un village qui s'appelle Col-de-Cuivre. »

Les lèvres de Mémé remuèrent. « Biseauté, Biseauté, dit-elle doucement. Vous seriez pas parent avec Acktur Biseauté ? L'habitait une vieille et grande maison en dessous de Mont-Sauteur, l'avait un tas de garçons.

— Mon père. Comment, bon Disque, savez-vous ça ?

— J'ai grandi là-bas, dit Mémé qui résista à la tentation de simplement sourire d'un air entendu. La vallée d'après. Trou-d'Ucques. Je me souviens de votre mère. Brave femme ; elle élevait des poulets bruns et blancs, je passais lui acheter des œufs pour ma m'man. C'était avant de m'intéresser à la sorcellerie, évidemment.

— Je vous remets, fit Biseauté. Bien sûr, ça remonte à loin. Il y avait toujours beaucoup d'enfants autour de chez nous. » Il soupira. « J'imagine que j'ai dû vous tirer au moins une fois les cheveux. C'était le genre de blague que je faisais.

— Peut-être. Je revois un petit gros. Plutôt désagréable.

— C'était sans doute moi. Je crois me rappeler une gamine plutôt autoritaire, mais c'était il y a longtemps. Il y a longtemps.

— J'avais pas de cheveux blancs à l'époque, dit Mémé.

— Tout était d'une autre couleur à l'époque.

— C'est ben vrai.

— Il ne pleuvait pas autant en été.

— Les couchers de soleil étaient plus rouges.

— Il y avait davantage de vieux. Le monde en était plein, dit le mage.

— Oui, je sais. Et maintenant il est plein de jeunes. Marrant, ça. Je veux dire, on s'attendrait au contraire.

— Même l'air était meilleur. On le respirait plus facilement », fit Biseauté. Ils continuèrent d'avancer en tapant du pied à travers les tourbillons de neige, tout à leurs réflexions sur les voies étranges du temps et de la nature.

« Jamais retourné au pays ? » demanda Mémé.

Biseauté haussa les épaules. « Quand mon père est mort. C'est drôle, je n'ai jamais raconté ça à personne, mais... eh bien, il y avait mes frères, parce que je suis un huitième fils, évidemment, ils avaient des enfants, voire des petits-enfants, et aucun ne savait même écrire son nom. J'aurais pu acheter tout le village. Et ils me traitaient comme un roi, mais... je veux dire, je suis allé dans des lieux et j'ai vu des choses qui leur tournebouleraient la cervelle, j'ai affronté des créatures plus folles que leurs cauchemars, je connais des secrets que peu de gens connaissent...

— Vous vous êtes senti exclu, dit Mémé. Ç'a rien d'étonnant. Ça nous arrive à tous. Vous avez fait un choix.

— Les mages ne devraient jamais revenir chez eux, fit Biseauté.

— J'crois même pas qu'ils puissent revenir chez eux, admit Mémé. On traverse pas la même rivière deux fois, voilà ce que j'dis toujours. »

Biseauté réfléchit un instant là-dessus.

« Je pense que là, vous vous trompez, dit-il. J'ai bien dû traverser la même rivière, oh, des milliers de fois.

— Ah, mais c'était pas la même.

— Pas la même ?

— Non. »

Biseauté haussa les épaules. « Elle avait l'air de la même saloperie de rivière.

— Pas la peine de prendre ce ton-là, fit Mémé. Je vois pas pourquoi je devrais écouter pareil langage venant d'un mage même pas fichu de répondre à des lettres ! »

Biseauté resta un moment silencieux, en dehors de ses dents qui jouaient les castagnettes.

« Oh, dit-il. Oh, je vois. C'étaient les vôtres, hein ?

— Tout juste. Je les ai signées en bas. Normalement, ça aurait dû vous mettre sur la voie, non ?

— D'accord, d'accord. J'ai cru à une blague, c'est tout, répondit Biseauté de mauvaise grâce.

— Une blague ?

— Nous ne recevons pas beaucoup de demandes de femmes. Pas une seule, même.

— Je m'suis étonnée de pas recevoir de réponse, dit Mémé.

— J'ai jeté les lettres au panier, si vous voulez savoir.

— Vous auriez au moins pu... *Il est là-bas !*

— Où ça ? Où ça ? Oh, là-bas. »

Le brouillard se dissipa et ils le virent alors distinctement : une fontaine de flocons de neige, une colonne décorative d'air gelé. Et dessous...

Le bourdon n'était pas bloqué dans la glace mais flottait tranquillement dans une mare d'eau bouillonnante.

L'un des aspects insolites d'un univers magique, c'est l'existence de contraires. On a déjà signalé que l'obscurité n'est pas le contraire de la lumière mais seulement son absence. De la même manière, le zéro absolu n'est que l'absence de chaleur. Si vous voulez découvrir ce qu'est le *vrai* froid, le froid si intense que l'eau ne gèle même pas mais anti-bout, ne cherchez pas plus loin que cette mare.

Ils regardèrent quelques secondes en silence, oubliant leurs chamailleries. Puis Biseauté dit lentement : « Si vous mettez votre main là-dedans, vos doigts vont se casser net comme des carottes.

« — Est-ce que vous croyez pouvoir le sortir de l'eau avec un p'tit coup de magie ? » demanda Mémé.

Biseauté se tapota les poches et finit par trouver sa blague de tabac. De ses doigts experts il déchiqueta les restes de quelques mégots dans un papier neuf qu'il mit en forme d'un coup de langue, sans quitter le bourdon des yeux.

« Non, répondit-il. Mais je vais quand même essayer. »

Il considéra avec nostalgie la cigarette et se la cala derrière l'oreille. Il tendit les mains, doigts en éventail ; ses lèvres remuèrent, muettes, tandis qu'il marmonnait quelques formules magiques.

Le bourdon pivota dans sa mare puis se souleva doucement au-dessus de la glace, où il devint aussitôt le cœur d'un cocon d'air gelé. Biseauté gémissait sous l'effort — en magie appliquée, rien n'est plus difficile que la lévitation directe, à cause du danger permanent que font courir les principes bien connus d'action et de réaction ; ainsi le mage qui essaye de soulever un objet lourd par la seule puissance de son esprit s'expose à finir avec le cerveau dans les chaussettes.

« Vous pouvez le mettre debout ? » demanda Mémé.

Très délicatement, lentement, le bourdon tourna dans l'air et se suspendit devant Mémé à quelques dizaines de centimètres au-dessus de la glace. Le gel luisait sur ses sculptures, mais Biseauté avait l'impression — malgré le voile rouge de migraine qui lui troublait la vue — que le bout de bois l'observait. *D'un air de reproche.*

Mémé rajusta son chapeau et se redressa posément.

« *C'est bien* », dit-elle. Biseauté vacilla. Le ton de voix de la vieille femme lui entrait dans les chairs comme une scie à diamant. Il se souvenait vaguement de sa mère qui le grondait quand il était petit ; c'était la même voix, mais affinée, affilée, affûtée avec des particules de carborundum, un ton de commandement à dresser un cadavre au garde-à-vous, voire à lui faire traverser au pas cadencé la moitié du cimetière avant de se rappeler qu'il est mort.

Mémé se tenait immobile devant le bourdon suspendu en l'air, et son regard noir de colère fondait presque l'enveloppe de glace.

« Tu appelles ça bien se conduire, toi ? Te prélasser sur la mer pendant que d'autres meurent ? Oh, bravo ! »

Elle décrivit à pas lourds un demi-cercle autour de lui. A l'étonnement de Biseauté, le bourdon pivota pour la suivre.

« Bon, tu t'es fait jeter, dit sèchement Mémé. Et alors ? C'est encore qu'une enfant, et les enfants nous rejettent tôt ou tard. C'est ça, la servir loyalement ? T'as pas honte de rester vautré à bouder alors que tu pourrais enfin te rendre utile ? »

Elle se pencha en avant, son nez crochu à quelques centimètres du bourdon. Biseauté était quasi certain que le bourdon, à l'inverse, essayait de se pencher en arrière pour lui échapper.

« Tu veux que je te dise ce qui arrive aux vilains bourdons ? siffla-t-elle. Si Esk est perdue, tu veux que je te dise ce que je vais te faire ? Tu as été sauvé du feu un jour, parce que t'as pu lui transmettre la douleur. La prochaine fois, ça sera pas le feu. »

Sa voix ne fut plus qu'un murmure, cinglant comme une mèche de fouet.

« D'abord, ce sera la vastringue. Ensuite le papier de verre, la tarière et le couteau à menuiser...

— Je t'ordonne de ne pas bouger, fit Biseauté, les yeux larmoyants.

— ... et ce qui restera, je le planterai comme piquet dans les bois pour les champignons, les cloportes et les scarabées. Ça prendra des *années*. »

Les sculptures se tortillaient, au supplice. La plupart s'étaient réfugiées de l'autre côté, pour fuir le regard mauvais de Mémé.

« Alors, fit-elle, voilà ce que je vais faire. Je vais te prendre et on va tous retourner à l'Université, d'accord ? Sinon, c'est la scie émoussée. »

Elle se remonta les manches et avança une main.

« Mage, dit-elle, je vais vous demander de le relâcher. »

Biseauté opina misérablement du chef.

« Quand je vous dirai d'y aller, vous y allez. *Allez-y !* »

Biseauté rouvrit les yeux.

Mémé avait le bras tendu de toute sa longueur devant elle, la main refermée sur le bourdon.

La glace éclatait à sa surface, partait en gouttes de vapeur.

« C'est bien, conclut Mémé, et si ça se reproduit je me mettrai vraiment en colère, compris ? »

Biseauté baissa la main et se précipita vers elle.

« Vous avez mal ? »

Elle fit non de la tête. « C'est comme tenir un glaçon chaud, répondit-elle. Venez, on a pas le temps de faire la causette.

— Comment allons-nous rentrer ?

— Oh, dites, un peu de nerf, bon sang ! On va voler. »

Mémé agita le balai. L'Archichancelier le considéra, dubitatif.

« Là-dessus ?

— Évidemment. Les mages volent donc pas sur leurs bourdons ?

— Ça manque plutôt de dignité.

— Si je peux m'en remettre, vous aussi.

— Oui, mais n'est-ce pas dangereux ? »

Mémé lui jeta un regard méprisant.

« Est-ce que vous voulez dire dans l'absolu ? demanda-t-elle. Ou, disons, par rapport à une banquise en train de fondre ? »

« C'est la première fois de ma vie que je monte en balai, dit Biseauté.

— Vraiment ?

— Je croyais qu'il suffisait de les enfourcher et qu'ils décollaient, fit le mage. Je ne savais pas qu'il fallait autant courir par monts et par vaux et leur crier dessus.

— C'est un coup à prendre, dit Mémé.

— Je croyais qu'ils volaient plus vite, poursuivit Biseauté, et, pour être franc, plus haut.

— Comment ça, plus haut ? » demanda Mémé qui essayait de compenser le poids du mage assis en croupe tandis qu'ils viraient pour remonter le fleuve. Comme tous les passagers en croupe depuis l'aube des temps, il persistait à se pencher du mauvais côté.

« Eh bien, comme qui dirait, *davantage* au-dessus des

arbres, répondit Biseauté qui rentra la tête lorsqu'une branche dégoulinante d'eau lui fit valser son chapeau.

— Il marcherait mieux, ce balai, si vous perdiez quelques kilos, fit sèchement Mémé. Mais vous préférez peut-être descendre et aller à pied?

— De toute façon, mes pieds touchent déjà par terre la moitié du temps, dit Biseauté. Je ne voudrais pas vous gêner. Si on m'avait demandé d'énumérer tous les dangers auxquels on s'exposait en volant, vous savez, jamais je n'aurais songé à la mort, les jambes fauchées par les grandes fougères.

— Vous êtes en train de fumer? fit Mémé d'un air mécontent, le regard fixé vers l'avant. Y a quelque chose qui brûle.

— C'était juste pour me calmer les nerfs durant cette plongée vertigineuse à travers les airs, madame.

— Eh bien, éteignez-moi ça tout de suite. Et accrochez-vous. »

Le balai, dans une embardée, prit de l'altitude et passa à la vitesse d'un jogger troisième âge.

« Monsieur le Mage.

— Hein? Quoi?

— Quand j'ai dit accrochez-vous...

— Oui?

— Je voulais pas dire *là*. »

Il y eut une pause.

« Oh. Oui. Je vois. Vraiment désolé.

— Ça va.

— Ma mémoire n'est plus ce qu'elle était... Je vous assure... Pardonnez mon inconvenance.

— C'est tout pardonné. »

Ils volèrent un instant en silence.

« Quand même, fit Mémé d'un air pensif, je préférerais à tout prendre que vous mettiez vos mains ailleurs. »

La pluie dévala les couvertures de plomb pour se déverser dans les gouttières où des nids de corbeaux, abandonnés depuis l'été, flottèrent tels des bateaux sortis de mauvais chantiers navals. L'eau gargouilla le long de vieux conduits encroûtés. Elle s'infiltra sous des tuiles et donna le bonjour aux araignées des avant-toits. Elle bondit des pignons et forma des lacs secrets parmi les hautes flèches.

De véritables éco-systèmes vivaient dans les toits interminables de l'Université, qui, en comparaison, faisaient ressembler Gormagot à une cabane à outils de dépôt ferroviaire ; les oiseaux chantaient dans des jungles miniatures nées de pépins de pommes et de graines de mauvaises herbes, des petites grenouilles nageaient dans les chéneaux supérieurs et une colonie de fourmis s'inventait activement une civilisation aussi complexe qu'intéressante.

Une chose que l'eau ne risquait pas de faire, c'était s'évacuer en glougloutant par les gargouilles ornementales alignées le long des toits. Ceci parce que les gargouilles en question partaient s'abriter dans les mansardes au premier signe d'averse. Elles estimaient qu'on pouvait être laid sans être forcément idiot.

Il pleuvait à torrents. Il pleuvait à rivières. Il pleuvait à océans. Mais surtout il pleuvait à travers le toit de la Grande Salle, où le duel entre Mémé et Biseauté avait laissé un très grand trou, et Traitel avait l'impression que c'était sur lui, personnellement, que la pluie tombait.

Debout sur une table, il dirigeait les équipes d'étudiants qui décrochaient les tableaux et les tapisseries anciennes avant qu'ils ne soient trempés. Debout sur une table tout bonnement parce que le sol baignait déjà sous plusieurs centimètres d'eau.

Pas des centimètres d'eau de pluie, malheureusement. Il s'agissait d'une eau dotée d'un caractère propre, de l'espèce de qualité particulière qu'elle acquiert après un long voyage à travers une campagne boueuse. Elle possédait la densité de l'authentique eau de l'Ankh : trop épaisse pour qu'on la boive, trop fluide pour qu'on la laboure.

Le fleuve était sorti de son lit et un million de petits cours d'eau refluaient, jaillissaient dans les caves et jouaient à faire coucou sous les dalles. De temps à autre parvenait la détonation lointaine d'une magie oubliée dans une basse-fosse inondée et qui, mise en court-circuit, libérait sa puissance ; Traitel ne goûtait pas du tout certains bouillonnements et sifflements déplaisants qui remontaient à la surface.

Il songea une fois de plus combien il aimerait être de ces mages qui vivaient quelque part dans une petite caverne, cueillaient des herbes, s'absorbaient dans des pensées profondes et comprenaient le langage des chouettes. Mais la caverne risquait de s'avérer humide, les herbes vénéneuses et, tout compte fait, Traitel ne saurait jamais avec certitude quelles pensées étaient vraiment profondes.

Il descendit maladroitement de sa table et pataugea dans les eaux sombres et tourbillonnantes. Bah, il avait fait de son mieux. Il avait essayé de pousser les grands mages à réparer le toit par la magie, mais il s'en était suivi une dispute générale sur les sortilèges à employer et l'unanimité sur un point : ce n'était en aucun cas un travail pour des mages.

Les mages, c'est ça, se dit-il, mélancolique, tout en barbotant entre les arches dégouttantes d'eau, ils explorent l'infini mais ne perçoivent jamais le défini, surtout en matière de tâches ménagères. Nous n'avions pas ces problèmes-là avant l'arrivée de cette femme.

Dans un bruit de succion, il gravit les marches qu'illumina un éclair particulièrement impressionnant. Il avait la froide certitude que tout le monde allait le rendre responsable, alors qu'évidemment il n'y était pour rien. Il saisit le bord de sa robe et l'essora piteusement, puis il sortit sa blague de tabac.

C'était une belle blague verte étanche. Entendez par là que toute l'eau entrée dedans ne pouvait plus en ressortir. Elle était dans un état indescriptible.

Il dénicha sa petite pince à papier. Les feuilles s'étaient amalgamées en un seul bloc, comme le classique billet de banque retrouvé dans la poche arrière d'un pantalon qu'on a lavé, essoré, séché et repassé.

« Fait chier, dit-il avec sentiment.

— Dites ! Traitel ! »

Traitel regarda autour de lui. Il avait été le dernier à quitter la salle où certains bancs commençaient déjà à flotter. Des tourbillons et des nappes de bulles marquaient les interstices où la magie fuyait des caves, mais on ne voyait personne.

A moins, évidemment, que l'une des statues n'ait parlé. Elles avaient été trop lourdes à déplacer, et Traitel se rappelait avoir dit aux étudiants qu'une toilette en grand leur ferait probablement du bien.

Il considéra leurs mines sévères et regretta ses propos. Les statues de mages défunts très puissants avaient parfois l'air plus vivantes qu'elles n'auraient dû. Peut-être aurait-il mieux fait de parler à voix basse.

« Oui ? hasarda-t-il, terriblement conscient des regards froids fixés sur lui.

— En haut, crétin ! »

Il leva la tête. Le balai descendit lourdement sous la pluie en une série de piqués par à-coups. A moins de deux mètres de la surface de l'eau, il perdit les quelques prétentions aériennes qui lui restaient et s'abattit bruyamment dans un tourbillon.

« Ne restez pas là, imbécile ! »

Traitel fouilla nerveusement l'obscurité des yeux.

« Faut bien que je reste quelque part, dit-il.

— Je veux dire : donnez-nous un coup de main ! fit sèchement Biseauté qui se dressa hors des vaguelettes telle une grosse Vénus en colère. D'abord la dame, évidemment. »

Il se tourna vers Mémé qui patouillait dans l'eau ici et là.

« J'ai perdu mon chapeau », dit-elle.

Biseauté soupira. « Est-ce vraiment important en un pareil moment ?

— Une sorcière, faut qu'elle porte un chapeau, sinon à quoi on la reconnaît ? » répondit Mémé. D'un geste vif, elle saisit une épave sombre et trempée à la dérive, caqueta triomphalement, la retourna pour vider l'eau et se l'enfonça sur le crâne. Le chapeau n'était plus empesé, il s'effondra et lui masqua assez coquinement un œil.

« Très bien », dit-elle d'un ton qui conseillait à tout l'univers de faire gaffe.

Il y eut un autre éclair lumineux, ce qui prouve que même les dieux de la météo ont un sens du théâtre très développé.

« Ça vous va plutôt bien, dit Biseauté.

— Excusez-moi, fit Traitel, mais n'est-ce pas la sor...

— Oubliez ça », le coupa Biseauté qui prit la main de Mémé et l'aida à monter les marches. Il brandit le bourdon.

« Mais c'est contre la tradition d'admettre les sor... »

Il s'arrêta et regarda d'un œil rond Mémé tendre le bras et toucher le mur humide près de la porte. Biseauté lui tapota la poitrine.

« Dites-moi où c'est écrit, fit-il.

— Ils sont dans la bibliothèque, les interrompit Mémé.

— C'était la seule pièce au sec, dit Traitel, mais...

— Ce bâtiment a peur de l'orage, fit Mémé. Faudrait le consoler.

— Mais la tradition... » répéta désespérément Traitel.

Mémé enfilait déjà le couloir à grandes enjambées et Biseauté sautillait à sa suite. Il se retourna.

« Vous avez entendu la dame », dit-il.

Traitel les regarda s'éloigner, la mâchoire pendante. Leurs pas moururent dans le lointain. Il resta un instant silencieux, immobile, à réfléchir sur la vie et à se demander où la sienne avait bien pu faire fausse route.

En tout cas, on n'allait pas l'accuser de désobéissance.

Tout doucement, sans savoir exactement pourquoi, il avança la main et donna au mur une petite tape amicale.

« Allons, allons », dit-il.

Bizarrement, c'est lui qui se sentit beaucoup mieux.

Il vint à l'esprit de Biseauté qu'étant dans ses murs, il lui revenait d'ouvrir le chemin, mais un nicotinomane en phase terminale n'était pas de taille à se mesurer à une Mémé pressée, et seuls des espèces de petits bonds en crabe lui permettaient de ne pas se laisser distancer.

« C'est par là, dit-il en s'éclaboussant dans les franchissements de flaques.

— Je sais. Le bâtiment me l'a dit.

— Oui, je voulais vous en parler, fit Biseauté, parce que, vous voyez, il ne m'a jamais rien dit, à moi, et ça fait des années que je vis ici.

— Est-ce que vous l'avez déjà écouté ?

— Pas vraiment écouté, non, admit Biseauté. Pas à proprement parler.

— Eh ben alors, fit Mémé qui passa de guingois une cataracte où se trouvait autrefois l'escalier de la cuisine (le lavage de madame Panaris ne serait plus jamais le même). Je crois que c'est là-haut et dans le couloir, non ? »

Elle croisa en coup de vent un trio de mages stupéfaits, éberlués à sa vue et tout saisis à celle de son chapeau.

Biseauté la rattrapa en haletant et lui prit le bras aux portes de la bibliothèque.

« Ecoutez, dit-il éperdument. Sans vouloir vous vexer, mademoiselle... euh, maîtresse...

— Je crois qu'on s'en tiendra désormais à Esméralda. On a quand même partagé le même balai et tout.

— Est-ce que je peux entrer le premier ? C'est *ma* bibliothèque », supplia-t-il.

Mémé se retourna, la surprise peinte sur la figure. Puis elle sourit.

« Bien sûr. Excusez-moi.

— Pour les apparences, vous comprenez », fit Biseauté en manière d'excuse. Il poussa la porte.

La bibliothèque était noire de mages, lesquels veillent sur leurs livres comme les fourmis sur leurs œufs et les déménagent de façon à peu près semblable en période critique. L'eau arrivait même jusqu'ici, elle surgissait d'ailleurs dans des endroits surprenants à cause des bizarres effets gravitationnels de la bibliothèque. On avait débarrassé tous les rayonnages inférieurs ; mages et étudiants se relayaient pour entasser les volumes sur chaque table disponible, chaque étagère au sec. Un bruissement de pages en colère emplissait la salle et couvrait presque la fureur de l'orage au loin.

Pareille agitation mettait à l'évidence le bibliothécaire dans tous ses états ; il fonçait d'un mage à l'autre, leur tirait vainement sur la robe et poussait des « oook » à pleins poumons.

Il repéra Biseauté et se hâta vers lui de toute la vitesse de ses phalanges. Mémé n'avait jamais vu d'orang-outang, mais elle n'allait tout de même pas l'admettre, aussi garda-t-elle son calme face à ce petit bonhomme bedonnant aux bras extrêmement longs et à la peau de taille « xxl » sur un corps « s ».

« Oook, expliqua-t-il, *ooooook*.

— J'espère bien », fit brièvement Biseauté, et il attrapa le mage le plus proche qui titubait sous le poids d'une dizaine de grimoires. L'homme le fixa comme s'il s'agissait d'un fantôme, jeta un regard en coin à Mémé et lâcha les livres par terre. Le bibliothécaire grimaça de douleur.

« Archichancelier, hoqueta le mage, vous êtes vivant ? Enfin... on nous a raconté que vous aviez été escamoté par... » Il regarda à nouveau Mémé. « ... enfin, on a cru... Traitel nous a dit...

— *Ooook*, fit le bibliothécaire qui chassait devant lui, comme des poules, quelques pages pour qu'elles réintègrent leurs couvertures.

— Où sont le jeune Simon et la petite fille ? Qu'est-ce que vous en avez fait ? demanda Mémé.

— Ils... On les a mis là-bas, répondit le mage qui recula. Euh...

— Montrez-nous, fit Biseauté. Et cessez de bredouiller, mon vieux, on croirait que vous n'avez encore jamais vu de femme. »

Le mage déglutit avec difficulté et opina vigoureusement du chef.

« Certainement. Et... Je veux dire... Je vous en prie, suivez-moi... Euh...

— Vous n'alliez pas me parler de la tradition, tout de même ? demanda Biseauté.

— Euh... non, Archichancelier.

— Bien. »

Ils le talonnèrent tandis qu'il filait entre les mages qui s'échinaient à la tâche, et dont la plupart s'arrêtèrent de travailler pour regarder d'un œil rond Mémé les croiser à longues foulées.

« Ça devient gênant, fit Biseauté du coin de la bouche. Il va falloir que je vous déclare mage *honoris causa*. »

Mémé garda les yeux braqués devant elle et ses lèvres remuèrent à peine.

« Faites ça, siffla-t-elle, et moi, je vous déclare sorcière *honoris causa*. »

La bouche de Biseauté se referma en claquant.

Esk et Simon reposaient sur une table dans une des salles de lecture attenantes ; une demi-douzaine de mages veillaient sur eux. Ils s'écartèrent nerveusement à l'arrivée du trio, derrière lequel se dandinait le bibliothécaire.

« J'ai réfléchi, fit Biseauté. Il vaudrait sûrement mieux donner le bourdon à Simon, non ? Il est mage, lui, et...

— Faudrait d'abord me passer sur le corps, dit Mémé. Et sur le vôtre aussi. C'est par lui qu'Elles obtiennent leur pouvoir, vous voulez Leur en donner plus ? »

Biseauté soupira. Il avait admiré le bourdon, il en avait rarement vu d'aussi beau.

« Très bien. Vous avez raison, évidemment. »

Il se pencha et posa le bourdon sur la forme endormie d'Esk, puis s'écarta, théâtral.

Il ne se passa rien.

L'un des mages toussa nerveusement.

Il ne se passa toujours rien.

Les sculptures du bourdon donnaient l'impression de sourire.

« Ça ne marche pas, hein ? fit Biseauté.

— Oook.

— Laissez-lui le temps », dit Mémé.

Ils lui laissèrent le temps. Dehors, la tempête arpentait le ciel, essayait de soulever les couvercles des maisons.

Mémé s'assit sur une pile de livres et se frotta les yeux. Les mains de Biseauté s'égarèrent vers la poche où il rangeait son tabac. Un mage aida à sortir son collègue à la toux nerveuse.

« Oook, fit le bibliothécaire.

— Je sais ! s'exclama Mémé, si bien que la cigarette à demi roulée de Biseauté fusa de ses doigts défaillants dans une pluie de tabac.

— Quoi ?

— C'est pas fini !

— Quoi ?

— Elle peut pas se servir du bourdon, évidemment, fit Mémé en se levant.

— Mais vous avez dit qu'elle balayait avec, qu'il la protège et..., commença Biseauté.

— Nonnonnon, le coupa Mémé. Ça veut dire que le bourdon se sert tout seul ou qu'il se sert d'elle, mais elle a jamais été capable de se servir de lui, comprenez ? »

Biseauté considéra les deux corps immobiles. « Elle devrait être capable de s'en servir. C'est un vrai bourdon de mage.

— Oh, fit Mémé. Alors elle est un vrai mage, non ? »

Biseauté hésita.

« Eh bien, non, évidemment. Vous ne pouvez nous demander de la déclarer mage. Il n'existe pas de précédent.

— Pas de quoi ? demanda sèchement Mémé.

— Ça n'est encore jamais arrivé.

— Des tas de choses sont encore jamais arrivées. On naît qu'une fois. »

Muet, Biseauté l'implora du regard. « Mais c'est contre la t... »

Il allait dire « tradition » mais mangea le mot en cours de route et se tut.

« Où est-ce qu'on dit ça ? lança une Mémé triomphante. Est-ce qu'on dit quelque part que les femmes peuvent pas être mages ? »

Des pensées traversèrent l'esprit de Biseauté :

... On ne le dit pas quelque part, on le dit partout.

... Mais le jeune Simon avait l'air de prétendre que partout ressemble tellement à nulle part qu'on ne voit guère la différence.

... Est-ce que je veux qu'on se souvienne de moi comme du premier Archichancelier à avoir admis les femmes à l'Université ? D'un autre côté... on se souviendrait de moi, c'est certain.

... Une femme émouvante quand elle se tient comme ça.

... Ce bourdon-là, il a quelque chose en tête.

... Il a comme de la suite dans les idées.

... Tout le monde va se moquer de moi.

... Ça risque de ne pas marcher.

... Ça risque de marcher.

Elle ne pouvait pas leur faire confiance. Mais elle n'avait pas le choix.

Esk ne quittait pas des yeux les faces horribles, au-dessus d'elle, qui la regardaient d'un air interrogateur.

Ses mains la picotaient.

Dans le monde des ombres, les idées sont réelles. Elle avait l'impression de sentir cette pensée lui remonter dans les bras.

C'était une pensée plutôt allègre, une pensée pétillante. Elle éclata de rire, écarta les bras, et le bourdon étincela dans ses mains comme de l'électricité solide.

Les Choses se mirent à pépier craintivement et une ou deux, à l'arrière, décidèrent de prendre le large de leur démarche titubante. Simon tomba en avant lorsque ses ravisseurs le lâchèrent en toute hâte, et il atterrit sur les mains et les pieds dans le sable.

« Sers-t-en ! hurla-t-il. C'est ça ! Ils ont peur ! »

Esk lui adressa un sourire et continua d'examiner le bourdon. Pour la première fois, elle voyait ce que représentaient réellement les sculptures.

Simon ramassa d'un geste vif la pyramide du monde et courut vers elle.

« Vas-y ! dit-il. Ils ont horreur de ça !

— Comment ? fit Esk.

— Sers-toi du bourdon, la pressa Simon qui tendit la main vers le bâton. Hé ! Il m'a mordu !

— Excuse-moi, dit Esk. De quoi on parlait ? » Elle leva les yeux et contempla les Choses gémissantes comme si elle les voyait pour la première fois. « Oh, ces machins-là. Ils existent que dans nos têtes. Si on y croyait pas, ils existeraient pas. »

Simon fit du regard le tour des créatures.

« Honnêtement, j'ai du mal à te croire, fit-il.

— Je pense qu'il faudrait rentrer, maintenant, dit Esk. On va s'inquiéter. »

Elle rapprocha les bras et le bourdon disparut, mais ses mains rougeoyèrent un instant comme si elles enveloppaient une bougie.

Les Choses hurlèrent. Quelques-unes tombèrent par terre.

« L'important, dans la magie, c'est la façon de pas s'en servir », dit Esk en prenant le bras de Simon.

Il contempla les silhouettes qui se désagrégeaient autour de lui et sourit bêtement.

« Tu veux dire que tu ne t'en sers pas ? voulut-il savoir.

— Eh ben, non, répondit Esk tandis qu'ils avançaient vers les Choses. Essaye toi-même. »

Elle étendit les bras, fit surgir le bourdon de nulle part et le lui présenta. Il allait s'en saisir mais il retira la main.

« Euh... non, se ravisa-t-il. J'ai idée qu'il ne m'aime pas beaucoup.

— Je crois que ça ira si c'est moi qui te le donne. Là, il aura rien à dire, fit Esk.

— Il va où, quand il disparaît ?

213

— Il devient juste une idée de lui-même, d'après moi. »

Il avança de nouveau la main et referma les doigts sur le bois luisant.

« *Bien*, dit-il, et il le brandit dans la pose vengeresse classique du mage. Je vais leur faire voir !

— Non, pas ça.

— Qu'est-ce que tu veux dire : pas ça ? J'ai le pouvoir !

— Elles sont comme... un reflet de nous, dit Esk. On peut pas battre nos propres reflets, ils seront toujours aussi forts que nous. C'est pour ça qu'elles se rapprochent quand on commence à se servir de la magie. Et elles se fatiguent pas. Elles s'en nourrissent, alors on peut pas les battre avec la magie. Non, le truc, c'est... Tu vois, ne pas se servir de magie parce qu'on sait pas le faire, ça sert à rien. Mais ne pas s'en servir *parce qu'on sait*, là, ça les rend vraiment malades. Elles ont horreur de cette idée-là. Si on arrêtait de se servir de la magie, elles mourraient. »

Les Choses devant eux tombaient les unes sur les autres dans leur hâte pour reculer.

Simon regarda le bourdon, puis Esk, puis les Choses, puis à nouveau le bourdon.

« Tout ça mérite sérieusement réflexion, dit-il d'une voix hésitante. J'aimerais vraiment comprendre.

— D'après moi, t'auras pas de peine.

— Parce que tu dis que le vrai pouvoir, c'est quand tu passes carrément à travers la magie pour sortir de l'autre côté.

— Ça marche, pourtant, non ? »

Ils se trouvaient maintenant seuls sur la plaine froide. Les Choses étaient au loin des silhouettes linéaires.

« Je me demande si c'est ce qu'ils voulaient dire par "sourcellerie" ? fit Simon.

— J'sais pas. Peut-être.

— J'aimerais vraiment comprendre, répéta Simon en tournant et retournant le bourdon dans ses mains. On pourrait tenter des expériences, tu vois, ne pas se servir exprès de la magie. On pourrait ne pas tracer soigneusement d'octogramme par terre ni invoquer délibérément toutes sortes de choses, et... J'en transpire rien que d'y penser !

— J'aimerais savoir comment on va rentrer chez nous, dit Esk, les yeux baissés sur la pyramide.

— Ben, c'est censé être *mon* idée du monde. Je devrais pouvoir trouver un moyen. Comment tu as fait tout à l'heure avec tes mains ? »

Il rapprocha les siennes. Le bourdon coulissa entre elles, la lumière lui rougeoya un instant entre les doigts, puis disparut. Il eut un grand sourire. « Bien. Maintenant on n'a plus qu'à chercher l'Université... »

Biseauté s'alluma une troisième roulée au mégot de la seconde. Cette dernière cigarette devait beaucoup aux pouvoirs créatifs de l'énergie nerveuse et ressemblait à un chameau amputé des pattes.

Il avait vu plus tôt le bourdon se soulever doucement au-dessus d'Esk et se poser sur Simon.

Maintenant il le voyait flotter à nouveau en l'air.

D'autres mages s'étaient entassés dans la salle. Le bibliothécaire était assis sous la table.

« Si au moins on avait une idée de ce qui se passe, dit Biseauté. C'est l'incertitude que je ne supporte pas.

— Soyez positif, quoi ! jeta Mémé. Et puis éteignez-moi cette foutue cigarette, je vois mal comment on aurait envie de revenir dans une pièce qui sent la cheminée. »

Comme un seul homme, le collège rassemblé de mages tourna la tête vers Biseauté, l'air d'attendre.

Il retira la cochonnerie qui lui couvait aux lèvres et, avec un regard mauvais qu'aucun de ses collègues présents ne tenait à croiser, il la piétina.

« N'importe comment, il était sans doute temps que j'arrête, dit-il. Ça vaut aussi pour vous tous. Des fois, on se croirait pire que dans une fosse aux cendres ici. »

Puis il vit le bourdon. Il était...

La seule façon de le décrire, c'est qu'il donnait l'impression d'aller très vite sans changer de place.

Des fumerolles de gaz s'en échappaient en brûlant d'une flamme inégale avant de s'évanouir — s'il s'agissait véritablement de gaz. Il flamboyait comme une comète conçue par un incompétent en effets spéciaux. Des étincelles colorées en bondissaient et disparaissaient quelque part.

Il changeait aussi de couleur ; d'abord d'un rouge terne,

il gravit tout le spectre pour arriver à un violet douloureux. Des serpents de feu blanc coruscant le parcoururent sur toute sa longueur.

(Il devrait y avoir un terme pour les mots qui reproduisent le bruit que pourraient faire les choses silencieuses, songea Biseauté. Le mot « luisant » évoque un brillant huileux, mais s'il en existait un dont la sonorité reproduirait exactement la manière dont des étincelles courent sur du papier brûlé, ou dont les lumières des villes courraient sur le monde si on concentrait la totalité de la civilisation humaine dans une même nuit, alors on ne trouverait pas mieux que « coruscant ».)

Il savait ce qui allait se passer ensuite.

« Attention, chuchota-t-il. Il va devenir... »

Dans un silence complet, le genre de silence qui aspire les bruits et les étouffe, le bourdon fulgura d'un octarine pur sur l'ensemble de sa longueur.

La huitième couleur, telle que produite par la lumière traversant un champ magique puissant, éclata à travers les corps, les rayonnages et les murs. D'autres couleurs se brouillèrent, coulèrent et se mélangèrent, comme si la lumière était un verre de gin répandu sur l'aquarelle du monde. Les nuages qui survolaient l'Université rougeoyèrent, se tire-bouchonnèrent en des formes aussi inattendues que fascinantes et prirent de l'altitude.

Un observateur au-dessus du Disque aurait aperçu près de la mer Circulaire un petit coin de terre qui étincelait comme un joyau avant de trembloter et de s'éteindre.

Le silence dans la bibliothèque fut rompu par un claquement de bois lorsque le bourdon retomba et rebondit sur la table.

Quelqu'un émit un « oook » à peine audible.

Biseauté se rappela enfin comment se servir de ses mains et il les leva à la hauteur où il espérait trouver ses yeux. Tout était devenu noir.

« Est-ce qu... y a quelqu'un ? lança-t-il.

— Grands dieux ! Vous ne savez pas comme je suis content de vous entendre demander ça ! » fit une autre voix. Le silence s'emplit soudain de bavardages.

« On est toujours où on était ?

— Je ne sais pas. On était où ?

— Ici, je crois.

— Vous pouvez avancer la main ?

— Je veux d'abord être sûre de ce que je vais toucher, mon brave, répondit la voix reconnaissable entre mille de Mémé Ciredutemps.

— Tout le monde essaye d'avancer la main », dit Biseauté qui étouffa un cri lorsque des doigts, comme un gant de cuir chaud, se refermèrent sur sa cheville. Il entendit un petit « oook » satisfait qui parvint à lui procurer soulagement, réconfort et joie immense de toucher un de ses semblables humains ou, en l'occurrence, anthropoïdes.

Il y eut un grattement puis une flamme rouge bénie lorsqu'un mage à l'autre bout de la pièce alluma une cigarette.

« Qui a fait ça ?

— Excusez-moi, Archichancelier, la force de l'habitude.

— Fumez tout votre soûl, l'ami.

— Merci, Archichancelier.

— Je crois que j'arrive maintenant à voir les contours de la porte, dit une autre voix.

— Mémé ?

— Oui, je vois nettement...

— *Esk ?*

— Je suis là, Mémé.

— Je peux fumer aussi, monsieur ?

— Le jeune garçon est avec toi ?

— Oui.

— Oook.

— Je suis là.

— Qu'est-ce qui se passe ?

— *Que tout le monde arrête de parler !* »

La lumière ordinaire, lente et belle à regarder, se coula à nouveau dans la bibliothèque.

Esk se mit sur son séant et déplaça le bourdon. Il roula sous la table. Elle sentit quelque chose lui glisser sur les yeux et elle leva la main.

« Un moment », fit Mémé qui s'élança en avant. Elle agrippa la gamine par les épaules et lui sonda les prunelles.

« Contente de te revoir », dit-elle, et elle l'embrassa.

Esk, la main en l'air, se tapota un objet dur sur la tête. Elle s'en décoiffa pour l'examiner.

C'était un chapeau pointu, légèrement plus petit que celui de Mémé, mais d'un bleu éclatant, piqué de deux étoiles d'argent peintes.

« Un chapeau de mage ? » demanda-t-elle.

Biseauté s'avança.

« Ah, oui, fit-il, et il se racla la gorge. Tu vois, on a pensé que... On se disait... Bref, à la réflexion...

— Tu es mage, dit simplement Mémé. L'Archichancelier a changé la tradition. Une cérémonie toute simple, ma foi.

— Le bourdon doit se trouver quelque part par-là, dit Biseauté. Je l'ai vu tomber... Oh. »

Il se releva, le bourdon à la main, et il le montra à Mémé.

« Je croyais qu'il avait des sculptures, dit-il. Ce machin-là ressemble à un bâton ordinaire. » Et c'était un fait. Le bourdon avait l'air aussi puissant et redoutable qu'un morceau de petit bois.

Esk tournait le chapeau dans ses mains, à la façon de celle qui ouvre le paquet classique à l'emballage brillant pour découvrir des sels de bain.

« Il est très joli, fit-elle sans conviction.

— C'est tout ce que tu trouves à dire ? demanda Mémé.

— Ben, il est pointu. » Bizarrement, elle ne sentait aucune différence depuis qu'elle était mage.

Simon se pencha vers elle.

« Souviens-toi, fit-il, faut *avoir été* mage. Après, tu pourras commencer à regarder de l'autre côté. Comme tu l'as dit. »

Leurs yeux se croisèrent, et ils sourirent.

Mémé interrogea Biseauté du regard. Il haussa les épaules.

« Est-ce que je sais, moi ? dit-il. Qu'est-ce qui est arrivé à ton bégaiement, mon garçon ?

— M'a l'air d'être parti, monsieur, dit-il joyeusement. J'ai dû l'oublier en route, quelque part. »

Le fleuve roulait toujours des eaux brunes en crue, mais au moins il ressemblait de nouveau à un fleuve.

Il faisait anormalement chaud pour une fin d'automne, et dans toute la ville basse d'Ankh-Morpork la vapeur montait de milliers de couvertures et tapis mis dehors à sécher. Les rues disparaissaient sous une couche de vase; un progrès, en fin de compte : l'impressionnante collection municipale d'Ankh-Morpork en chiens crevés avait été emportée à la mer.

La vapeur montait aussi des dalles de la véranda personnelle de l'Archichancelier et de la théière posée sur la table.

Mémé se renversa dans un antique fauteuil en rotin et laissa la chaleur hors de saison lui baigner les chevilles. Elle observa paresseusement le travail d'une équipe de fourmis urbaines, qui avaient vécu si longtemps sous les dalles de l'Université que les fortes doses de magie ambiante leur avaient définitivement altéré les gènes; elles descendaient sur leurs dos un morceau de sucre humide d'un bol pour le déposer sur un chariot miniature. Un autre groupe érigeait un portique en bouts d'allumettes au bord de la table.

Mémé aurait peut-être aimé savoir, mais pas forcément, que l'une des fourmis était Tambour Billette, lequel avait finalement décidé de donner à la Vie une autre chance.

« On dit, remarqua-t-elle, que si on trouve une fourmi le Jour des Porchers, il fera très doux pour le restant de l'hiver.

— Qui dit ça? demanda Biseauté.

— En général des gens qui se trompent, répondit Mémé. Je note ça dans mon *Almanack*, voyez-vous. Je vérifie. La plupart des choses que croient les gens sont fausses.

— Comme « après la pluie, le gros temps », cita Biseauté. De toute façon, on n'apprend pas de nouveaux tours au vieux chien.

— A mon avis, les vieux chiens sont pas faits pour ça », dit Mémé. Le morceau de sucre avait maintenant atteint le portique, et deux fourmis l'attachaient à un palan microscopique.

« Je ne comprends pas la moitié de ce que raconte Simon, dit Biseauté, pourtant ça met certains étudiants dans tous leurs états.

— Moi, je comprends parfaitement ce que raconte Esk,

mais j'y crois pas, c'est tout, fit Mémé. Sauf la partie sur les mages qui auraient bien besoin d'un cœur.

— Elle a dit aussi que les sorcières auraient bien besoin d'une cervelle, répliqua Biseauté. Un petit pain au lait ? Un peu humide, je le crains.

— Elle m'a prétendu que si la magie donne aux gens ce qu'ils veulent, ne pas s'en servir leur donne ce qui leur manque, dit Mémé, la main en suspens au-dessus de l'assiette.

— C'est aussi ce que m'affirme Simon. Je ne comprends pas moi-même, la magie est faite pour qu'on s'en serve, pas pour qu'on la mette en conserve. Allez-y, ne vous gênez pas.

— La magie par-delà la magie », ronchonna Mémé. Elle prit le petit pain, étala dessus de la confiture. Réflexion faite, elle y étala aussi de la crème.

Le morceau de sucre s'écrasa sur les dalles, aussitôt entouré d'une autre équipe de fourmis, prêtes à lui atteler une longue file d'esclaves rouges capturées dans le potager.

Biseauté, mal à l'aise, s'agita sur son siège qui grinça.

« Esméralda, commença-t-il, j'avais dans l'idée de demander...

— Non, fit Mémé.

— Je voulais dire que nous envisageons d'admettre quelques autres filles à l'Université. A titre d'essai. Une fois la plomberie réparée.

— C'est vous qui voyez, évidemment.

— Et... Et il m'a semblé... Puisque nous allons vraisemblablement devenir un établissement mixte, comme qui dirait, il m'a semblé, enfin...

— Alors ?

— Si vous n'avez rien contre, disons que vous pourriez acceptez une chaire. »

Il se cala dans son fauteuil. Le morceau de sucre passa dessous sur des rouleaux d'allumettes ; on percevait les glapissements des fourmis gardes-chiourme, à la limite de l'audible.

« Hmmm, fit Mémé. Je vois pas pourquoi je refuserais. Mais alors une longue ; j'en ai toujours rêvé, vous savez, avec de la bonne toile, plusieurs positions et une espèce d'extension pour les jambes. Si c'est pas trop demander.

— Je parlais de chaire, pas de chaise, rectifia Biseauté qui ajouta aussitôt : mais je suis sûr qu'on pourra vous en trouver une quand même. Non, je voulais dire : accepteriez-vous de venir donner des cours aux étudiants? De temps en temps?

— Sur quoi? »

Biseauté chercha une matière.

« Les herbes? hasarda-t-il. On ne s'y connaît pas trop en herbes, chez nous. Et la têtologie. Esk m'a beaucoup parlé de têtologie. Ça m'a l'air fascinant. »

Le morceau de sucre disparut par une fente d'un mur voisin dans une ultime secousse. Biseauté hocha la tête dans sa direction.

« Elles n'arrêtent pas, avec le sucre, dit-il, mais on n'a pas le cœur de faire quoi que ce soit. »

Mémé fronça les sourcils, puis désigna du menton, pardelà la brume qui recouvrait la cité, le scintillement de la neige au loin sur les montagnes du Bélier.

« Ça fait un bout de chemin, dit-elle. J'peux pas toujours aller et venir à mon âge.

— Nous pourrions vous fournir un bien meilleur balai, fit Biseauté. Un balai qui démarrerait au quart de tour sans besoin qu'on le pousse. Et vous, vous pourriez avoir un appartement ici. Et tous les vêtements qu'il vous plairait d'emporter », ajouta-t-il, recourant à l'arme secrète. Il avait sagement investi dans une conversation avec madame Panaris.

« Mmph, fit Mémé. De la soie?

— Noire *et* rouge », précisa Biseauté. Une image de Mémé en soie rouge et noire lui traversa l'esprit au petit trot et il mordit à pleines dents dans son pain au lait.

« Et vous pourriez peut-être prendre quelques étudiants dans votre cottage pendant l'été, poursuivit Biseauté, pour des études extra-muros.

— Comment ça, extrêmement rosses?

— Je veux dire qu'ils en retireraient un grand enseignement, j'en suis persuadé. »

Mémé considéra la proposition. Assurément, les cabinets avaient besoin d'une bonne vidange avant les grosses chaleurs, et la cabane des chèvres était mûre pour un nettoyage de printemps. Bêcher le carré d'Herbes, ça aussi, c'était une corvée. Le plafond de la chambre faisait honte à voir, et certaines des tuiles attendaient qu'on les remette en place.

« Des travaux pratiques ? fit-elle, songeuse.

— Absolument, répondit Biseauté.

— Mmph. Ben, je vais y réfléchir », dit Mémé, vaguement consciente qu'il ne fallait jamais trop s'avancer lors d'un premier rendez-vous.

« Peut-être vous plairait-il de dîner avec moi ce soir et de me donner votre réponse ? offrit Biseauté, les yeux brillants.

— Y a quoi, à manger ?

— Viande froide et pommes de terre. » Madame Panaris avait bien fait les choses.

Et voilà.

Esk et Simon en vinrent à explorer un tout nouveau type de magie que personne ne comprenait vraiment mais que tout le monde estimait néanmoins très intéressant et, d'une certaine façon, rassurant.

Peut-être plus important, les fourmis employèrent tous les morceaux de sucre qu'elles purent voler à la construction, dans l'un des murs creux, d'une petite pyramide où elles ensevelirent en grande pompe le corps momifié d'une reine défunte. Sur le mur de l'une des minuscules chambres secrètes elles inscrivirent, en hiéroglyphes d'insectes, le vrai mystère révélé de la longévité.

Elles l'avaient bel et bien résolu, et leur découverte aurait probablement eu d'incalculables répercussions sur l'univers si l'inondation suivante de l'Université ne l'avait complètement effacée.

AINSI PREND FIN
LA HUITIÈME FILLE,
TROISIÈME LIVRE DES
ANNALES DU DISQUE-MONDE

Imprimé en France par **CPI**
en février 2017

POCKET - 12, avenue d'Italie - 75627 Paris Cedex 13

ISSN : 2497-7284
N° d'impression : 2028511
Dépôt légal : mars 1998
Suite du premier tirage : février 2017
S21183/07